短刃行

于東樓

武俠經典珍藏版 7

碧血黃金系列

下 孤刃

目錄

第七回　虎門深如海

沈玉門在眾人的護送之下，終於安抵金陵。

大智方丈一行人沒有進城便已轉往他處，絕命十八騎也匆匆渡江北上，只有無心道長留了下來，大有長期在沈府作客的意思。

沈玉門的平安歸來，給沈府上下帶來莫大的鼓舞，其中最興奮的當然是沈玉仙，一見到他，眼淚就忍不住的淌了下來。

顏寶鳳也顯得特別開心，親自將無心道長安頓在沈玉門居住的西跨院中，似乎有意叫他們親近，並且嚴禁閒雜人來打擾，趕來慰問的親朋好友也一一被她擋駕。

於是沈玉門便開始了他有生以來最神奇的生活。

他雖然足不出戶，但武林的一切動態，都可很快的傳到他的耳朵裡。唯一缺少的，便是有關解紅梅的消息。

每當午夜夢迴，他就會不由自主的想起那個女人，只希望能夠早一天和她再度相見，這幾乎成了他生活中僅有的期盼。

經過月餘的調養，他的傷勢已大致復元，起居也逐漸習慣，日子過得十分悠閒。當然也有讓他頭痛的事情，每天和沈玉仙的固定會面，便是他最難捱的時刻。

沈玉仙是個極端聰明的女人，也是沈玉門的同胞姐姐，想瞞騙過她，幾乎是件不可能的事，遲早有一天會露出馬腳。他只希望這一天來晚一點，至少也等到他和解紅梅會過面之後。

這天一早，他剛剛睜開眼睛，便發覺沈玉仙已坐在他的床前，房裡光線很暗，但仍可看出她高雅端莊的臉孔上帶著一股淡淡的哀怨。

沈玉門不禁心驚肉跳道：「妳這麼早跑來幹什麼？」

沈玉仙悠悠道：「我是來向你辭行的。」

沈玉門道：「辭行？」

沈玉仙道：「不錯，我今天就要走了，你姐夫已派人來接我了。」

沈玉門大喜道：「那太好了，妳趕快走吧！」

沈玉仙眉尖蹙動，道：「你……你難道就沒有別的話要對我說嗎？」

沈玉門不假思索道：「有。」

沈玉仙忙道：「什麼話？你說！」

沈玉門手掌微擺道：「再見。」

沈玉仙霍然站起來，大聲叫道：「你太過分了，你怎麼可以對自己的姐姐如此無情？」

沈玉門翻動著眼睛，道：「妳認為我怎麼說才算有情呢？」

沈玉仙道：「至少你也該說幾句挽留我的話才對。」

沈玉門道：「我挽留妳，妳就能留下來嗎？」

沈玉仙沉默了好一會，才道：「不能。」

沈玉門雙手一攤，道：「既然明知說也沒有用，我又何必裝模作樣的非要留妳不可？」

沈玉仙道：「可是你少許表示一下，在我聽來心裡多少總會舒坦一點。」

沈玉門道：「妳真想叫我這麼做嗎？」

沈玉仙急忙搖首道：「不必，其實我也不希望我們姐弟之間太過虛偽。」

沈玉門居然嘆了口氣，道：「我就是怕妳怪我太虛偽，所以連謝都沒敢謝一聲，這幾個月的日子，妳過得比誰都苦，妳當我不知道嗎？」

沈玉仙吃驚的望著他，道：「小弟，我發現你變了，你跟以前完全不一樣了……我想你這次一定是受了很大的刺激，對不對？」

沈玉門咳了咳，道：「不是刺激，是教訓，如果我再不變，早晚我真的會死在青衣樓手上。」

沈玉仙忽然擠到床邊，抓住了他的手，道：「我有個建議，不知你要不要聽？」

沈玉門慌忙往後縮了縮，道：「妳的建議，我當然要聽，妳說吧！」

沈玉仙道：「你乾脆到京裡來如何？憑你的武功人品，再加上傳家的關係，謀個出身諒非難事，豈不比在江湖上打打殺殺要好得多？」

沈玉門一驚，道：「妳想叫我到京裡去混？」

沈玉仙皺眉道：「不是去混，是去當差。」

沈玉門哈哈一笑，道：「那妳就未免太抬舉我了，像我這種人，能當什麼差？」

沈玉仙道：「如果你不喜歡當差，做個生意也行。」

沈玉門沉吟道：「嗯，這倒可以考慮。」

這時水仙忽然走進來，笑迷迷接道：「還考慮什麼？咱們乾脆把駱家的那間『燕宮樓』頂下來算了。」

沈玉門陡然奪回手掌，猛的在大腿上一拍，道：「對，開間館子倒也不錯。」

沈玉仙嚇了一跳，道：「你胡扯什麼，三百六十行哪一行不能做，為什麼偏偏要開館子？那一行，外行人絕對不能沾，可難做得很啊！」

沈玉門面含得意之色，道：「外行人當然不能沾，可是在我的手裡，保證可以賺大錢。」

沈玉仙微微一怔，道：「你內行？」

沈玉門道：「我當然……」三個字剛剛出口，突然把話收住，臉上那股得意的神色也不見了。

水仙又匆匆接道：「少爺當然不內行，但李師父內行，把他帶去，還怕生意做不起來嗎？」

沈玉仙沉思了半晌，道：「如果你們一定要做那種生意也可以，不過，你們可千萬不能動駱家的腦筋。」

沈玉門道：「為什麼？」

沈玉仙沉下臉道：「你還敢問我為什麼？這兩年你把駱家搞得一塌糊塗，難道還不夠嗎？」

沈玉門搔著腦袋，莫名其妙道：「奇怪，我跟駱家會有什麼過節？」

沈玉仙即刻回道：「沒有過節，你只不過是偷偷勾引了人家即將要出嫁的大閨女罷了。」

沈玉門恍然道：「我想起來了，妳指的一定是妳的朋友駱大小姐那碼事？」

沈玉仙唉聲嘆氣道：「虧你還記得她是我的朋友，你有沒有想到你這麼做，我在中間有多為難？」

沈玉門痛痛快快道：「妳不用為難了，我答應妳，以後不再惹她就是了。」

沈玉仙怔了怔，道：「真的嗎？」

沈玉門道：「當然是真的，妳對我這麼好，我怎麼會騙妳？」

沈玉仙似乎還有點不相信，目光很快的便轉到水仙臉上。

水仙笑吟吟道：「大小姐放心，這次我保證少爺絕對不會騙你。」

沈玉仙道：「何以見得？」

水仙往前湊了湊，細聲道：「因為少爺已經有了心裡喜歡的人。」

沈玉仙道：「他喜歡的人可多了，那有什麼稀奇？」

水仙忙道：「這回這個不一樣，少爺好像對她動了真情。」

沈玉仙神色一變，道：「絕不會是跟唐三姑娘又死灰復燃了吧？」

水仙搖頭擺手道：「不是，那種女人誰還敢去惹她。」

沈玉仙緊緊張張道：「是不是『紫鳳旗』的那個姓秦的丫頭？」

水仙道：「也不是。」

沈玉仙鬆了口氣，道：「還好不是她，否則我們沈家就整個落在人家手裡了。」

水仙匆匆朝門外瞟了一眼，道：「可不是嘛！」

沈玉仙又急忙抓住沈玉門的手，迫不及待道：「這次你又看上了個什麼樣的女人？趕快說給我聽聽！」

沈玉門咳了咳，道：「妳不是已經聽說了嗎？」

沈玉仙一楞，道：「就是救你的那個姓解的女人？」

沈玉門道：「不錯。」

沈玉仙猛地將他的手一甩，道：「你為什麼找來找去，又找個跑江湖的女人，難道你就不能找個稍微好一點的嗎？」

沈玉門臉色一沉，滿不開心道：「解紅梅有什麼不好？」

沈玉仙道：「我並不是說她的人不好，我只是覺得門戶不太相當。」

沈玉門道：「門當戶對的是有，可惜人家已經名花有主，而且妳也不會贊同。」

沈玉仙苦笑道：「你倒也真會踩人痛腳，一下子又轉到她身上去了……」說著，忽然嘆了口氣，道：「好吧！你喜歡什麼女人我也不再管你，只希望你早一點到京裡來找我，只要不再替我惹麻煩就行了。」
沈玉門道：「妳想不叫我替妳惹麻煩，倒是有個很好的辦法。」
沈玉仙道：「什麼好辦法？」
沈玉門道：「妳最好是勸她早點出嫁。」
沈玉仙道：「怎麼？你還是忘不了她？」
沈玉門道：「我可以忘記她，就怕她忘不了我，萬一她再賴在家裡不肯嫁，妳可不能再怪我。」
沈玉仙笑道：「你放心，駱大小姐不是那種想不開的人，只要你不再招惹她，她很快就會把你忘掉。」
沈玉門突然伸出一隻手掌，道：「妳要不要跟我打個賭？」
沈玉仙急忙站起來，道：「不必打賭，我回去馬上就逼她嫁。」
沈玉門道：「一年的時間夠不夠？」
沈玉仙道：「不要那麼久，只要有三個月的時間，我就有辦法叫她把你忘得一乾二淨。」
說完，草草向水仙叮嚀了幾句，便頭也不回的走了出去。
沈玉仙前腳一走，水仙馬上笑了起來，道：「少爺，我發現你應付女人真有一套，比……比……」

說到這裡，語聲忽然頓住，笑容也整個僵在臉上。

沈玉門斜瞄著她，道：「妳是不是想說，我比你們少爺還要高明？」

水仙慌忙搖首道：「不不，你就是我們少爺，我怎麼會拿你自己做比方？我的意思是說……你比你的好朋友孫大少可高明多了。」

沈玉門笑了笑，突然道：「石寶山怎麼還沒露面？」

水仙道：「大概正在前面張羅大小姐上路的事吧！」

沈玉門道：「妳待會兒去問問他，看有沒有那個傢伙的消息？」

水仙道：「哪個傢伙？」

沈玉門道：「當然是孫尚香。」

水仙輕笑一聲，道：「有，聽說他前天便已到了無錫。」

沈玉門詫異道：「咦！他跑回無錫去幹什麼？他的老婆不是在揚州嗎？」

水仙道：「是啊！我看一定是有什麼重大的事情非趕去跟龍王商量不可，否則他不可能在這種時候跑回去找挨罵。」

沈玉門一面點著頭，一面吞吞吐吐道：「還有沒有聽到其他的消息？」

水仙低聲道：「沒有了，就算有，他們也不會傳過來的……我指的當然是有關那位解姑娘的消息。」

沈玉門聽得滿不帶勁的把身子往枕頭上仰，道：「妳出去吧！我還想再睡一覺。」

水仙急忙將他拖住，輕語央求道：「好少爺，時候不早了，該起床啦！而且你的傷勢已好得差不多了，也該開始摸刀了。」

沈玉門一怔，道：「摸什麼刀？」

水仙立刻跑到牆邊，將懸掛在牆上的一柄刀「鏘」的拔了出來，就地比劃了幾下，笑嘻嘻道：「你看這招怎麼樣？」

沈玉門勉強道：「嗯，看起來還不錯。」

水仙道：「這就是你去年才創出的那招『相逢疑似夢』，你還記得吧？」

沈玉門一副哭笑不得的樣子，道：「妳簡直在說夢話，我怎麼可能會記得？」

水仙道：「你不記得，我記得，你所會的每招每式，我都記得清清楚楚，你只要按部就班的練習個一兩年，就不難回復原有的功力。」

沈玉門皺眉道：「一兩年！要這麼久？」

水仙道：「也許可以快一點，只要你肯下功夫。」說著，硬把他拖下床，將刀塞在他的手裡。

沈玉門刀一入手，即刻叫道：「這把刀太重了，我兩隻手恐怕都掄不動。」

水仙轉身出房，很快的又捧了一把刀進來，道：「這把怎麼樣？這是我用的刀，你試試看。」

沈玉門抓在手上，掂了掂，道：「還是太重了，而且也太長，這種東西可不是我玩的。」

水仙無可奈何的從枕頭下面掏出了那柄「六月飛霜」，嘆道：「看來你是打定主意，非用這把刀不可了。」

沈玉門聳肩攤手道：「沒法子，只有這種分量、這麼長短的東西，在我使來才稱手。」

水仙望著那口刀，愁眉苦臉道：「可是我們沈家的刀法，一用這種東西就砸了。」

沈玉門道：「妳不是有一點才能麼？何不替我另創一套！」

水仙苦笑道：「少爺你真會開玩笑，你當新創一套刀法是那麼容易的事麼？莫說是我，就是無心道長那種高人也未必辦得到。」

沈玉門道：「真有那麼困難？」

水仙道：「比你想像的可困難多了。」

沈玉門道：「那麼原來沈家這套刀法，又是哪個創出來的？」

水仙道：「那是一代一代傳下來的，據說直傳到上一代，才將原有的招數棄短取長，演變成現在這套威震武林的『虎門十三式』。」

沈玉門道：「這麼說，刀法也可以變了？」

水仙道：「當然可以變，這套刀法曾被過世的大少爺改變了不少，而這兩年，你也不斷地在加以修正，顯然又比過去更有威力了。」

沈玉門道：「既然如此，我們為什麼不能再變一變，把這套『虎門十三式』變成適用短刀的刀法呢？」

水仙道：「這就不是我可以做得到的。」

沈玉門忙道：「無心道長怎麼樣？」

水仙想了想，道：「恐怕也不行，因為據我所知，我們這套刀法有許多招式根本就不適合短刀使用。」

說話間，秋海棠和紫丁香已捧著梳洗用具走進來，每個人都是一身短勁打扮，看起來滿身大汗，好像剛剛做過苦工一般。

水仙皺眉道：「妳們一大早跑到哪兒去了？」

紫丁香慌裡慌張道：「練刀。」

秋海棠也急忙接道：「本來早就回來了，誰知剛好碰上無心道長，他老人家硬要我們多練了半個時辰，所以才回來晚了，耽誤了少爺起床，實在對不起。」

沈玉門毫不在意道：「不要緊，妳們不在，我也照樣起床。」
水仙卻已迫不及待道：「妳說無心道長方才在陪妳們練刀？」
秋海棠和紫丁香同時點頭。
水仙道：「他老人家有沒有指點妳們幾招？」
兩人互望了一眼，才同時搖了搖頭。
水仙大失所望道：「那不是等於白練了？」
秋海棠喘喘道：「也不算白練，因為他老人家看了我們的刀法，叫我們給少爺帶句話。」
水仙神情一振，道：「帶什麼話？」
紫丁香搶著道：「他說只要少爺有辦法再贏他三盤，他就有辦法使『虎門十三式』脫胎換骨，從此更上一層樓。」
水仙呆了呆，道：「這位老人家倒也真敢吹牛，『虎門十三式』乃是一套冠絕武林的刀法，雖不敢說天衣無縫，卻也絕非一般人可以尋出破綻的，無心道長縱是一代奇才，也不可能一眼就能把我們沈家歷代的心血輕易推翻，少許修正倒說得過去，脫胎換骨就未免言過其實了。」
秋海棠點頭不迭道：「就是嘛！我一聽就知道那傢伙……那位老人家在胡謅。」

紫丁香緊接道：「我也不相信，如果那老道……那老道長有那種本事，武當的功夫早就凌駕各派之上了，何苦至今還在受青衣樓的窩囊氣？妳們說是不是？」

水仙和秋海棠聽得連連點頭。

沈玉門卻搖著頭道：「那也不見得。」

水仙一怔，道：「少爺真相信他有這種本事？」

沈玉門道：「他有沒有這種本事我是不知道，不過，我總覺得他不是一個無的放矢的人，他這麼說，一定有他的道理。」

水仙道：「既然如此，少爺索性就多費點腦筋，先贏他三盤再說。我倒想看看他有什麼辦法能使我們沈家這套刀法更上一層樓。」

秋海棠趕忙道：「我也想看看。」

紫丁香也迫不及待道：「我也想。」

沈玉門忽然嘆了口氣，道：「只可惜想贏這老道的棋愈來愈不容易了。」

水仙道：「沒關係，有我們三個在旁邊幫你，保證不會輸棋。」

秋海棠道：「對，縱然棋上幫不上忙，至少我們也可以在一旁攪亂那老傢伙的思路。」

紫丁香也道：「咱們就這麼辦，那老道正到廚房去找東西吃，我現在就去請他來。」說完，轉身就往外跑。

沈玉門突然叫道：「等一等。」

紫丁香收步道：「少爺還有什麼吩咐？」

沈玉門神情詭異道：「妳說他現在正在廚房裡？」

紫丁香點頭。

沈玉門淡淡的笑了笑，道：「好，妳就叫他在廚房裡等，我洗把臉，馬上就到。」

× × ×

廚房裡很寬敞，通風設施也很完善，毫無一般廚房那股擁擠悶熱的味道，但忙碌的氣氛卻也與一流館子上座時刻的情況沒有什麼兩樣。

沿牆的幾座大灶正在吐著火苗，鍋裡也都在冒著熱氣，幾十個下手也都在分頭幹活，有的切菜，有的剁肉，也有的正蹲在灶前吹火，似乎還嫌灶裡的火苗不夠旺。

其中唯一閒著的人就是李坤福。

李坤福在廚房裡絕對享有至高無上的特權，只有他可以在眾皆忙碌中，悠閒的坐在當門的一張高桌旁邊。

除非遇到重大的問題非向他求教不可，否則就算他睡著了，也絕對沒有人敢吵醒他。

現在他當然不會睡覺，因為無心道長正坐在桌子的另一頭。

無心道長是個很隨和的人，又是府裡的貴賓，李坤福對他當然十分敬重，而最令他感興趣的，是這位方外高人不忌葷腥，而且對品味非常內行，往往可以給他許多寶貴的意見。

桌上的盤子已經見了底，兩只四兩的錫壺也全都喝光。

李坤福瞇著眼睛，細聲道：「道長還想吃什麼？我再叫他們幫你趕做兩樣。」

無心道長摸著肚子，意猶未盡道：「我看夠了，再吃就裝不下了。」

李坤福道：「再來壺酒如何？這可是道地的陳紹，在外面是絕對喝不到的。」

無心道長沉吟了半晌，才道：「好，一壺就一壺。」

李坤福吩咐道：「再替道長溫兩壺酒，順便端盤麻辣小鯽魚來！」

無心道長眉毛一動，道：「麻辣小鯽魚？」

李坤福道：「不錯，全名是青蔥麻辣小鯽魚凍，是我們二公子最喜歡吃的小菜，昨天晚上才做好的，先請道長嚐嚐鮮，但不知合不合你老人家的口味？」

無心道長嚥了口唾沫，道：「合，合，一定合！只聽了這個菜名就知道錯不了。」

李坤福突然神色一變，道：「不瞞道長說，方才那幾樣都是我自創出來的粗菜，徒弟們的手藝又不到家，如果有什麼不合口味的地方，你老人家一定要告訴我，好讓我改正，千萬不要客氣。」

無心道長笑呵呵道：「你放心，我這個人啥都會，就是不會客氣……」說著，又將剩菜吃了兩口，道：「你說這幾樣菜都是你徒弟們做出來的？」

李坤福道：「正是。」

無心道長筷子一擺，道：「李師父，憑良心說，你這幾個徒弟訓練的真不錯，手藝高極了，就算把他們擺在大館子裡，都可以獨當一面了。」

一旁忙著做活的那群手下聽得全都停了下來，每個人都笑口大開的望著無心道長。

其中一名年輕人剛好捧著個托盤走過來，輕手輕腳的將兩壺酒和一盤色澤鮮美的小鯽魚擺在桌上，道：「這是我師父的名菜，請道長嚐嚐看。」

無心道長迫不及待的夾起一條咬了一口，邊嚼邊道：「這是你經手做的？」

那年輕人點頭，兩眼直盯著無心道長，顯然是在等待著他的答覆。

無心道長直等把一條魚整個嚥下去，才道：「你叫什麼名字？」

那年輕人道：「小的叫蕭四喜。」

無心道長道：「你是李師父的第幾個徒弟？」

那蕭四喜哈腰道：「回道長的話，小的就是因為排名第四，所以師父才賜名四喜。」

無心道長嘴巴一抹，道：「蕭四喜，你好像可以出師了。」

此言一出，登時引起了一陣大笑。

蕭四喜面紅耳赤道：「道長真會開玩笑，小的入門才只六年，連師父三成的東西都沒學到，怎麼談得到出師？」

無心道長一怔，道：「那要學幾年才能出師？」

蕭四喜道：「這可沒準，我二師兄比我聰明得多，還足足學了十二年，如非師父硬把他推薦出去，他還賴在這裡不肯走呢！」

無心道長道：「要這麼久？」

蕭四喜道：「時間愈久，手藝就愈紮實。像現在蘇州『大鴻運』的掌廚楊善，他曾經跟隨師父整整十六年，現在已算是江南名廚了。」

無心道長一驚，道：「『大鴻運』的楊師父也是你師父的徒弟？」

蕭四喜道：「不錯，那就是我大師兄。」

無心道長呆了呆，道：「這麼說，你師父在這一行的輩分很高嘛！」

蕭四喜道：「那當然，不但輩分高，而且名聲也響亮得不得了。」

一旁的李坤福哈哈一笑，道：「道長不要聽他胡說，來，喝酒，喝酒。」他一面說著，一面已拿起了酒壺。

紫丁香就在這時跑進來，搖著手道：「李師父，你今天可不能灌道長喝酒，一定得讓他保持頭腦清醒。」

無心道長訝然道：「我要那麼清醒幹什麼？」

紫丁香笑嘻嘻道：「我們少爺馬上過來，他請你老人家在這裡等他。」

無心道長道：「他過來又怎麼樣？跟我喝酒有什麼關係？」

紫丁香道：「關係可大了……你老人家不是說他再贏你兩盤，你老人家就能使我們沈家的刀法脫胎換骨，更上一層樓嗎？我們少爺就是為贏那兩盤棋來的，你老人家不保持清醒怎麼行？」

無心道長立刻從李坤福手裡拿過酒壺，自己斟了一盅，一飲而盡道：「有兩件事我要告訴妳，希望妳聽清楚。」

紫丁香道：「哪兩件事？」

無心道長道：「第一，妳們少爺那兩手已經唬不住我，就算我喝醉了，他也未必贏得了我。」

紫丁香道：「哦！第二件呢？」

無心道長道：「第二，是三盤，不是兩盤，這可不能弄錯。」

紫丁香道：「為什麼一定要三盤？」

無心道長道：「你們沈家的那套刀法一共不是十三式嗎？」

紫丁香道：「是啊！」

無心道長道：「以一盤折合一式就要十三盤，我現在欠妳們少爺十盤，不剛好還差三盤嗎？」

紫丁香眉尖一皺，道：「咦，道長弄錯了吧？你不是欠我們少爺十一盤麼？怎麼說是十盤？」

無心道長瞪眼道：「妳胡說，我從到這裡總共跟他下了四十六盤，十八勝二十八敗，正好輸他十盤，我記得清清楚楚，絕對不會搞錯。」

紫丁香道：「那麼在平望的那一盤呢？難道就不算了？」

無心道長急聲道：「那盤棋只下了一半，當然不能作數。」

紫丁香道：「可是我記得當時道長不是已經投子認輸了嗎？」

無心道長臉紅脖子粗道：「那是因為我看他怕得要死，才隨口說說，想紓解一下他的緊張情緒，妳們怎麼可以當真？」

紫丁香呆了呆，道：「我們少爺當時連眉頭都沒有皺一下，何曾怕得要死要活過？」

無心道長道：「咦！那天他被人家嚇得連尿都尿在褲襠裡，難道妳們都沒有發覺？」

紫丁香立刻叫起來，道：「你亂講，你太過分了。我們少爺待你不薄，你怎麼可以胡亂破壞他的形象？」

無心道長聽得哈哈大笑，一面指著紫丁香的鼻子，一面回首望著眾人，道：「你們聽聽，這丫頭倒也犟得可以，在陳士元的『胭脂寶刀』下，她居然還在替那小子塑造形象，你們說好笑不好笑……」

他的話聲愈說愈小，說到最後，已小得幾不可聞，恐怕只有他自己才聽得到。原來身後所有的人都在提刀持柴的瞪著他，而且每個人的目光中都充滿了敵意。

他緩緩地將指著紫丁香的手縮回來，想去抓壺斟酒，卻發現酒壺已被李坤福收起，似乎連酒也不想再給他喝。

就在這時，沈玉門已在水仙和秋海棠的陪同下走了進來，一進門便朝滿臉尷尬的無心道長招呼道：「道長早！」

無心道長登時鬆了口氣，強笑兩聲，道：「早，早，幸好你來得還不太晚，否則我這個臺階還真難下了。」

沈玉門匆匆朝四周環視了一眼，道：「這裡出了什麼事？」

無心道長忙道：「沒什麼，我不過是一時不小心，碰上了一個馬蜂窩而已。」

沈玉門目光立刻緊盯在紫丁香臉上，淡淡說道：「這廚房裡不可能有馬蜂窩，是不是？」

紫丁香囁嚅著道：「是……是啊！」

沈玉門道：「我看八成是妳出言無狀，冒犯了他老人家，是不是？」

紫丁香急道：「不是，不是，是這老道……長正在說少爺的壞話，奴婢還沒來得及爭辯，少爺就來了。如果少爺不信，可以問問他們。」

說著，抬手向眾人指了指。

那些人沒等沈玉門發問，便已在拚命的點頭。

沈玉門摸著下巴，道：「不會吧？我跟他老人家一向相處不惡，雖然我贏了他幾盤棋，那也是堂堂正正贏來的，也不至於惹得他老人家在背後罵我。嗯，他老人家不可能是這種人，一定是你們在騙我。」

紫丁香急得嘟起了嘴，道：「我沒有騙你，這老道……長就是這種人。」

沈玉門道：「哦？那妳倒說說看，他老人家罵我什麼？」

紫丁香道：「他……他居然說那一天少爺嚇得連尿都尿在褲襠裡，你說像不像話？」

沈玉門道：「哪一天？」

紫丁香道：「就是在平望那一天。」

沈玉門哈哈大笑道：「我當是什麼大不了的事，原來只是為了這個。」

無心道長急忙道：「小伙子，憑良心說，有沒有這回事？我有沒有冤枉你？」

沈玉門居然想了想，才道：「尿是還沒尿出來，不過急了一身冷汗倒是真的。」

無心道長立刻叫起來，道：「你們聽，這可是他自己承認的。可不是我在背後貶他。你們也不想想，在陳士元的刀下，哪有連眉頭都不皺一下的人，這不是胡謅嗎？」

沈玉門笑笑道：「不過道長最好也不要搞錯，我那身冷汗可不是被陳士元的寶刀嚇出來的，而是被你老人家那幾招妙手給逼出來的。」

無心道長楞楞的望著他，道：「你是說……我的棋比陳士元那把刀還可怕？」

沈玉門道：「可怕多了。」

無心道長道：「你對陳士元那把『胭脂寶刀』真的一點都不在乎？」

沈玉門道：「有你老人家在旁邊，天塌下來也沒我的事，我在乎什麼？」

無心道長猛將桌子一拍，道：「好！沈老二，就憑你這句話，那盤棋我也認了，只要你再贏我兩盤，你們沈家揚眉吐氣的日子就到了。」

一旁的水仙聽得神情大振，秋海棠和紫丁香也同時展開了笑顏。

沈玉門卻全不當一回事，突然排開眾人，走到牆邊，取了幾根木柴，隨手丟進第三座大灶的灶火口裡。所有的人瞧得全都楞住了，誰也沒想到他在這節骨眼上會替爐灶加起火來。

李坤福慌忙叫喊道：「你們還發什麼呆！還不趕快幹活，爐子的火都快熄掉也不加，還要有勞二公子動手，你們太不像話了。」

眾人這才各歸原位，又重新忙了起來。

沈玉門忽然往牆角提了一綑柴，在第三、四座大灶灶前一丟，道：「道長，你怕不怕熱鬧？」

無心道長道：「我是愈熱鬧愈好，否則我早就回武當了，何必跟你跑來金陵？」

沈玉門道：「那好，你既然不怕人吵，咱們索性就在這裡來一盤如何？」

無心道長道：「行，只要你受得了，我是絕無問題。」

沈玉門立刻往柴上一坐，邊畫著棋盤，邊道：「看火的統統閃開，這七座大灶的火全交給我了。」

那幾個小徒弟全都傻住了，每個人呆在原位動也不動，似乎都不敢貿然把這種苦活交給高高在上的二公子手上。

李坤福也急忙跑出來，苦笑著道：「二公子不要開玩笑，這七座大灶的火可不是那麼好照顧的，弄得不好，耽誤了午飯可不是鬧著玩的。」

沈玉門道：「你是怕我只顧下棋，忘了加柴？」

李坤福忙道：「加柴倒是小事，問題是這七座大灶的功用不同，火候也各異，這種事莫說是二公子做不來，就算讓我一個人照顧，只怕也吃力得很。」

沈玉門笑笑道：「你丟開太久了，當然不行，我可不一樣……」

說著，取了兩根柴分別扔進三、四兩灶的火口裡，繼續道：「這七個灶中只有前兩灶的溫火比較難照顧，三四灶要烈火，只要拚命加柴就行了，五六灶……你是在蒸金針排骨湯，還是花鮮蛤蜊湯？」

李坤福楞了楞，才道：「五鍋是苦瓜排骨湯，六鍋是蒜頭田雞盅，為了調味，我讓他們在裡邊擺了點金針。」

沈玉門道：「那也好照顧，第七灶……你是準備炸東西用的，對不對？」

李坤福只有點頭。

沈玉門道：「那更好辦，說不定等用到的時候，這盤棋早就結束了。」

水仙聽得噗哧一笑，沈玉門說得也得意洋洋，雖然沒有挑明誰輸誰贏，但從神態上看來，好像已將無心道長吃定了一般。

無心道長眼睛眨也不眨地瞅著他，道：「你想一邊照應這七座大灶的火，一邊跟我下棋？」

沈玉門點頭道：「是啊！這樣子可以更增加一點緊張氣氛。」

無心道長臉色一沉，道：「沈老二，這兩盤棋對你可是重要得很，你可千萬不能拿它當兒戲啊！」

沈玉門輕輕鬆鬆道：「道長請放心。我這個人與眾不同，愈是緊張愈容易贏棋。」

無心道長冷笑一聲，道：「你還想贏棋？」

沈玉門道：「我為什麼不想？」

無心道長立刻衝上來，道袍一撩，猛地在他對面一坐，道：「好，只要這七座的火不出差錯，你還能贏的話……另外一盤我也不下了，算輸給你了。你看如何？」

沈玉門道：「道長的意思是說，這一盤就頂兩盤？」

無心道長道：「不錯，只要你有本事贏，不久的將來，你就是天下第一刀了。」

沈玉門頭也不回，又將兩根柴分別投在三、四灶的火口裡，道：「我是天下第一刀，你老人家算是第幾刀？」

無心道長道：「有狀元徒弟，沒有狀元師父，我是第幾刀都不重要，重要的是我有辦法把你調教出來，而且保證把你調教得比陳士元還強。」

沈玉門道：「真的？」

無心道長道：「當然是真的。」

沈玉門哈哈一笑，道：「那我就先謝了。」

無心道長即刻抬掌道：「等一等……如果你輸了呢！那又怎麼說？」

沈玉門尚未來得及開口，水仙已搶著答道：「當然要讓道長扣回一盤。」

無心道長怪聲怪氣道：「一盤？」

水仙咳了咳，道：「我想你老人家總不會也想一下子扣回兩盤吧？」

無心道長：「我為什麼不想？」

水仙嘆了口氣，道：「我還以為你老人家有意放我們少爺一盤呢！原來只是賭倍。」

無心道長翻著眼睛道：「放盤？妳想都甭想。妳以為我真的瘋了，老實告訴妳，我手上的本錢是不夠多，否則這一盤，我十倍都敢跟他賭。」

沈玉門突然道：「那好，既然道長開了口，我就跟你賭十倍，你只要贏了這盤，前面那十盤我就統統還給你……」

水仙沒等他說完，便已叫起來，道：「少爺，那不行……」

沈玉門喝道：「這兒沒妳的事，走開！」

水仙心不甘情不願的朝後退了幾步，邊退邊還直在跺腳。

無心道長哈哈大笑道：「好小子，夠豪氣，老實說，我就是欣賞你這種個性。」

紫丁香鼻子一皺，哼聲連連道：「我也欣賞，以一搏十，哪個不欣賞？」

秋海棠也在一旁接著長聲道：「是啊！只可惜我們少爺的本錢還不夠多，如果以一搏三十，那就更豪氣了，道長你說是不是？」

無心道長好像根本沒有聽到兩人的冷潮熱諷，只凝視著滿不在乎的沈玉門，道：「其實我也不願佔你太大的便宜，你這十盤贏得不易，一下子叫你再吐出來……連我都有點替你可惜。」

沈玉門笑笑道：「不要緊，萬一輸給你，我再想辦法贏回來就是了。」

無心道長聽得大搖其頭道：「你以為贏我的棋，真有那麼容易嗎？」

沈玉門道：「比過去是困難了，但也不是不可能。」

無心道長道：「萬一你走了背運，跟我前些日子一樣，連戰皆輸呢？」

沈玉門雙手一攤，道：「那我就啥刀法也不要學了，乾脆帶著大把銀票，陪你老人家遨遊四海，每天供你老人家吃最好的館子，喝最好的酒，然後，還每天陪你老人家下棋，直到你老人家玩膩為止，你看怎麼樣？」

無心道長二話不說，手掌朝後一伸，喝了聲：「拿棋子來！」

紫丁香沒好氣的將一把小石子往他手掌上一塞，道：「拿去輸！」

秋海棠卻小小心心的把她手裡的小石子一顆顆的遞到沈玉門的手中，嘴裡還不斷地叮嚀道：「少爺，小心點，這盤棋可千萬輸不得呀！」

沈玉門道：「妳放心，輸不了的，妳也不想想這是什麼地方？我為什麼要選在這種地方跟他一決勝負？」

說完，還回頭盯了水仙一眼。

水仙被盯得身形猛地一顫，急忙朝著正在一邊發呆的李坤福道：「李師父，你別歇著呀！趕快叫你的徒弟們動手呀！少爺現在連早點都沒有吃，等這盤棋下完，你總得有東西給他吃才行呀！」

李坤福立刻大喝道：「聽到了沒有？你們別因為二公子在這裡就想偷懶，趕快動手吧……」

話沒說完，四下便又開始忙碌起來，各種聲響同時響起，比先前更加嘈雜。

無心道長手上擺弄著石子，輕輕笑道：「你以為在這種地方能佔到便宜，你就錯了，老實告訴你，我也是打亂仗打出來的人，你若真請我在禪房裡安安靜靜地跟你下棋，我還不習慣呢！」

沈玉門又將兩根柴扔進灶裡，道：「那太好了，你老人家萬一輸了，可不要怪這裡的環境不好。」

無心道長冷笑道：「你用不著拿話綁我，只要你有辦法贏棋，無論你在什麼地方，無論你使用什麼手段，我都絕無半句怨言。」

沈玉門大拇指一挑，道：「好，道長快人快語，咱們就這麼說定了。」說道，捻起一顆石子就想往棋盤上擺。

無心道長忙道：「等一等，等一等！」

沈玉門收手怔怔道：「道長還有什麼指教？」

無心道長哼了一聲，道：「你小子倒也真會打馬虎眼，這盤分明是輪到我先，你怎麼可以搶著先下？」

沈玉門皺著眉頭想了想，道：「道長弄錯了吧？這盤棋明明是輪到我先才對。」

紫丁香急忙道：「對，應該輪到我們少爺的先手，我記得很清楚。」

秋海棠連連點頭道：「我也記得，絕對錯不了。」

無心道長立即抬起頭，橫眼瞟著水仙，冷冷道：「妳呢？妳是不是也記得？」

水仙輕敲著腦門，道：「這盤棋該誰先手我是不太清楚，我只記得上一盤好像是道長先走的，你老人家第一顆子是擺在左下角上，我沒有記錯吧！」

無心道長大叫道：「錯了，妳說的是上上盤，是前天在書房前的前簷下的那一盤。」

紫丁香訝聲道：「咦！在書房外邊那盤的第一手，道長不是下在右上角嗎？」

秋海棠也趕忙道：「而且那一盤也不是前天下的，應該是大前天，我記得當時我還端了一碗甘草杭菊茶給道長解渴，道長應該不會忘記吧？」

無心道長大叫道：「錯了，錯了，那是大大前天的事，妳不要搞亂好不好？」

水仙急忙道：「道長喝甘草杭菊茶的那盤棋，是大大大前天的事？」

無心道長道：「沒錯。」

水仙道：「那盤好像道長贏了，對不對？」

秋海棠搶著道：「對，道長還說那是我那碗杭菊茶之功，當場還誇了我半天。」

無心道長雖然沒有說話，卻不斷地在點頭，而且臉上還帶著幾分得意的神色。

水仙好像生怕嚇著他似的，輕聲輕語道：「那麼，道長還記不記得那盤棋是哪個先手？」

無心道長不假思索道：「是我。」

他回手指了指紫丁香，道：「方才這丫頭說我第一手棋下右上角的，就是那一盤棋。」

水仙道：「那麼大大前天，我們少爺贏的那一盤呢？」

無心道長道：「那是妳們少爺先走的，所以才被他贏了去。」

水仙道：「既然大大前天是我們少爺先走的，大前天就該輪到道長先走，對不對？」

無心道長一邊點頭道：「對，對。」

水仙道：「既然大前天是道長的先，前天就該是我們少爺的先，昨天又該輪到道長先，道長不妨仔細算算，今天應該輪到哪個先走？」

無心道長怔了怔，道：「錯了，錯了。」

水仙道：「我是從大大大前天一天一天的推算過來的，怎麼可能出錯？」

無心道長扳著手指頭算了半晌，陡然把手一放，頹然長嘆道：「現在我才知道有使喚丫頭的好處，既可以幫著幹活，又可以替主人耍賴，趕明兒我也找幾個養一養，免得到時候連個提醒自己的人都沒有。」

楞在他前面的李坤福急忙道：「我倒想提醒道長一聲。」

無心道長道：「什麼事？快說！」

李坤福咳了聲道：「據我所知，出家人是不能使喚丫頭的。」

水仙等三人聽得不禁同時笑出聲來。

沈玉門忙道：「別的出家人不行，道長或許可以，他老人家百無禁忌，使喚幾個丫頭有什麼關係？」

無心道長瞪眼道：「是啊！就算我不使喚丫頭，至少我也可以找幾個小道士，到時候不但可以替我爭嘴騙人，必要時還可以幫我打架，保證比你這三個丫頭還要中用。」

沈玉門哈哈一笑，道：「道長何必為這點小事打架，如果道長想先走，只管請，我讓你就是了。」

無心道長道：「誰要你讓，本來就該我先走。」說著，已將一顆石子老實不客氣的擺在棋盤上，一副理所當然的樣子，一點謙讓的意思都沒有。

沈玉門也匆匆擺了一顆，然後又拿起幾根木柴分別扔進幾個火灶的口裡。

無心道長隨手又擺一顆，道：「小心，小心，這七座大灶的火量各有不同，你加柴千萬不能亂加。」

沈玉門輕鬆笑道：「你放心，我是從大灶裡竄出來的。就算我睡著了，也不會搞錯。」

兩人邊說邊下，轉眼棋子已擺了大半盤，那七座大灶的火也一直沒斷。

一旁的水仙等三人，所有的精神幾乎都集中在棋上，無心道長每下一招，她們三個都要不以為然的搖頭晃腦一番，而當沈玉門落子的時候，三人的表情卻大不相同，不但讚不絕口，有時還鼓掌叫好，好像那著棋一下，就已經贏定了似的。

可是棋局雖已過半，沈玉門並沒有佔到一點便宜，盤面仍然難分高下。

突然，沈玉門抽出身旁的短刀，舉起刀來就想劈柴。

水仙大吃一驚，道：「少爺，你要幹什麼？」

沈玉門指著戳在地上的兩根木頭，道：「妳沒看到嗎？」

水仙急道：「劈柴可以叫他們拿把劈柴刀來，怎麼可以使用『六月飛霜』？那未免太可惜了。」

無心道長原本正想下子，這時也把手收回來，道：「是啊！用這種寶刀劈柴，簡直是暴殄天物，的確可惜得很。」

李坤福也已直著嗓子大叫道：「快，快替二公子拿把劈柴刀來……」

喊聲未了，一柄劈柴刀已遞到沈玉門手上。

沈玉門手起刀落，兩根木柴登時劈成了四爿，不僅手法熟巧，而且架式十足，一看就知道是個劈柴老手。

李坤福在旁邊瞧得又驚又奇，加火的功夫或許可以裝裝，但劈柴的手法卻做不得假，如非多年老手，手法不可能如此乾淨俐落。
可是沈府的沈二公子自小就嬌生慣養，平日連廚房都很少進，怎麼懂得火性，又怎麼可能會劈柴？
四片木柴又分別投進一、二灶的火口中。
沈玉門拍著手，笑呵呵道：「有個不太妙的消息想要告訴道長，不知你老人家有沒有興趣聽？」
無心道長剛剛又要落子，不得不又收住手，道：「什麼消息？你說。」
沈玉門道：「第一灶和第二灶已經可以封火了，現在就只剩下五個灶了。」
無心道長道：「剩下五個灶又怎麼樣？」
沈玉門道：「我的壓力減少了，你老人家的壓力也就相對增加了幾分……你老人家怕不怕？」
無心道長冷笑一聲，狠狠地把子往棋盤上一落，道：「我就怕你不上鉤，吃！」
沈玉門垂下頭，道：「鉤在哪裡？」
水仙等三人也圍上來，彎著身子，拚命在找這著棋的漏洞。
只有李坤福動也不動的呆站在後面，看看火苗又看看擠在三個丫頭中間的沈玉門，臉上充滿了焦急之色。

只聽沈玉門哼聲連連道：「我明白了，原來在那個地方。」
無心道長「噗嗤」笑道：「哪個地方？」
沈玉門道：「就在那裡，要不要我指出來給你看？」
無心道長道：「你指，有本事你就指出來，我就不相信你能看出這步棋來。」
沈玉門忽然大叫一聲，道：「李師父，別呆著，該叫他們起鍋了。」
李師父登時鬆了一口氣，一面吩咐小徒們起鍋，一面滿臉狐疑的偷瞟著沈玉門，似乎對這位相處多年的二公子更加摸不透了。
無心道長得意洋洋的聲音又從幾個丫頭堆裡傳出來，道：「你指啊！你為什麼不敢指出來？是不是怕指錯了我會笑你？」
沈玉門沒有吭聲，沉默了許久，才又有氣無力的叫了聲：「李師父！」
李坤福忙道：「二公子有什麼吩咐？」
沈玉門嘆了口氣，道：「你這班徒弟是怎麼教的？簡直太離譜了。」
李坤福怔怔道：「什麼事離譜？」
沈玉門霍然站起，抱著幾根柴就往裡走，邊走邊加火，直走到一個正在剁肉的小徒弟前面才停下來，道：「你在幹什麼？」
那小徒弟楞頭楞腦道：「剁肉。」

沈玉門道：「照你這麼剁，十兩肉剁出來至少也可以變成十一兩。」

那小徒弟道：「怎……怎麼會？」

沈玉門道：「怎麼不會？你連砧板的木頭都剁進去，分量還會不增加嗎？」說著，一把奪過那小徒弟的兩把刀，便在砧板上剁了起來。

但聞刀聲篤篤，又輕又密，而且節奏分明，一聽就知道操刀的是個中高手，而現在舞動著那兩把菜刀的，卻是從未沾過廚事的沈二公子！

廚房裡所有的人全都傻住了，連無心道長都已伸長了頸子，遠遠呆視著他的背影，彷彿連眼前的棋局都整個忘掉了。

刀聲緩緩地停了下來。沈玉門刀頭一轉，兩支刀柄同時還在那小徒弟手中，道：「看到了吧？這才叫剁肉，幸虧你是在這裡學藝，如果在大館子裡，客人早就全被你嚇跑了。」

那小徒弟莫名奇妙道：「為什麼？」

沈玉門苦笑道：「你也不想……哪個客人要吃你剁出來的木屑和鐵？」

那小徒弟看看那把帶鏽的刀，又看看那隻被剁得凹下一塊的砧板，不得不垂下了頭。

沈玉門拍他的肩膀，道：「記住，下刀要平，沾肉而止。腕力不夠的話，握刀的手可以往前抓一點。你跟你師父不一樣，他功夫夠，腕力足，怎麼剁都行，而你的腕力不夠，時間一久當然會剁到砧板上。你懂了吧？」

那小徒弟服服貼貼的點了點頭，口中連聲稱謝不已。

沈玉門轉身走了幾步，忽然舀了一瓢水，走到一個正在剖魚的師父面前，道：「俞老三，你昨天的黃魚捲做得很不錯。」

原來此人正是李坤福門下年紀最大、資歷最久的三徒弟俞杭生。

俞杭生急忙放下刀，垂手道：「多謝二公子誇獎。」

沈玉門將那瓢水往剖了一半的魚身上一潑，道：「處理鮭魚和黃魚的方法完全不同，其中最大的差別，就是用水。」

俞杭生微微怔了一下，道：「二公子的意思是說，鮭魚不能乾剖，一定要邊剖邊淋水，對不對？」

沈玉門道：「不錯，而且下刀也不一樣，黃魚要切要刮，鮭魚卻要急削快抹，只有抹出來的肉才漂亮。」

俞杭生拿起了刀，比了比又放下來。

沈玉門道：「要不要我剖給你看看？」

俞杭生立刻把刀送到他手上，還揉了揉眼睛，一副拭目以待的樣子。

沈玉門魚刀抹動，剎那間，一條魚已剖出兩片完整的魚肉，魚頭和魚尾相連的那條魚骨依然完好無缺，上面連一絲魚肉都不帶，手法輕巧熟練已極，即使李坤福親自操刀，也未必能做到這種程度。

俞杭生驚得連話都說不出來了，只輕輕的摸著那兩片魚肉，不停地在嘆氣。

沈玉門魚刀一丟，突然衝到蕭四喜身旁，一把將他的手臂撈住，道：「你想幹什麼？」

蕭四喜道：「我在搓丸子，現在正想下料。」

沈玉門從他手上抓過了胡椒罐，道：「前天你的丸子就下錯了佐料，你知道嗎？」

蕭四喜摸著腦袋，道：「我下料一向都很小心，應該不會出錯才對。」

沈玉門道：「你今天做的又是三鮮丸子，對不對？」

蕭四喜遲疑了一下，道：「差不多。」

沈玉門道：「三鮮丸子最討人喜愛的就是鮮，你在裡面卻加了一堆這種陳胡椒，所有的鮮味幾乎都被它破壞光了，你居然還說不會出錯？」

蕭四喜齜牙咧嘴道：「那麼依二公子之見，應該加哪一種胡椒呢？」

沈玉門道：「當然是新胡椒。」

蕭四喜皺眉道：「胡椒還分新椒陳椒？這倒怪了！」

沈玉門道：「這有什麼奇怪！茶有春茶冬茶，米有新米陳米，胡椒為什麼不能有新陳之分？」

蕭四喜道：「可是……我怎麼從來都沒聽師父說過？」

李坤福已遠遠喝道：「廢話少說，趕快把剛剛買來的那袋胡椒搬出來！」

蕭四喜二話不說，回頭就跑。

沈玉門這才一面加火，一面走了回來，慢條斯理的往柴上一坐，不慌不忙的擺了一顆子在棋盤上。

無心道長居然動也沒動，三個丫頭和李坤福也都在悶聲不響的望著他，而且每個人的目光裡都充滿了驚異的神色。

沈玉門抬頭瞄了幾人一眼，道：「咦，你們這是幹什麼？」

無心道長唉聲嘆氣道：「她們在研究你這個少爺究竟是新的，還是陳的？」

沈玉門道：「道長又在說笑話了，人又不是東西，怎麼會有新陳之分？」

無心道長道：「為什麼不能分？連胡椒都能分出新椒陳椒，少爺為什麼不能分為新少陳少？」

沈玉門哈哈一笑，道：「好，好，那就由他們去分吧……現在該你老人家下了。」

無心道長這才將目光投在棋盤上，道：「你這著棋的時間耽擱太久，把我的策略都打斷了，且讓我慢慢地想想再說。」
沈玉門一面點著頭，一面道：「你知道我方才為什麼離開這裡嗎？」
無心道長抬頭望著他，道：「為什麼？」
沈玉門道：「因為我不離開的話，非要當場大笑不可，我認為那麼一來會影響道長的自尊，所以才不得不到裡邊去轉一圈。」
無心道長怔了怔，道：「這是什麼話？我有甚麼地方好笑？」
沈玉門道：「並不是道長好笑，而是這盤棋……」
他說到這裡，已忍不住哈哈大笑的站了起來，邊笑邊加火，過了很久才坐回原處，還一直在拚命的揉鼻子。
無心道長滿不開心的瞪著他，道：「沈老二，你這是什麼意思？是不是在跟我打心戰？」
沈玉門道：「我已經贏定的棋，何必再跟你打心戰？」
無心道長一驚，道：「什麼？這盤棋你居然敢說贏定了？」
沈玉門點頭道：「是啊！其實方才那一手就是多走的，道長早就該投降了。」
無心道長立刻垂下頭去，水仙等人同時擠上來，每個人都埋首苦思，可是誰也看不出沈玉門究竟贏在什麼地方。

沈玉門輕咳兩聲，道：「道長還記得回來的第二天，在我床邊下的那盤棋嗎？」
無心道長道：「記得，那盤棋我不小心落進了你的陷阱，輸得實在沒話可說。」
沈玉門道：「道長有沒有發現，這一盤棋和那一盤多少有點相似之處？」
無心道長搖頭道：「沒有，一點都沒有。」
沈玉門道：「道長不妨坐遠一點，再仔細看看……最好是把棋盤調個面，把左邊當右邊，右邊當左邊，也許就能看出點苗頭來了。」
無心道長果然往後縮了縮，歪著脖子看了一會，臉色漸漸變了。
水仙似乎也發現了個中玄妙，訝然叫道：「咦！這盤棋好像跟那盤走得一模一樣，只是左右調了個面而已。」
紫丁香怔怔道：「這麼說，道長不是又要投子認輸了嗎？」
秋海棠竟然「噓」了一聲，道：「妳們先不要吵，像道長這麼精明的人，不可能接連兩次都落在同樣的陷阱裡，說不定後面還有棋。」
無心道長猛地把手中剩餘的石子一摔，道：「還有個屁棋，今天真是遇到鬼了。」
沈玉門忙道：「道長不必發火，如果你老人家認為這盤棋輸得冤枉……咱們再重新擺過，你看如何？」
無心道長一怔，道：「你是說這盤棋不算，再陪我重下一盤？」

沈玉門道：「是啊！」

無心道長凝視著他，道：「你難道忘了這盤棋對你的重要性？」

沈玉門道：「我沒忘。」

無心道長道：「你既然沒忘，居然還敢放盤。你有沒有想到這個機會一旦失掉，就可能永遠抓不回來了？」

沈玉門淡淡道：「我知道，不過我總認為凡事不能強求，是我的就不會跑掉，不是我的，就是道長傾囊相授，我也未必消受得了，你說是不是？」

無心道長哈哈大笑道：「好，好……」突然身形一斜，直向水仙小腹撞去。

水仙霍然翻身，腰際溜溜一轉，已讓過突如其來的一擊，但肩上的鋼刀卻已「鏘」的一聲落在無心道長手裡。

無心道長鋼刀入手，猛地全身後仰，刀鋒化做一道長虹，竟然直削身後紫丁香的雙足。

紫丁香慌忙轉身躍起，反手就想拔刀，可是無心道長卻在這時全身陡然一縮，撩刀轉向秋海棠胸前抹了過去。

秋海棠大吃一驚，急忙收腹倒退，卻發覺足尖已被無心道長的腳絆住，情急之下，猛地一掙，人雖躍上了臺，鞋子卻已留在無心道長腳下。

無心道長刀勢一收，打著哈哈道：「隔靴搔癢搔不到，硬逼丫頭上大灶。你看這兩招怎麼樣？是不是比你們『七星跨虎』和『白鶴亮翅』要高明得多？」

沈玉門莫名其妙的瞧著一旁的水仙，道：「道長這是在幹什麼？」

水仙笑口大開道：「他老人家正在教你刀法啊！」

沈玉門怔怔道：「什麼刀法？」

水仙道：「當然是我們那套『虎門十三式』，他老人家正在為我們修改，方才那兩招看起來就比我們原來的招式有威力多了。」

無心道長立刻笑迷迷道：「你知道這兩招的訣竅在哪裡嗎？」

沈玉門道：「在哪裡？」

無心道長道：「就在腳上，將來你使用起來一定會比我剛才使的更有看頭。」

沈玉門道：「為什麼？」

無心道長道：「因為你學過胡大仙的『貓腳鼠爪狐狸步』，你能跟他那套步法配合，保證無往不勝。」

沈玉門皺眉道：「什麼『貓腳鼠爪狐狸步』？這名字怎麼這麼難聽？」

水仙噗哧一笑，道：「那是道長跟你說笑的，他老人家指的就是胡管事教你的那套『紫府迷蹤步』，只要你想辦法把道長教你的刀法和那套步法揉合在一起就行了。」

沈玉門滿不帶勁的道：「可是……你應該知道，我根本就不想學這套刀法。」
無心道長愕然道：「你不想學這套刀法，想學什麼？」
沈玉門從地上拾起了「六月飛霜」，道：「我想學短刀。」
無心道長大吃一驚，道：「什麼，堂堂的金陵沈二公子，竟要改習短刀？」
沈玉門不悅道：「短刀有什麼不好？道長何必如此大驚小怪？」
無心道長嘆了口氣，道：「我並不是說短刀不好，只是替你可惜罷了！」
沈玉門道：「我自己並不覺得可惜，道長大可不必為我唉聲嘆氣，你只要告訴我肯不肯教就行了。」
無心道長忍不住又嘆了口氣，道：「肯教。只可惜短刀非我所長，縱然你把我會的全部都學去，也成不了什麼大氣候。」
沈玉門聽得登時洩了氣，無精打采的在門前的凳子上坐了下來。
無心道長也將刀還給了水仙，好像一切都已接近了尾聲。
水仙緩緩地把鋼刀還入鞘中，突然道：「道長，你老人家認為我們沈家這套刀法究竟如何？」
無心道長毫不猶豫道：「好，好得沒話說，所以我的興趣才這麼大，一般刀法，我還不屑一改呢！」

水仙忙道：「既然如此，道長何不再多動動腦筋，索性把『虎門十三式』改成一套短刀法，豈不也是一大快事？」

無心道長攤手道：「怎麼改？刀刀都差一尺多，再有威力的招式，也發揮不出來啊！」

水仙嘆了口氣，道：「可是我們少爺忽然用膩了長刀，非要學短刀不可，你說有什麼法子？」

秋海棠和紫丁香也在一旁連連搖頭，似乎都對沈玉門的捨長取短極為惋惜。

沈玉門卻像沒事人兒一般，只默默地瞄著無心道長，好像料定他一定會有辦法。

無心道長眼睛翻動了半晌，果然道：「如果你非學短刀不可，我倒有個主意。」

沈玉門道：「什麼主意？」

無心道長道：「大智和尚有個徒弟，好像叫什麼至善的，聽說很擅長使用短刀，我倒可以想個辦法把他騙來。」

沈玉門皺眉道：「騙來？」

無心道長道：「不錯，他若知道我們在動他那套刀法的腦筋，就算打死他，他也不會來的。」

沈玉門道：「他那套刀法究竟怎麼樣？」

無心道長道：「那還用說，少林使用短刀的數他最高，而且又是大智和尚的得意弟子，我想一定錯不了。」

沈玉門道：「但不知他的刀法比什麼容城賀大娘的那套如何？」

無心道長沉吟著道：「只怕還差了一點，不過我想也不會差得太遠。」

沈玉門斷然搖首道：「那不行，我花了很大的力氣，結果只不過學了套三流功夫，那就未免太不划算了。」

無心道長立刻道：「你錯了，少林的刀法，絕對不可能是三流功夫。」

沈玉門道：「那麼照你看，應該是幾流？」

無心道長為難了好一陣子，才伸出兩隻手指，道：「至少也可以稱得上二流。」

沈玉門冷笑一聲，道：「既然明知是二流的功夫，我學出來又有什麼用？」

水仙急忙道：「是啊！我們少爺自己丟人事小，萬一有人知道是你老人家教出來的，豈不把你老人家的顏面也丟盡了？」

無心道長嘆道：「妳以為要創一套一流的刀法，是那麼容易的事嗎？」

水仙道：「當然不容易，我們沈家的刀法也不是一天創出來的，這一點我們知道得都很清楚，就算是你老人家創不出來，我想我們少爺也絕不會怪你……」說道，轉頭望著沈玉門道：「少爺！你說是不是？」

沈玉門道：「那當然。」
紫丁香忽然道：「那麼道長欠少爺的那十幾盤棋怎麼辦？」
秋海棠道：「是啊！那十幾盤棋贏來可不容易啊！」
沈玉門淡淡道：「不要緊，暫且欠著，說不定那天道長心血來潮，突然創出幾手絕招，那時再教我也不遲。」
無心道長只在一旁翻著眼睛，吭也沒吭一聲。
就在這時，蕭四喜忽然將一盤剛剛炸好的丸子送上來，道：「這是按照二公子的指示下的料，請您嚐嚐味道對不對？」
沈玉門拿起筷子，不慌不忙的先將一個丸子夾起，嗅了半晌才淺嚐了一口，道：「嗯，味道好像還不錯。」
李坤福和蕭四喜同時咧開了嘴巴。
沈玉門邊嚼邊道：「這是什麼丸子？」
李坤福道：「原本是三鮮丸子，我不過將佐料少許調配了一下而已。」
沈玉門接著道：「這跟三鮮丸子的風味完全不同，你應該給它另外取個名字才對。」
李坤福忙道：「既然二公子這麼說，何不乾脆賜給它一個名字？」

沈玉門想了想，忽然望著蕭四喜那張老老實實的臉孔，問道：「你叫蕭四喜，對不對？」

蕭四喜急忙點頭。

沈玉門道：「那就索性叫『四喜丸子』吧！聽起來雖然不像菜名，倒也吉祥得很。」

蕭四喜聽得笑口大開，李坤福也在一旁連連道好，臉上也流露出一副躊躇滿志的樣子。

沈玉門又想了想，道：「你趕快把這道菜的配料做法寫在一張紙上，寫得愈詳細愈好，最好連心得都不要保留。」

蕭四喜匆匆從懷中取出一張折疊得整整齊齊的紙張，道：「小的早就已經寫好了，請二公子過目。」

說著，畢恭畢敬的將那張紙遞到沈玉門手上。

沈玉門打開草草看了一遍，然後要了枝筆，在角上題了「四喜丸子」四個字，又在下面飛龍走筆的落了個款，也認不出他寫的是什麼，只覺得看起來非常勻稱，就像一朵花一樣。

紫丁香忍不住讚嘆道：「少爺的字愈來愈有功力了。」

秋海棠道：「看上去也比過去好多了。」

水仙也嘆了口氣，道：「可不是嘛！可比咱們少爺……的好朋友孫大少高明多了。」

沈玉門橫了她一眼，才將那張紙折起，交還給蕭四喜，道：「你把這張紙交給石總管，叫他派人送到揚州的『一品居』去。」

蕭四喜怕怕說道：「送到『一品居』去幹什麼？」

沈玉門道：「試試你的運氣，只要杜老爺子看上這道菜，肯把『四喜丸子』這四個字加在他的菜牌上，你揚眉吐氣的日子就來了。」

李坤福緊張得忽地站了起來，又緩緩坐下，搖著頭道：「聽說杜師父的眼界奇高，只怕不可能看上這種粗菜。」

沈玉門笑笑道：「看不上對你們並沒有什麼損失，可是一旦被看上……到時候不但蕭四喜揚名天下，你李坤福也臉上有光，你說是不是？」

水仙在一旁悠悠道：「那當然，徒弟成了名，最有面子的就是師父，否則誰還肯辛辛苦苦的教徒弟！」

一旁的紫丁香忽然嘆了口氣，道：「其實做徒弟的也辛苦得很，又要陪師父喝酒，又要陪師父下棋。只要師父興趣來了，你想不陪都不行。」

秋海棠即刻接道：「可不是嘛！而且下起棋來也很傷腦筋，既不能輸，也不能常贏，贏個兩三盤總得找機會放他一盤，還不能放得太明顯，簡直難透了。」

她一面說著，一面瞟著無心道長，這些話顯然是說給他聽的。無心道長卻像沒聽到一般，依然緊皺著眉頭，在埋首苦思。

蕭四喜卻咳了咳道：「酒我是常常陪師父喝，棋倒是很少下，就算下，也用不著放盤。」

秋海棠道：「為什麼？」

蕭四喜道：「因為無論什麼棋，我都遠非師父的敵手。」

秋海棠竟也嘆了口氣，道：「這麼說，你可比少爺幸運多了……」

話沒說完，無心道長陡然大喝一聲，道：「有了！」

秋海棠做賊心虛，登時嚇了一跳，慌忙閃到紫丁香身後。

就在這時，無心道長又拾起那柄短刀，口中喊了聲：「風捲荷花葉底藏！」身形一晃，連人帶刀直向紫丁香撞來。

紫丁香匆匆一讓，無心道長的刀鋒已到了秋海棠的胸前。

秋海棠駭然倒退，無心道長卻如影隨形，刀尖不斷地在她胸前閃動，直將她逼到牆壁上，才陡然收刀，回身又找上了紫丁香。

紫丁香沒等他逼近，「鏘」的拔出刀子，轉身上步，撩刀就砍。

無心道長哈哈一笑，道：「推窗望月側身長。」身子微微往一旁一側，短刀已然削到。

紫丁香驚呼聲中，一個倒翻，身體整個撞在門板上，才算勉強的躲過了這一刀。

無心道長也不追擊，轉身笑視著水仙，道：「左顧右盼心莫亂，順水推舟刀做鞭。」說著，但見刀鋒晃動，忽左忽右，目光卻一直緊盯在水仙驚慌的臉孔上。

水仙急忙橫刀胸前，小心戒備，一副如臨大敵的模樣，可是無心道長的短刀卻忽然脫手擲出，目標竟然是穩坐在門邊的沈玉門。

房中所有的人都大吃一驚，反倒是沈玉門本人連眉頭都沒皺一下。

短刀「叮」的一聲釘在了桌沿上，水仙等三人也同時飛撲而至，一齊護在沈玉門身旁。

無心道長卻不慌不忙的走上來，道：「你看這三招怎麼樣？」

沈玉門道：「好，好極了。」

無心道長道：「這三招可都是你們本門刀法，我不過是把它稍加變化而已。」

沈玉門道：「我知道，第一招是本門刀法的第三式『風捲荷花』，第二招是第七式『推窗望月』，第三招是第八式『順水推舟』，對不對？」

無心道長道：「第幾式我不知道，不過我想你說得應該錯不了。」

沈玉門道：「其他那十式呢？」

無心道長道：「小伙子，別著急，只要你叫你這三個丫頭少風涼我幾句，叫李師父多做幾樣好菜給我吃，保證不出三個月，武林中的短刀第一名家就不是容城的賀大娘。」

沈玉門道：「如果再有好酒呢？」

無心道長嚥了口唾沫，道：「那就更快了。」

沈玉門立刻道：「水仙，快，把櫃子裡的那罐『梅林老窖』給道長拿來！」

無心道長聽得又翻著眼睛在想，好像酒還沒喝，靈感就先來了。

第八回　相逢在夢中

從那天起，無心道長也不提下棋的事，除了酒醉之外，幾乎每天都沉浸在沈府那套高深莫測的「虎門十三式」中。

沈玉門也心無旁騖的專心練功，不僅內功大有進境，刀法和輕功的功力也與日俱增，好像已完全擺脫了往日的生活，儼然成了武林人物。

水仙顯然比任何人都辛苦，白天陪沈玉門練刀，夜晚還要偷偷指點他「紫府迷蹤步」法，而且還要千方百計的掩飾他的行止，唯恐不小心會露出破綻。

好在顏寶鳳絕少在西跨院，石寶山雖然每天都要過來一趟，但每次都是坐坐就走，甚至連目光都儘量不與沈玉門有所接觸，好像心裡隱藏著什麼秘密，生怕沈玉門向他追問一般。

至於秋海棠和紫丁香，由於終日和沈玉門相處，當然早已發覺他的舉止有異，尤其是武功的突然走樣，更使兩人費解，但她們不敢懷疑，因為她們只有這一個少爺，除了加倍的小心陪他練功之外，根本就沒有第二條路可走。

時光荏苒，轉眼大半年過去了，沈玉門的武功已小有成就，沈府的日子過得有如止水般的平靜。

而這時江湖上卻並不平靜，尤其是江南一帶，時有武林人物遭人暗算，凶嫌顯然是青衣樓的人馬。孫尚香也一直沒有來金陵，不知是為了迴避無心道長，還是有其他緣故，解紅梅更是音訊毫無，就像突然從這個世上消失了一般。

每當練功之暇，沈玉門偶爾也會想起孫尚香這個人，他很想再見見這位不太受他喜愛的「好朋友」。他想見他最大的目的，當然還是想從他的嘴裡得到一點有關解紅梅的消息。

這天黃昏，沈玉門剛剛練功完畢，正在準備沐浴，石寶山忽然意外的跑了來。

平日他例行問安或是有什麼消息稟報，都是一早便趕過來，絕少選在這種時刻，而今天卻一反常態，是不是發生了什麼重大的事情？

沈玉門急忙披起衣裳，匆匆走出來，凝視著石寶山，問道：「這麼晚了，你跑來幹什麼？」

石寶山躬身道：「屬下有個大好消息，想早一點向二公子稟報。」

沈玉門神情一振，道：「是不是孫尚香那傢伙到了金陵？」

石寶山搖頭道：「孫大少最近不可能離開揚州。」

沈玉門道：「為什麼？」

石寶山道：「聽說孫少奶奶有了身孕，現在差不多已經到了臨盆的時候了。」

沈玉門回首望了水仙等三人一眼，道：「這麼重要的事情，我怎麼從來沒聽妳們提起過？」

水仙等三人同時做了個無奈何的表情，目光不約而同的盯在石寶山臉上。

石寶山咳了咳，道：「這可不能怪她們三個，屬下也是最近才聽到的。」

沈玉門道：「你說的最近，大概是多久？」

石寶山遲遲疑疑道：「總有大半個月了吧！」

沈玉門臉色一沉，道：「你既已知道大半個月，為什麼不來告訴我？你難道不知道孫尚香是我的好朋友嗎？」

石寶山忙道：「屬下以為這是孫尚香的家務事，對二公子並不重要，所以才沒有稟報……」

沈玉門不耐道：「好吧！那你就把你認為重要的消息趕快說出來，我倒要聽聽究竟重要到什麼程度。」

石寶山突然笑容一展，神秘兮兮道：「這個消息對二公子絕對重要，而且你聽了一定會很開心。」

沈玉門神情大振，道：「不要賣關子，有話快說！」

石寶山道：「據說秦姑娘已經離開太原，大概三五天之內就可以到金陵了。」

沈玉門一怔，道：「哪個秦姑娘？」

石寶山道：「當然是『紫鳳旗』的秦姑娘，也就是夫人的那位小師妹。」

沈玉門大吃一驚，道：「這算什麼好消息？她來不來跟我有什麼關係？」

石寶山愕然道：「咦！二公子跟那位秦姑娘不是一向都很合得來嗎？」

沈玉門不禁又回頭望了望水仙。

水仙苦笑道：「少爺跟秦姑娘的感情是很不錯，這件事府裡的人幾乎都知道。」

一旁的秋海棠和紫丁香也不約而同的直點頭，顯然都很同意水仙的說法。

沈玉門滿臉無奈道：「好，就算我跟秦姑娘很合得來，聽了這個消息也開心得不得了，總行了吧！」

說著，目光又回到石寶山臉上，道：「你還有沒有其他的事要告訴我？」

石寶山道：「沒有了。」

沈玉門道：「那就辛苦你了，你請回吧……我要洗澡了。」

石寶山躬身退了出去，臨走時還在他臉上瞄了一眼，目光中充滿了奇異的神色。

沈玉門動也不動的站立在原處，直到石寶山遠去，才頹然跌坐在椅子上，道：「他媽的，該來的不來，不該來的卻偏偏要趕來湊熱鬧。」

水仙應道：「可不是嘛！」

沈玉門突然一拍扶手，道：「這石寶山一定有鬼，我就不相信這大半年裡連一點消息都沒有。」

紫丁香一旁怔怔問道：「什麼消息？」

秋海棠橫了她一眼，道：「這還要問，當然是那位解姑娘的消息。」

水仙忽然輕嘆一聲，道：「少爺和解姑娘的關係，石總管多少總該知道一點，我想他還不敢把消息擱下來，除非後面有人授意……」

沈玉門道：「莫非又是顏寶鳳的主意？」

水仙遲疑了一下，才徐徐點了點頭。

沈玉門道：「她為什麼要這樣做？難道她對我的身分已產生了懷疑？」

紫丁香立刻叫道：「少爺的身分有什麼值得懷疑？她這麼做，也無非是為了她那個小師妹罷了。」

秋海棠冷冷接道：「不錯，只有秦姑娘嫁過來，她在沈府的地位才能更加穩固……」

水仙截口道：「住口！這種事，也是我們姐妹能夠談論的嗎？」

秋海棠滿不服氣道：「可是我們總得提醒少爺一聲。如果任由事情這麼演變下去，將來如何得了？」

紫丁香也接口道：「是啊！至少也得請少爺拿個主意才行。」

水仙道：「妳們想讓少爺拿什麼主意？是跟她分家，還是拍拍屁股一走了之？」

沈玉門默然不語，過了很久，才淡淡道：「有兩件事，我覺得非常奇怪，我倒很想問問妳們。」

秋海棠和紫丁香登時閉上了嘴巴，目光卻都悄悄的向沈玉門瞟去。

三人幾乎同時道：「什麼事？」

沈玉門道：「第一，石寶山是個聰明人，按說他應該站在我這邊才對，可是我最近發現他好像事事都聽顏寶鳳的，簡直就沒把我放在眼裡……妳們知道是什麼緣故嗎？」

水仙嘴巴雖然張了張，又閉起來，一副欲言又止的樣子。

秋海棠卻已忍不住叫道：「對呀！我也正覺得奇怪，石總管過去不是這個樣子的，芝麻大的事情都要跑過來請少爺指示，哪像現在，一天也來不了一趟，講起話來也吞吞吐吐的，好像是個外人似的。」

秋海棠冷笑一聲，道：「我看八成是那個……是夫人允許了他什麼好處。」

水仙瞪眼喝道：「妳們不要胡說，石總管怎麼會是那種人？」說完，立即換了副臉色，笑吟吟的望著沈玉門，道：「第二件呢？」

沈玉門摸了摸鼻，道：「解姑娘曾經答應一有機會就會來看我的，可是轉眼已過了七八個月，她不但沒有露面，甚至連一點消息都沒有……我在懷疑，她是不是已經被那女人給偷偷收拾掉了？」

水仙一怔，道：「哪個女人？」

沈玉門道：「當然是顏寶鳳。」

水仙急忙擺手道：「不可能，絕對不可能。」

一旁的秋海棠和紫丁香也在同時搖頭，都不相信顏寶鳳會幹出這種事情來。

沈玉門皺起眉頭，道：「那就怪了，她既然答應過我，怎麼會不來呢？」

水仙道：「那是因為她根本沒有機會。」

沈玉門抬眼凝望著她，道：「妳是說這裡守護森嚴，她根本就進不來？」

水仙點頭道：「恐怕還沒摸進沈家崗，就被擋回去了，如果連解姑娘都能進來，青衣樓的殺手早就到了，咱們還哪裡能過得如此安逸。」

沈玉門聽得整個楞住了，同時臉上也出現了一股失望之色。

紫丁香忽然湊上來，道：「咱們何不出去找找？只要她在金陵，咱們就有辦法把她找出來。」

秋海棠也忙道：「或是少爺告訴我們她在什麼地方，我們悄悄把她帶進來也行。」

沈玉門搖頭道：「我要知道她在什麼地方，早就去找她了，何必等到今天。」

水仙忽然嘆了口氣，道：「我看少爺還是忍忍吧！我想遲早總會有機會的。」

沈玉門道：「不可能，按照這裡的防衛情況來看，再等多久她也進不來的，如今唯一的辦法，就是找石寶山攤牌。」

水仙呆了呆，道：「怎麼攤牌？」

沈玉門道：「叫他撤消防衛網……至少也得讓他留下一條通路。」

水仙一驚，道：「那怎麼可能！就算石總管肯幹，夫人也絕對不會答應的。」

沈玉門道：「如果她不答應……那我就只有使用最後一招了。」

水仙怔怔地瞄著他，道：「少爺所說的最後一招，不知指的是什麼？」

沈玉門大拇指朝後一挑，道：「走。」

水仙匆匆往後掃了一眼，道：「走到哪裡去？」
沈玉門答道：「這還用問？當然是從哪裡來的，回哪裡去。」
水仙變色道：「那可不行，你走了，沈府怎麼辦？那不什麼都完了？」
沈玉門笑笑道：「這妳倒不用擔心，有顏寶鳳撐著，一時半刻還完不了，那個女人可能幹得很哪！」
水仙急道：「可是她再能幹，也是外姓人，怎麼可以把沈家的命運交在她手上？」
紫丁香猛一點頭，道：「對，這可不是鬧著玩的。」
秋海棠也急忙道：「何況那女人私心重得很，長此下去，早晚我們沈家會統統落在她手上。」
沈玉門這才臉色一寒，冷冷道：「這種話，妳們跟我說又有什麼用，為什麼不找個機會跟石寶山談談？」
水仙沉嘆一聲，道：「好吧！這件事交給我了……我會找個適當的機會跟他談談，我也認為有跟他談談的必要。」
紫丁香跺腳道：「還要找什麼適當的機會！依我看，現在就把他找來。」
秋海棠連連點頭道：「對，現在就跟他攤開來說，談得好，咱們就留下來，談得不好，咱們就乾脆使用少爺最後那一招，讓他們急急也好。」

水仙又是一聲沉嘆，道：「就怕最後那招不靈，咱們就慘了……」

就在此時，無心道長忽然一頭闖進來，大叫道：「你放心，慘不了，最後那招我已經想出來了，保證比前面那十二招更靈。」

四人全都被這突如其來的變化嚇了一跳。

沈玉門霍然站起道：「道長的意思是說，那第十三式已經解決了？」

無心道長緊緊張張的點著頭，道：「解決了，而且其中變化玄妙無比。走，現在我就把它教給你。」

水仙急忙道：「少爺已經累了，我看還是等明天再練吧！」

無心道長道：「不能等，我現在正有靈感。萬一明天靈感跑掉，想捉都捉不回來。」說著，拉著沈玉門就往外走。

紫丁香和秋海棠本想跟出去，但見水仙沒動，也就急忙的收住了腳。

水仙默默不語的在原地呆立良久，才突然朝門旁的紫丁香微一擺首，道：「妳去把石總管請來，就說……少爺有重要的事和他商議。」

紫丁香道：「可是少爺不是練刀去了嗎？」

水仙瞪著她，一句話也沒說。

紫丁香好像突然想通了，吭也沒吭一聲，轉身便出了房門。

水仙目光飛快的又落在秋海棠的臉上，道：「妳也別閒著，趕快去收拾東西。」

秋海棠一怔，道：「收拾什麼東西？」

水仙道：「收拾什麼都行，不過妳手腳可要輕一點，千萬不能讓石總管發覺。」

秋海棠楞頭楞腦道：「為什麼不能讓石總管發覺？」

水仙道：「因為我們少爺準備離家的事情，絕對不能讓他知道。」

秋海棠大驚失色道：「妳是說……我們少爺真的又要走？」

水仙道：「妳緊張什麼？當然是假的，他現在武功尚未恢復，怎麼可能再出去冒風險！」

秋海棠鬆了口氣，道：「既然不出去，又何必要忙著收拾東西？」

水仙道：「那只不過是做做樣子，給石總管看看罷了。」

秋海棠聽得又是一楞，滿臉狐疑道：「咦！妳既然想做給他看看，又何必叫我手腳輕一點，千萬不能讓他發覺？」

水仙忽然嘆了口氣，不斷地搖著頭道：「妳最近怎麼愈來愈笨了，妳好像已經完全忘了那姓石的是個什麼樣的人。」

秋海棠莫名其妙的望著她，道：「這……這話怎麼說？」

水仙道：「妳要知道那姓石的比猴子還精，妳的手腳再輕，也休想瞞得過他的。總之，妳做得愈神秘，他愈會相信，如果妳大而化之的在他面前收拾行囊，他反而會懷疑我們是在故意做戲給他看了。」

秋海棠一面點頭，一面仍然一副百思不解的樣子，道：「可是……妳叫他相信少爺又要出門，對我們又有什麼好處呢？」

水仙冷笑一聲，道：「當然有，我要給那傢伙一點壓力，叫他頭腦清醒一點，也好讓他回頭想一想，以後沈府沒有少爺的日子要怎麼過？」

× × ×

石寶山恭恭謹謹的坐在臨門的一張椅子上。

紫丁香就站在他的身後，既不吭聲，臉上也沒有一絲表情。

通往內間的門簾低垂，門裡也不聞一絲聲息，整個房裡的氣氛顯得十分凝重，凝重得令人有一股窒息的感覺。

石寶山不安的挪動了一下身子，回望著不聲不響的紫丁香，道：「二公子呢？怎麼還不出來？」

紫丁香嘴巴張了張，又閤了起來。

水仙卻在這時挑簾而出，手上捧著一杯熱氣騰騰的香茶，小小心心的擺在石寶山左首的茶几上，道：「總管請先用茶，少爺剛剛又到練武場去了，我想很快就會回來的。」

石寶山愕然道：「二公子不是才從練武場回來麼？怎麼又去了？」

水仙苦笑著道：「少爺又創出了一招刀法，非急著要找無心道長試手不可，想勸他明天一早再試都不行……他最近性子變得急得不得了，而且脾氣也暴躁得很，等一下總管跟他談話，應對可要稍微當心一點。」

石寶山一面點著頭，一面喝了口茶，道：「妳說二公子又創出一招新刀法？」

水仙道：「是啊！他最近已經連創出好幾招了。」

石寶山道：「他每次都是找無心道長試招？」

水仙道：「是啊！他大概是認為跟他老人家試手要比跟我們過癮一些。」

紫丁香一旁接口道：「那當然，而且無心道長當場還能提供他很多意見。我們怎麼行？」

石寶山慢慢地放下杯子，道：「這麼說，二公子的傷勢已經恢復得差不多了？」

水仙翻著眼睛想了想，才道：「我看至少也恢復七八成了。」

石寶山忙道：「武功呢？」

水仙道：「應該也恢復了十之八九，只是上身的力道似乎還差了一點。」

紫丁香立即道：「不錯，所以他最近才喜歡使用短刀。」

水仙搖頭道：「他改使短刀，也許是因為他發覺用短刀來對付陳士元更加有效。」

石寶山皺眉道：「那怎麼可能？」

水仙又道：「或許他認為只有『六月飛霜』才能克制住那把無堅不折的『胭脂寶刀』也說不定。」

石寶山道：「這倒還有點道理，不過鼎鼎大名的沈二公子突然改使短刀，一旦傳揚出去，實在有點不太像話……」

水仙道：「為什麼？」

紫丁香冷冷道：「短刀有什麼不好？容城的賀大娘和三岔河的董大俠都是使用短刀，江湖上又有那個敢說他們不像話？」

石寶山嘆了口氣，道：「可是他不是賀大娘，也不是董百里，他是金陵的沈玉門沈二公子啊！」

水仙淡淡道：「石總管，你就將就一點吧！他這次能夠活著回來已經是萬幸了，而且不到一年的功夫就能夠恢復到這般地步，無論使用長刀短刀，我們都該很滿足了，你說是不是？」

石寶山連忙點頭道：「那當然，那當然。」

水仙這時也忽然沉嘆一聲，道：「不瞞石總管說，我們姐妹三個原以為他再也不會活著回來，早就做了最後的打算……」

石寶山一怔，道：「什麼最後的打算？」

水仙道：「我們跟總管的立場不同，少爺一旦遇害，你還可以在夫人身旁混混，大不了隨她回太原，而我們三個，除了死之外，還有第二條路可走嗎？」

石寶山聽得臉色不禁微微一變。就在這時，房裡突然傳出一陣箱櫃跌落的聲響。

水仙皺眉喝道：「妳在裡面搞什麼鬼？」

房裡的秋海棠急急閃身出房，故作輕鬆道：「沒什麼，我正在為少爺準備替換的衣裳，忽然瞌睡來了，不小心碰倒了櫃子……」

水仙嘆道：「這種時候，妳居然還能打瞌睡，我真服了妳……還不趕快到窗口透透氣！」

她一面說著，一面還直向她打眼色。

秋海棠也真聽話，不但立刻跑到窗邊，而且還將上半身整個伸出了窗外。

可是雖然只是轉眼工夫，那股濃烈的樟腦氣味卻絕對無法瞞得過石寶山的鼻子，何況在門簾挑動之際，房裡凌亂的情況早已落入他的眼裡。

石寶山的神情逐漸深沉下來，臉色也顯得有些陰晴不定。

水仙連忙含笑道：「總管不必客氣，請先用茶，我想少爺很快就要回來了。」

石寶山慢慢端起了茶杯，輕啜了兩口，又慢條斯理的將杯子放回茶几上，才緩緩道：「姑娘可知道二公子叫我來是為什麼事？」

水仙尚未開口，秋海棠便已回身搶著道：「我想一定是為了解姑娘的事。」

紫丁香也連連點頭，道：「對，少爺現在唯一擔心的就是她的事，一定錯不了。」

石寶山顯然有些不安，又匆匆抓起了茶杯。

水仙這才唉聲嘆氣道：「少爺原本是個直性子的人，可是最近……他忽然對解姑娘的事疑心起來。」

石寶山忙道：「他疑心什麼？」

水仙道：「他認為解姑娘不可能這麼久沒有消息，除非有人從中作梗，故意把消息擱下來……」

石寶山剛剛入口的茶整個嗆了出來，急咳一陣，道：「那倒不至於。」

水仙道：「石總管不要誤會，他懷疑的當然不是你，他知道你一向對他忠心耿耿，可是別人嘛……」

石寶山急道：「那更不可能，外邊任何消息一定都是先到我的耳朵裡，別人想擱也擱不住。」

水仙道：「那就怪了，少爺跟解姑娘約好會面的日期已過，怎麼會至今音信全無？莫非已經被什麼人給偷偷害死了？」

石寶山連連搖頭道：「這個誤會可大了，其實這些日子，我也在到處打聽解姑娘的下落，可是我明明覺得她極可能藏身在附近，卻一直找不到她的蹤影。」

水仙神色一變，道：「你想找她做什麼？」

石寶山沉嘆一聲，道：「事到如今，我也不想再瞞妳。我是生怕解姑娘萬一落在青衣樓手裡，會給二公子帶來心理負擔。」

水仙道：「原來你是怕青衣樓拿解姑娘來要挾少爺。」

石寶山道：「不錯，那麼一來，咱們就麻煩了……而且二公子怕就再也沒有心情在府中安心養傷了，妳說是不是？」

水仙點點頭，又緩緩地搖著頭，道：「就算沒有這碼事，只怕他也安定不了多久了。」

秋海棠立刻道：「可不是嘛，自從解姑娘失約開始，少爺的情緒就一天比一天煩躁……」

紫丁香也忙道：「而且脾氣也大得不得了。」

石寶山凝視了水仙一陣，忽然道：「妳能不能告訴我，二公子究竟跟那位解姑娘約在哪裡見面？」

水仙什麼話也沒說，只指了指腳下。

石寶山猛地在茶几上拍了一下，道：「糟了，那個女人一定是她！」

水仙忙不迭道：「哪個女人？」

石寶山道：「這幾個月曾經有個女人一直想潛進府裡，都被我們攔了回去，我還一直以為是青衣樓的人馬！如今想來，極有可能就是那位解姑娘。」

紫丁香首先跺腳道：「哎呀！你為什麼不先放她進來弄清楚呢？」

秋海棠也嚷嚷道：「是啊！就算她是青衣樓派來的刺客，也沒什麼了不起，有我們三個人在旁邊，她還能把少爺怎麼樣不成？」

石寶山苦笑道：「妳們真會開玩笑，沈府的防禦情況妳又不是不知道，我怎麼能把她放進來？難道妳們想叫我把整個的防衛網全部撤掉不成？」

紫丁香和秋海棠不再言語，水仙卻猛一挺胸，道：「就算把防衛網整個撤掉，也得放她進來。」

石寶山大吃一驚，道：「那怎麼行？」

水仙道：「為什麼不行？當初咱們沈府的實力遠不如現在，也從來沒有出過什麼事情。而今不僅總管的功力大進，我們姐妹的刀法也已小有所成，又有無心道長這等高手在旁，總管還有什麼好怕的？」

石寶山神色不安道：「可是妳莫忘了，二公子的傷勢還沒有痊癒啊！」

水仙道：「這你倒不必擔心，以少爺現在的情況，個把刺客還奈何不了他。」

紫丁香忙道：「何況進來的也並不一定是刺客，你只要叫弟兄們把招子放亮一點就行了。」

秋海棠也急急道：「而且你也不必把防衛網全部撤掉，只要網開一面，放那個女的進來就算大功告成。我想對你來說，這應該不算是一件難事！」

石寶山面有難色道：「可是萬一出了差錯，夫人怪罪下來，如何得了？」

秋海棠臉孔一寒，道：「奇怪！石總管怎麼變了？我記得過去的你不是這個樣子的……」

紫丁香也冷冷道：「是啊！過去的石總管無論對任何事都很有擔待，而且凡事都尊重少爺的意思，可是現在……」

石寶山急咳兩聲，道：「兩位姑娘言重了，我這麼做也是為二公子著想，就因為他的傷勢未癒，我才不得不格外小心。」

水仙緩緩地點著頭，道：「當然這也不能怪你石總管，但是有一件事情你必須搞清楚，你若想叫他安心在府裡養傷，就得想辦法放解姑娘進來，否則……他遲早一定又要跑出去的。到時候你再想追他回來，恐怕就不容易了。」

石寶山變色道：「千萬不能叫他出去，最近青衣樓的主力北移，陳士元那幫人也一直在太湖一帶徘徊不去，外面的情勢可緊張得很啊！」

水仙聽得眉尖一鎖，道：「這倒怪了，像如此重要的消息，你為什麼一直沒有向少爺透露呢？」

石寶山立即道：「我是怕二公子擔心，所以才沒敢向他照實稟報。」

水仙輕嘆一聲，道：「總之，能不能叫他在府中安心養傷，那就得看你石總管了。不過，我不得不提醒總管一聲，外邊的情況他可以不理，唯有那位解姑娘的事，他卻不能置之不顧，如果最近再沒有她的消息，其後果如何，我想我不說，石總管也該明白。」

石寶山沉默片刻，道：「除了解姑娘這件事之外，但不知二公子找我來，還有沒有其他差遣？」

水仙沉吟著道：「差遣是沒有，不過，他好像心裡一直有個疑問，想當面問問你。」

石寶山忙道：「什麼疑問？」

水仙朝門外望了望，才細聲道：「他想問問你，最近夫人那邊是不是給了你什麼壓力？」

石寶山稍許楞了一下，才乾笑道：「壓力是沒有，只是夫人為了關心二公子的傷勢，囑咐我不要過度驚擾他倒是有的。」

水仙道：「所以你才將很多消息隱瞞下來，對不對？」

石寶山點點頭道：「不錯。」

水仙道：「今後總管最好是跟以往一樣，任何事千萬不要對他隱瞞，免得引起無謂的誤會。」

石寶山急忙站起來，道：「好，好，既然二公子沒有其他差遣，我看我也不必等他了，我這就去想辦法安排一條通路，只要那女人再出現，我一定放她進來。」

水仙道：「也好，那就麻煩石總管了。」

石寶山前腳出門，秋海棠即刻將紫丁香的嘴巴捂住，小聲道：「水仙姐，依妳看，石總管會不會又到夫人房中去饒舌？」

水仙朝門外掃了一眼，也壓低嗓子，道：「我想還不至於，石寶山是個絕頂聰明的人，至少他該知道把少爺逼走了，對他並沒有什麼好處。」

紫丁香拚命的推開秋海棠的手掌，囔囔道：「也不見得有壞處，說不定他早就跟夫人談好了條件……」

水仙冷笑一聲，道：「談好什麼條件？他現在已是沈府的全權總管，就算少爺走了，這家的主人也輪不到他石寶山來做。」

秋海棠接著道：「不錯，縱然夫人給他再大的權力，他這個總管也不見得比現在威風。」

紫丁香怔怔道：「何以見得？」

秋海棠道：「妳好笨哪！妳也不想想，如果沈府失去了少爺，在武林中還有什麼地位？他這個總管還有什麼身價可言？」

紫丁香叫道：「對呀！像這麼簡單的道理，那傢伙應該不會想不通才對呀！」

水仙立刻道：「所以我認為少爺的疑心是多餘的，他根本就不可能靠到那邊去。」

秋海棠道：「話是不錯，可是最近他的作風卻有點走樣，也難怪少爺會生氣。」

紫丁香突然往前湊了湊，居然也輕聲細語道：「妳們看，石總管會不會跟夫人有了什麼……」

秋海棠又急忙掩住了她的嘴，厲聲道：「妳瘋了？妳亂嚼什麼舌根？妳難道不知道那傢伙的耳朵比騾子耳朵還長嗎？」

紫丁香又掙開了半張嘴巴，含含糊糊道：「妳怕什麼？那傢伙的腳步快得很，說不定這時早就到了夫人房裡了……」

水仙陡然「噓」了一聲，打斷了她的話，同時匆匆向門外指了指。

外面果然發出了輕咳之聲，石寶山又好像想到什麼，邁著沉重的腳步又折回來，臉上依然帶著一抹淺笑，道：「我有個消息忘了稟報二公子，等他回來，三位務必要代我轉告他一聲。」

水仙沉著道：「什麼消息？」

秋海棠神色卻有些不太自然，道：「是好消息，還是壞消息？」

石寶山若有意若無意的瞄了紫丁香一眼，緩緩道：「這可難說得很。」

剛剛被放開的紫丁香，神情顯然還有些慌亂，咳了咳道：「那你就快點說來聽聽吧！」

石寶山不慌不忙道：「今天早晨有個朋友來看我，他剛剛打揚州回來，在回來的前一天，幾個朋友曾經設宴替他餞行，地點就是瘦西湖畔的那間『一品居』。」

紫丁香道：「那又怎麼樣？」

石寶山道：「那『一品居』是江浙菜的大本營，也是杜老刀的根據地，上次二公子讓我派人送去的『四喜丸子』菜單，就是交到這間館子裡。」

紫丁香道：「我知道，那道菜已經上了『一品居』的菜譜，你早就說過了。」

石寶山道：「可是最近情況好像有了點變化，據說凡是開在『一品居』居的酒席，杜老刀都要奉送一道『四喜丸子』，這不知究竟意味著什麼？」

紫丁香道：「那有什麼稀奇？飯館為了拉生意而送菜，那也是常有的事啊！」

石寶山道：「可是為什麼不送別的菜，偏偏要送『四喜丸子』？妳不覺得奇怪嗎？」

紫丁香還沒來得及開口，水仙已經搶著道：「嗯，的確有點奇怪。」

石寶山道：「所以妳們最好告訴二公子一聲，也許他可以猜出杜老刀的意向何在？」

水仙道：「好，等他一回來，我就會把這件事告訴他。」

石寶山想了想，又道：「還有，這件事我可沒有在任何人面前提起過，希望妳們也不要張揚出去。」

紫丁香又已忍不住道：「你在夫人面前也沒有說過？」

石寶山道：「沒有。」

紫丁香嘴巴一撇，道：「那就怪了，像這麼重要的消息，你怎麼可以不向夫人稟報呢？」

秋海棠也拉著長聲道：「是啊！萬一夫人發覺了，那還得了？」

石寶山笑笑道：「她發覺了也不要緊，老實說，我認為這純屬二公子的私事，根本就沒有向夫人稟告的必要。」

秋海棠斜著眼睛，笑迷迷地盯著他，道：「這麼說，解姑娘的一切也純屬少爺的私事，你也一定沒有在夫人面前透露過了？」

石寶山面容一整，搖首道：「那可不同，二公子跟什麼女人交往，在沈府說來是件大事，夫人是沈府當家主事者，我怎麼可以隱瞞她呢？」

秋海棠微微怔了一下，道：「奇怪，少爺沾個女人有什麼了不起，你們為什麼把這種事看得如此嚴重？」

石寶山道：「當然嚴重，因為這種事足以影響到他未來的婚姻。」

秋海棠恍然大悟道：「哦，我明白了，原來你們是怕少爺討錯了老婆。」

石寶山道：「不錯，他將來討的是什麼樣的女人，對我們沈府的前途關係重大，我們怎麼可以不加以重視呢？」

紫丁香冷笑一聲，道：「是啊！不但對沈府的前途關係重大，對夫人和石總管未來的影響也大得很，當然得重視。」

石寶山淡淡的笑了笑，道：「這倒是實情，不過依我看受影響最大的應該是妳們三位。如果二公子真的討個不三不四的女人回來，妳們三位的下場只怕比誰都慘。妳相不相信？」

紫丁香悶哼一聲，無言以對，一旁的秋海棠也沒再搭腔。

水仙卻在這時緩緩道：「那麼依總管之見，就少爺現在所交往的幾位女人之中，討哪位進來才最理想呢？」

石寶山不假思索道：「依我看，最好是統統把她們討進來。」

水仙一怔，道：「討那麼多老婆幹什麼？」

石寶山道：「既可增加沈府的實力，也可以替我們二公子多生幾個孩子。」

水仙皺眉道：「生那麼多孩子有什麼用？」

石寶山凝視著她，道：「姑娘不覺得我們沈府的人丁太單薄了嗎？」

水仙沉吟片刻，才道：「嗯，是單薄了一點，不過這也是命，跟老婆多少又有什麼關係？」

秋海棠也急急道：「是啊！老婆多了，吃起醋來可要命得很啊！」

紫丁香也慌不迭接道：「而且孩子太多也難帶得很，你以為一個小孩從小到大，是那麼容易帶的嗎？」

石寶山嘆了口氣，道：「妳們女人實在太自私了，妳們也不想想，如果當年夫人的心胸寬大一點，讓大公子把水仙姑娘收了房，生下個一男半女，這次我們沈府也就不會如此恐慌了。妳們說是不是？」

水仙聽得登時脹紅了臉，秋海棠和紫丁香也同時楞住了，誰也沒想到他會忽然冒出這麼一句話來。

石寶山卻像沒事人兒一般，目光忽又轉到紫丁香臉上，道：「還有一件事，希望姑娘能替我上轉二公子一聲。」

紫丁香不禁嚇了一跳，不知道石寶山為什麼會找上了她，悄悄瞄了水仙一眼，才結結巴巴道：「什……什麼事？總管請說！」

石寶山神情陡然一變，語態淒然道：「石某本身一介草莽，承蒙大公子看中，委以總管重任，匆匆就是十數年。在這段日子裡，石某雖無驚人建樹，但藉著沈府的威望，在武林中卻也闖下了不小的名聲，只要提起石寶山這三個字，幾乎誰都知道石某是金陵沈府的全權總管，真可說是位尊權重、舉世皆知……」

說到這裡，忽然長嘆一聲，又道：「誰知就在我最風光的時候，大公子卻不幸亡故，石某當時本已下定決心，待將大公子的後事處理完畢，便以身相殉，追隨大公子於地下，以報答他的知遇之恩……可是後來我卻沒有死，你可知為了什麼？」

紫丁香搖頭。

石寶山繼續道：「因為我的責任還沒有完，因為沈府還有位尚未成年的二公子，我若一死了之，沈府恐怕很難在青衣樓的陰影之下生存下去，所以我不敢死……那時妳們的年紀還小，妳們當然不會瞭解當時的情況……」

水仙突然道：「我瞭解，如果那時總管一死，我們沈府的處境只怕就更艱苦了。」

石寶山只匆匆看了她一眼，目光很快又回到紫丁香臉上，道：「有人瞭解那就再好不過了。總之，我這條命是為沈府留下來的，有沈府的一天，我就撐一天，如果沈府真的不幸瓦解，我留在世上的意義也就全消失了。」

水仙道：「這一點，總管就未免過慮了，以沈府目前的實力，怎麼可能會突然瓦解？」

石寶山這次連看她都沒看她一眼，道：「那就得看二公子了，萬一二公子出了差錯，沈府不待別人動手也就完了。到那個時候，我這個做慣沈府總管的人，留在世上還有什麼意思，除了一死之外，還有什麼路可走？」

紫丁香大感意外道：「總管莫非也想跟少爺共生死？」

石寶山道：「不錯，而且我相信府裡抱定這種決心的人，不止石某一個，其中當然也包括妳們姐妹三個，對不對？」

紫丁香點頭。

石寶山道：「所以妳一定得轉告二公子，讓他安心養傷，不要疑神疑鬼。為了沈府的前途，為了這些拚命為他效忠的人，也得好好活下去。」

紫丁香又點頭，不斷地在點頭。

石寶山稍許沉吟了一下，又道：「至於夫人，她是沈府當家主事的人，凡事我當然得向她請示，可是直接影響到二公子的事，那就另當別論了，所以二公子既然急著想見那位解姑娘，我只好冒險放人，不過，他的安危就得靠妳們三個了，妳們可要特別留意，千萬不能掉以輕心。」

紫丁香忙道：「總管放心，有我姐妹和無心道長在，不會有事的。」

石寶山道：「但願不會有事，否則咱們就什麼都完了……」

說到這裡，目光才找上水仙，道：「我明明知道夫人不同意，但還是不得不這麼做，因為這是二公子的意思，我不這麼做行嗎？」

說完，跺腳就走，臨出門還長長地嘆了口氣。

紫丁香急忙追到門口，目送他走遠，才鬆了口氣，道：「哇！這傢伙耳朵果然長得很，我方才說的話，好像都被他聽去了。」
秋海棠道：「所以他才會找上妳。」
紫丁香道：「不過這樣也好，起碼我們對他的心意，又多瞭解了幾分。」
水仙忽然道：「我看也未必。」
紫丁香一驚，道：「妳是說他方才答應放解姑娘進來是假的？」
秋海棠立刻搶先道：「不會吧？我看他說得好像滿誠懇嘛！」
水仙冷笑道：「他說得是很誠懇，而且人也會放進來，不過妳們若認為他這一切都是為少爺做的，那就錯了。」
秋海棠怔了怔，道：「他不為咱們少爺，又是為了誰？」
紫丁香也怔怔道：「難道他還敢在咱們少爺面前玩什麼花樣不成？」
水仙道：「那他倒不敢，不過，問題是解姑娘一旦進來，還怎麼出去？」
秋海棠莫名其妙道：「她既然來了，為什麼還要出去？」
紫丁香也跟著嚷嚷道：「對呀！她好不容易進來了，為什麼還要走？老實說，我還正在擔心府裡有人容不下她呢！」
水仙搖著頭道：「那倒不至於，夫人一向好客，解姑娘又是咱們少爺的救命恩人，而且府裡也寬敞得很，東跨院的客房幾乎都空著，怎麼會容不下她呢？」

紫丁香登時叫起來，道：「東跨院？」

秋海棠神情也猛然一緊，道：「妳是說解姑娘來了，她們會把她安置在東跨院？」

水仙翻著眼睛道：「這有什麼值得大驚小怪的？不把她安置在東跨院，把她安置在哪裡？」

紫丁香急急道：「可是解姑娘是咱們少爺的朋友，怎麼可以讓她住得這麼遠？」

秋海棠也皺著眉頭說：「是啊！出來進去都得經過夫人的住處，那多不方便？」

水仙攤手道：「沒法子，男女授受不親嘛！解姑娘跟少爺的交情再好，在表面上也只是朋友關係而已。夫人是個知書達理的人，她總不會把一個黃花大閨女安置在咱們少爺的臥房裡邊吧？」

紫丁香呆了呆，道：「嗯，這話倒也有理。」

秋海棠忙道：「她再有理，也不會拿這種理由限制解姑娘的行動吧？」

水仙道：「那當然。」

紫丁香聽後神情一振，道：「既然沒有人限制解姑娘的行動就好辦，她想要跟少爺見面，隨時都可以過來。」

秋海棠道：「如果她不好意思出來，少爺也可以出去，我想她們還總不至於每天都派人盯梢吧？」

水仙道：「派人盯梢倒不會，有我們三個人把風，誰能近得了身？」
紫丁香冷哼一聲，道：「莫說是近身，縱想接近東跨院只怕也很難。」
秋海棠也傲然道：「就算石總管親自出馬，也休想逃過我們的眼睛。」
水仙長長嘆了口氣，道：「可是妳們有沒有替解姑娘想一想，這種日子，她過得下去嗎？」
紫丁香道：「這有什麼過不下去？我想夫人總不至於給她臉色看吧？」
秋海棠急忙搖頭道：「不會，夫人是大家閨秀出身，她心裡怎麼想的我們不說，至少表面的功夫她一定會做得很好，絕對不可能在解姑娘面前擺臉色。」
水仙道：「那倒是真的，以夫人的個性而論，那種小家子氣的事情是一定做不出來，但妳們莫忘了，她身邊還有個讓人受不了的客人。」
紫丁香楞頭楞腦道：「什麼客人？」
秋海棠卻已變色道：「糟了，『紫鳳旗』的秦姑娘就要來了。」
水仙道：「不錯，妳想憑她對少爺那股纏勁，解姑娘受得了嗎？」
紫丁香跺腳道：「她那股勁兒別說解姑娘受不了，連我都受不了。」
秋海棠嘆了口氣，道：「老實說，連我也有點吃不消。」
水仙道：「吃不消的又豈止妳們兩個？我相信少爺本身也未必受得了她那一套。」

紫丁香臉上立刻現出懷疑的神色，道：「不會吧？少爺不是滿喜歡她的嗎？」

秋海棠也一副不以為然的樣子道：「是啊！去年兩個人在一起的時候，還親熱得不得了，難道妳忘了？」

水仙橫眼瞪著兩人，道：「妳們腦袋裡面是不是缺根筋？去年是去年，今年是今年，妳們兩個怎麼連這麼明顯的變化都看不出來？」

紫丁香想了想，道：「我明白了，妳是說，他今年多了個解姑娘。」

秋海棠也沉吟著道：「而且這次跟過去不一樣，少爺好像對那位解姑娘動了真情。」

水仙道：「所以我才認為這次非出毛病不可。」

紫丁香這才猛一點頭，道：「不錯，如果兩人每天見面都得通過秦姑娘那一關，那事情可大了！」

秋海棠也立刻皺著眉頭，道：「那麼一來，解姑娘還怎麼在府裡住得下去？」

水仙道：「可不是嘛！解姑娘的涵養再好，在這種環境之下，只怕也容忍不了多久，遲早總要被她逼走。」

紫丁香急道：「可是好不容易才把她盼來，少爺肯讓她走嗎？」

秋海棠也面現急色，道：「就算少爺肯讓她走，只怕夫人也未必肯放人。」

紫丁香怔了怔，道：「為什麼？」

秋海棠道：「妳也不想想，如果解姑娘真的被秦姑娘逼走，咱們少爺還能在府裡安心養傷麼？夫人雖然並不一定歡迎這位客人，但為了少爺，也非想辦法把她留下來不可呀！」

紫丁香道：「可是腳是長在解姑娘身上，如果她堅持要走，夫人怎麼能留得住她？」

秋海棠瞠目道：「妳好糊塗，這裡是咱們沈府的地盤，如果沒有夫人點頭，憑解姑娘一個人，闖得出去嗎？」

紫丁香卻輕輕鬆鬆道：「這妳就太擔心過頭了，解姑娘是少爺的朋友，又是他的救命恩人，夫人總不會跟她公然翻臉吧？」

秋海棠氣急敗壞道：「妳在沈府這麼多年，妳怎麼對夫人的個性一點也不瞭解？她當然不會公然跟解姑娘翻臉，但她可以偷偷的來。妳難道沒有發現水仙姐一直在擔心夫人會把解姑娘暗中做掉嗎？」

紫丁香聽得登時變了顏色。

水仙這才唉聲嘆氣道：「老實告訴妳們，我怕的就是事情會演變到這種地步。我相信石總管也早就應該想到了這一點，所以他方才才會找上丁香，目光連跟我接觸一下都不敢，顯然是他心裡有鬼，生怕被我看穿！」

紫丁香霍然叫起來，道：「又是石寶山這個死王八蛋搞的鬼，我非去好好罵他一頓不可。」

說著，就想往外衝。

秋海棠慌不迭的將她拉住，道：「妳瘋啦！他是咱們的總管，妳能把他怎麼樣？妳難道還想造反不成？」

紫丁香氣得雙腳亂跺道：「這傢伙實在太氣人了，我實在嚥不下這口氣。」

秋海棠道：「嚥不下也得嚥，妳沒看到連水仙姐都拚命在忍嗎？」

紫丁香這才停下腳，垂頭喪氣道：「好吧！既然連水仙姐都在忍，我也只有忍了，不過我們既已知道他的陰謀，總要採取個什麼對策吧？」

秋海棠沒有吭聲，目光很快的便轉到了水仙臉上。

水仙淡淡道：「妳的東西收拾得怎麼樣了？」

秋海棠怔了怔，道：「我根本就沒收拾，我只是故意把一隻箱子從櫃子上拉下來而已。」

水仙道：「既然箱子已拉下來，那就索性收拾一些隨身的衣物出來算了。」

秋海棠神色一緊，道：「妳的意思是……咱們真的要走？」

水仙道：「走不走，那就得看少爺了。」

紫丁香急急道：「那麼解姑娘的事又怎麼辦？到時候誰來保護她？」

水仙不假思索道：「保護解姑娘也是少爺的事，總之，他朝哪邊走，咱們就朝哪邊跟；他跟哪個動手，咱們就跟哪個拚。懂了吧？」

秋海棠和紫丁香同時點頭，甚至連手都不約而同的搭在刀柄上，一副隨時準備跟人拚命的模樣。

× × ×

第四天的傍晚時分，秦姑娘果然帶領著一批「紫鳳旗」的精英進了沈府。

表面上她匆匆趕來，自然是為了支援她的師姐，但實際是為什麼來的，沈府每個人心裡都很清楚，否則顏老爺子手下並不是沒有人材，為什麼會偏偏派個最小的弟子來呢？

水仙姐妹三個不免有些緊張，沈玉門卻表現得十分沉著，似乎全沒把這件事放在心上。練功過後，照樣沐浴用餐，只是熄燈就寢的時間比往常稍早了一點，誰也不知道他是在迴避秦姑娘的星夜造訪，還是在急著盼解姑娘的提早出現。

窗外月淡星稀，窗裡視線濛濛。遠處的正房正在為顏家的人洗塵接風，喧嘩之聲不時遙遙傳送過來。

沈玉門輾轉床笫，一時難以成眠，直到二更鼓後，才漸漸有了些睡意。朦朧中，只覺得自己忽然到了揚州，正坐在秋風適爽的瘦西湖畔。前面是鱗波閃閃的湖水，後面是鬧酒行令不絕於耳的「一品居」。

沈玉門突然感到一陣悲傷，一陣莫名其妙的悲傷。

涼風徐徐吹過，岸邊的垂楊不斷地輕撫著自己的面龐，又令他感到一股說不出的舒坦，彷彿解紅梅已回到了他身邊，正在用手指輕柔的撫摸著他的臉。

漸漸地，手指已變成了櫻唇，從臉頰慢慢轉移到頸間，又從頸間輕輕的吻到了他胸前的那條剛剛收口不久的傷痕上。

沈玉門只覺得奇癢無比，忍不住笑了起來，同時也緊緊地將解紅梅摟在懷中，可是懷中解紅梅的動作卻愈來愈激烈，櫻唇逐漸化成了皓齒，竟開始在他身上輕咬起來。

解紅梅應該是個很含蓄、很保守的女人，怎麼會突然變得如此輕狂？沈玉門陡然吃了一驚，同時也睜開了雙眼。

剎時間，湖水和「一品居」全都不見了，只有一扇洞開的窗戶正在涼風中不停地晃動。

他懷裡果真有個女人，那女人也果真正在熱情奔放的在輕咬著傷痕，但他敢斷言，這女人絕對不是自己日夜期盼的解紅梅。

沈玉門終於完全醒了。他猛地推開那個女人，翻身滾下了床，同時「鏘」的拔出了短刀，厲聲喝道：「妳是誰？」

那女人也霍然坐起，雙手緊掩著已鬆弛的胸襟，輕叫道：「你……你……」

沈玉門不待她說下去，便已大喊著：「水仙，快、快把燈點起來！」

那女人好似已被這突如其來的變化嚇呆了，怔了好一會，才顫聲道：「你……你這是幹什麼？」

沈玉門一聽她的口音，更確定不是解紅梅，不禁冷冷道：「我正想問妳是來幹什麼？妳是不是想來行刺？」

說話間，水仙等三人已前後衝了進來。兩個人慌不迭的護在沈玉門的胸前，一個人匆匆忙忙擦著火，準備點燈。

那女人開始往窗邊退，邊退邊道：「你……你是哪一個？」

沈玉門冷笑一聲，道：「妳們聽，這像話麼？她半夜三夜的竄到我被窩裡來，居然還問我是哪一個，妳們說好笑不好笑？」

水仙等三人沒有一個人笑，也沒有一個人吭聲，甚至連擦火點燈的那個也停了下來。

那女人陡然狂吼道：「你不是沈玉門……你不是沈玉門……你不是沈玉門……」

她一面吼著，一面已縱身跳出窗外。那吼聲已近嘶啞，在靜夜中聽來，顯得格外的恐怖。

沈玉門莫名其妙的掃視著身旁三個動也不動的身影，叫道：「咦，妳們怎麼忽然變成了死人！她分明是刺客，妳們為什麼不追……」

水仙等三人不但沒有動彈，反而有雙手把他的嘴捂起來，好像生怕他再繼續叫喊下去。

遠處傳來了一片追殺之聲，顯然那女人的喊聲已驚動了沈府中的守衛。

沈玉門慢慢地推開捂住他嘴巴的那雙手，道：「妳們莫非知道那女人是誰？」

只聽水仙的聲音在一旁答道：「少爺也應該知道她是誰，雖然你摸黑看不清她的面貌，但是至少你可以從她的口音裡猜出來。」

沈玉門衝口道：「我想起來了，唐三姑娘，她一定是那個唐三姑娘！」

× × ×

唐三姑娘身手雖然了得，但在沈府強而有力的防衛之下，幾經衝殺，仍然難以脫困；而沈府的防衛，果然像一面衝不破的巨網一般，愈收愈緊，最後終於將她逼進了正院之中。

唐三姑娘此刻已現倦態，手上長劍的威力自然也弱了不少，而以石寶山為主力的中院高手，卻不給她一絲喘息的機會，十幾口鋼刀又已排山倒海的撲了上來。

喊殺聲中，唐三姑娘的長劍突然脫手飛去，緊接著，兩名大漢也莫名其妙的栽倒在地上，極可能是中了唐三姑娘的暗器。而唐三姑娘這時已被逼到牆角，石寶山的鋼刀也已到了她的頸子上，讓她再也無法出手。

喧鬧的聲音即刻靜止下來，好像每個人都認為這場追逐已經結束，只要石寶山的鋼刀輕輕朝下一抹，大功便算告成。

誰知就在鋼刀即將抹下之際，忽然有個女人的身影自門外衝了進來，口中上氣不接下氣的喊道：「不要殺她……她不是刺客……她是唐三姑娘……」

石寶山的鋼刀陡然頓住，人也整個楞在那裡，過了很久才突然喊了聲：「掌燈。」

四周的燈火同時亮起，照亮了寬敞的院落，也照亮了唐三姑娘的臉。

唐三姑娘的臉色一片鐵青，一套鮮紅勁裝也已被汗水浸透，整個貼在她美妙的身段上。

石寶山的臉色比唐三姑娘也好看不了多少，那柄鋼刀依然動也不動的架在她的頸子上，只回過了半張臉孔，冷冷瞪著那剛剛衝進來的女人，道：「我當是哪個，敢情是崔姑娘！」

原來那女人正是被孫尚香派出牽制唐三姑娘的「銀蛇」崔玉貞。這時崔玉貞已緊張得講不出話來，只不斷地在點頭。

石寶山皺起眉頭，道：「妳既然知道她是誰，為什麼不早說？」

崔玉貞喘喘道：「我已經喊了好幾次了，可是你們殺喊的聲音比我還大，根本就聽不到嘛！」

石寶山不再吭聲，緩緩地垂下了頭，似乎正在思考這件事該怎麼收場。

唐三姑娘卻在這時忽然開口道：「崔玉貞，妳趕快走吧……妳救不了我的，弄得不好，說不定連妳自己也會毀在他們手上。」

崔玉貞怔了怔，道：「這話怎麼說？」

唐三姑娘沉嘆一聲，道：「妳難道還看不出他們要殺我滅口？」

崔玉貞愕然道：「他們要殺妳滅口！為什麼？」

唐三姑娘道：「因為我發覺了他們的秘密。」

崔玉貞急忙追問道：「什麼秘密？」

唐三姑娘慘笑道：「崔玉貞，妳也算老江湖了，怎麼如此糊塗？我若是說出來，妳今天還想活著離開沈府嗎？」

崔玉貞臉色變了，一雙腳也不由自主的直往後退，好像根本已沒有勇氣再聽下去。

就在這時，正房的房間霍然而開，只見一名雍容華貴的中年女子姍姍走出，她身後只跟隨著一個年約雙十的美艷少女。

那少女手持一把黑鞘的寶刀，刀柄上卻繫著一條紫色的刀衣。

在武林中，這種色澤的刀已成了「紫鳳旗」的獨門標幟，顯然那少女正是傍晚才趕到的那位秦姑娘，而那名中年女子，只瞧她那股氣度，便不難猜出正是沈府當家主事的顏寶鳳。

崔玉貞登時收住了腳，不待引見，便已躬身施禮道：「太湖崔玉貞，給夫人請安。」

顏寶鳳微微點了點頭，道：「妳就是孫大少手下的那位崔姑娘？」

崔玉貞道：「正是。」

顏寶鳳道：「好，妳先歇歇，待我跟唐三姑娘談過之後，咱們再好好聊聊。」

唐三姑娘立刻冷笑一聲，道：「我跟妳有什麼好談的？」

顏寶鳳和顏悅色道：「妳不是說發覺了沈府的秘密麼？我倒想聽聽我們沈府的秘密究竟是什麼？」

唐三姑娘道：「妳真想要我說出來？」

顏寶鳳笑了笑，緩緩道：「寶山，把刀收起來，叫她說！」

語聲方住，四周立刻響起了一陣兵器摩擦之聲，不但石寶山收起了刀，府中所有的人也同時把鋼刀還入鞘中，聲勢十分驚人。

崔玉貞又被嚇了一跳，急忙趕前幾步，咳咳道：「如果夫人沒有其他吩咐，我……屬下想先行告退了。」

顏寶鳳苦笑道：「妳既肯在我面前自稱屬下，足證明咱們也不算外人。我縱想殺人滅口，也不至於殺到妳頭上，妳不必緊張，只管在一邊站著！」

崔玉貞忙道：「是，是。」

顏寶鳳這才將目光轉移到唐三姑娘臉上，不慌不忙道：「三姑娘有話請說，我正在洗耳恭聽。」

唐三姑娘冷笑一聲，道：「顏寶鳳果然名不虛傳，妳動了這麼大的手腳，居然一點也不慌張，當真令人佩服得很。」

顏寶鳳一怔，道：「我動了什麼手腳？妳倒說說看！」

唐三姑娘慘然道：「我跟沈玉門是什麼交情，我想妳也該知道幾分，妳裝得再像，也瞞不過我的。」

顏寶鳳蹙眉道：「妳究竟在說什麼？我愈聽愈糊塗了，妳能不能說得清楚一點？」

唐三姑娘猛將胸脯一挺，大聲道：「現在這個沈玉門是假的，我說得夠清楚了吧！」

此言一出，所有的人都大吃一驚，連一向沉著的石寶山都變了顏色，但顏寶鳳卻依然神情不改，慢條斯理道：「哦？這個沈玉門是假的，那麼真的沈玉門又到哪裡去了？」

唐三姑娘道：「這還用說？當然是被陳士元殺死了。」

一旁的石寶山已忍不住大聲喝道：「唐三姑娘，妳太過分！這種事妳怎麼可以胡說八道，妳想毀了我們沈家嗎？」

唐三姑娘似乎已豁出去了，橫眼瞪著石寶山，道：「姓石的，你不必再跟我裝模作樣。人是你帶回來的，是真是假，你應該比任何人都清楚才對。」

石寶山道：「不錯，我是應該比任何人知道得都清楚，所以我才覺得奇怪。我跟他相處了這麼久，都沒有發現他是假的，怎麼可能一眼就被妳看穿？」

崔玉貞也迫不及待道：「是啊！我最近也見過二公子，他雖因負傷有點神志不清，但若說他是假的，妳打死我都不會相信。」

石寶山緊接道：「況且，這段日子跟他相處過的也不只我一個人，妳雖然跟他的關係不同，但他房裡的三位姑娘和孫大少對他的一切也未必知道得比妳少，如果他是假的，早就被他們看出來了，還等到妳來嚷嚷？」

崔玉貞連連點頭道：「對，我們大少跟沈二公子在一起的時間比跟我們少奶奶還長，如果換一個人，哪怕長得再像，也休想騙得過他。」

站在顏寶鳳身後的秦姑娘，也突然冷哼一聲，道：「依我看，這女人八成是對二哥有什麼不滿，想回頭咬他一口。」

石寶山立刻附和道：「嗯，很有可能，不過這一招也未免太毒了。」

秦姑娘冷笑道：「蜀中唐家的人嘛，怎麼會不毒！」

石寶山道：「說得也是，前兩年二公子就險些死在她的手上。」

秦姑娘又是一聲冷哼，道：「這女人倒也臉皮厚得很，既然做出那麼絕情的事，居然還有臉來找人家，真是不要臉透了……」

話沒說完，陡見寒星三點迎面打來，顯然是冠絕武林的唐門暗器已然出手。

秦姑娘大驚之下，身子猛地朝後一仰，破風之聲擦面而過，只聽「篤篤」兩聲，兩支雪亮的三稜飛鏢已先後釘在後面的門板上。

一旁的顏寶鳳腳下絲毫沒動，只順手一抄，第三支飛鏢已被她撈在手中。
秦姑娘已自地上一躍而起，反手抽出寶刀，飛身便向唐三姑娘撲過去。
這時石寶山也已揮刀而上，四周的數十名護衛也個個兵刃出鞘，一副一舉要將唐三姑娘砍殺當場的模樣。
顏寶鳳卻在此時大喝一聲，道：「住手！你們統統給我退下！」
一聲令下，眾人紛紛收刀讓開，只有秦姑娘仍氣呼呼的站在那裡，後來還是石寶山向她連打眼色，她才心不甘情不願的往旁邊退了幾步。
寬敞的院落中即刻靜了下來，每個人的目光都在悄悄瞟著顏寶鳳，似乎都在盼望她親自動手將唐三姑娘除掉。
顏寶鳳卻像一點動手的意思都沒有，只將手中那支三稜鏢在鼻子上微微嗅了嗅，笑笑道：「妳居然沒有使用毒鏢，這倒是件出人意料的事！」
唐三姑娘吭也不吭一聲，只狠狠地瞪著她。
顏寶鳳居然嘆了口氣，道：「在這種節骨眼上，妳還知道對我們手下留情，老實說，我實在感激得很！」
唐三姑娘冷冷道：「妳不必感激我，我不用毒鏢，是因為他不喜歡我使毒，絕不是為了對你們手下留情。」

顏寶鳳道：「哦，這麼說，妳方才使用的暗器，莫非也都沒有浸過毒？」

唐三姑娘道：「不錯！妳要殺我滅口，只管放心的動手吧……反正他已經死了，我活下去也沒什麼意思，死在你們沈家手上倒也來得乾脆！」

說到這裡，神情一慘，竟然掩面嗚咽起來。

院中所有的人都怔住了，崔玉貞還悄悄嘆了兩口氣，彷彿對她十分同情。

顏寶鳳也滿臉同情將三稜鏢往地上一拋，一步一步的自石階上走下來，經過唐三姑娘那口劍的前面，蹲下身子緩緩地將劍拾起，輕輕在手上抖了抖，然後又繼續向她走了過去。

四周每個人都屏氣凝神的望著她，都以為顏寶鳳會出手，連唐三姑娘也已閉上了眼睛，而且挺起了胸膛，一副視死如歸的模樣。

可是顏寶鳳不但沒有出手，反而替她把劍還入鞘中，輕輕道：「妳走吧！妳是二弟的朋友，我怎麼可能會殺妳？」

石寶山也不多言，抬起手掌微微一擺，眾手下紛紛退避，剎那間已讓出一道通往大門的去路。

唐三姑娘卻只怔怔地凝視著顏寶鳳，雙腳動也不動一下。

崔玉貞反倒有些著急道：「三姑娘，妳還站在這裡發什麼呆？趕快請吧！」

唐三姑娘終於開口道：「顏寶鳳，妳放我出去，妳會後悔的。」
顏寶鳳道：「後悔我也要放，誰教妳跟二弟曾經有過一段交情呢！」
唐三姑娘道：「難道妳就不怕我出去之後，把真相宣揚出去？」
顏寶鳳道：「什麼真相？」
唐三姑娘若無其事道：「當然是躺在他床上的那個替身的事。」
顏寶鳳若無其事道：「哦！原來妳指的是這個。」
唐三姑娘道：「妳至少也該求我暫時替你們保守秘密才是。」
顏寶鳳立刻搖首道：「不必！反正妳怎麼說，也沒有人會相信的。」
唐三姑娘道：「別人說，或許不會有人相信，可是這件事若是出自我唐三姑娘之口，恐怕就不同了。」
顏寶鳳訝然道：「為什麼？」
唐三姑娘道：「因為江南武林道上，幾乎都知道我跟沈玉門的交情，我說他是假的，還會有人不相信嗎？」
顏寶鳳微微點著頭道：「嗯，這話倒也有理，不過我有個小問題，倒想順便向妳請教一下。」
唐三姑娘沒有吭聲，只等著她說下去。

顏寶鳳道：「如果有人問起妳是如何發現的，妳怎麼回答？」

唐三姑娘道：「那還不簡單，當然是因為我見過他。」

顏寶鳳道：「妳的意思是說，妳只見了他一面，就能分辨出他的真假？」

唐三姑娘道：「那倒不是，老實說，當時房裡的光線很暗，我根本就沒看清楚他的長相，我斷定他是假的，只是因為他的味道變了，跟過去完全不一樣。」

顏寶鳳一怔道：「什麼味道？」

唐三姑娘道：「當然是身上的味道。」

顏寶鳳笑了笑，道：「在這方面，妳跟我二弟倒很像，他的嗅覺也很靈敏。」

唐三姑娘道：「他並非嗅覺特別靈敏，只是比一般人善用嗅覺罷了，我這種習慣也是他培養起來的……只可惜他已經不在了……」

說到這裡，又開始傷心起來。

顏寶鳳忙道：「好吧！那妳就照實說出去好了，但願大家都能相信，那麼一來，也可以替我們沈府減輕不少壓力。」

說完，回頭就走，好像再也不想跟她囉嗦。

唐三姑娘這才把腳一跺，連大門也沒走，只將腰身一擰，便已翻出牆外。

石寶山動也沒動，他那批手下當然也沒有一個人吭聲，但外面的呼哨聲卻不斷地傳來，似乎正在傳報唐三姑娘的行蹤。

除了顏寶鳳之外，院子裡唯一走動的人，就是遠道前來的秦姑娘。

只見她慌不迭地追上顏寶鳳，一把抓住她的手臂，道：「師姐，那女人說話是不是真的？」

顏寶鳳邊走邊道：「什麼話？」

秦姑娘道：「就是有關二哥的話，她說現在那個二哥是替身，真的二哥早已死在陳士元手上……」

顏寶鳳淡淡道：「妳相信嗎？」

秦姑娘道：「我當然不相信。」

顏寶鳳道：「那就好了，好在妳明天一早就能夠見到他了，到時候妳自己去分辨吧……」說到這裡，語聲突然一收，腳步也跟著停了下來。

身後石寶山的臉色也漸漸變了，遠處的呼哨之聲仍然響個不停，靜夜中聽來顯得格外刺耳。

石寶山突然叫道：「不好，二公子好像溜出去了！」

顏寶鳳緩緩轉回身來，道：「不會是被那個姓唐的丫頭給勾走了吧？」

石寶山又傾耳細聽一陣，道：「不可能，唐三姑娘是往南邊走，而二公子一行五人卻是往北，方向完全不同。」

顏寶鳳眉尖緊鎖道：「往北？他跑到北邊去幹什麼？」

石寶山也皺起眉頭，道：「是啊！他怎麼會朝北走？這倒出人意外的很！」

秦姑娘已在一旁迫不及待道：「他朝哪邊走且不去管他，問題是要不要把他追回來？」

顏寶鳳不徐不急道：「當然要，他的傷勢還沒有復元，怎麼可以任他到外面去閒蕩！」

第九回　故舊不相識

石寶山率眾漏夜渡江，直奔正北，直到凌晨時分，才在一輛牛車上發現了無心道長。

牛車上載滿了稻草，無心道長以草為被，睡得正甜，繫在手腕上的一只酒罈已空，渾身酒氣瀰漫，顯然是已經喝醉了。

石寶山急忙將牛車攔下來，大呼小叫的喊了半晌，總算把無心道長勉強喚醒。

無心道長睡眼惺忪的瞧了石寶山一陣，才霍然撐起身子，道：「喲！這不是石總管嗎？」

石寶山強笑道：「道長的興致不淺，一早就喝起酒來！」

無心道長忙道：「你不要以為我喝醉了，這一點酒還醉不倒我……我只是想睡一下。昨天一夜沒睡，我就知道那小子要開溜，他想把我甩掉，哼哼！門都沒有。」

他說起話來果然毫無醉意，而且眼睛也整個睜開，東張西望道：「你們有沒有把那小子追回來？」

石寶山苦笑、搖頭。

無心道長道：「要不要我告訴你，他們準備去什麼地方？」

石寶山道：「正想請教。」

無心道長搖晃著空酒罈道：「有沒有人帶著酒？」

四周沒有一個人吭氣，連馬都沒有一匹出聲，彷彿根本都沒有聽到他的話一般。

無心道長大失所望道：「沒有酒，我哪還有力氣說話？你們請吧，我還想再睡一覺。」說著身子朝後一仰，又把眼睛閉了起來。

石寶山哈哈一笑，道：「道長要喝酒還不好辦？沈府地窖的好酒有的是，只要能把二公子追回來，我包你十年都喝不完。」

無心道長神情一振，道：「十年？」

石寶山點頭道：「而且還得日夜加緊的喝。」

無心道長立刻抬手朝上指了指，道：「你們快點趕，大概還追得上。」

石寶山道：「北邊？」

無心道長道：「北京。他幾個月前就跟沈玉仙約好，難道她們都沒告訴你……」

石寶山沒等他說完，縱馬便走，其他人也急急揮鞭跟了下去，官道上登時揚起了一片煙塵，牛車又開始在煙塵中緩緩前行。

無心道長也回復了原來的睡態，這次不但身上蓋滿了稻草，連頭都蒙起來，等於整個人都已埋在稻草中，蹄聲漸漸遠去，揚起的煙塵也已逐漸消失，趕車的莊稼漢依然不慌不忙的輕抖著鞭繩，慢慢地往前走。

無心道長卻在這時悄然溜下了牛車，鬼魅般的竄進了路旁的一片樹林。但那片樹林的方向卻不是北邊，而在官道的正東。

× × ×

無心道長穿過鋪滿落葉的小路，急奔一程，終於走上了平坦的東行大道。

大道上人來車往，行色都很匆忙，每個人都在埋頭趕路，甚至還有人邊走邊吃東西，好像連吃早飯的時間都不願耽擱。

無心道長左手拎著空酒罈，右手撫著肚子，一面走著一面嚥口水，那副又餓又渴的饞相，已完全表現在臉上。

就在這時，突然有一輛篷車在他身邊停了下來。車簾尚未打開，裡邊已溢散出一股濃烈的酒香。無心道長不由自主的收住了腳，緊緊張張的盯著緊合的簾縫，只希望坐在車裡的是個熟人。

簾縫一陣波動，一張肥肥的臉孔首先露了出來，笑嘻嘻地望著他，道：「沒想到在這裡遇上道長，真是人生何處不相逢啊！」

無心道長猛吃一驚，道：「胡大仙？」

原來坐在車裡的竟是金陵沈府的「財神」胡仙。

胡仙這才將車簾整個挑起，道：「道長見了我，怎麼好像嚇了一跳？」

無心道長急忙打著哈哈道：「那倒不至於，我的膽子還沒有那麼小，一兩頭狐狸還嚇不倒我。」

胡仙哈哈一笑，道：「至少你老人家也會感到有點意外，對不對？」

無心道長道：「那倒是真的……你一大早跑到這裡來幹什麼？」

胡仙道：「給你老人家送早餐啊！」

無心道長道：「你不要開玩笑了。如果真是為了給我送早餐，隨便派個人來就好了，何須你財神爺親自出馬？」

胡仙道：「那是因為石總管怕萬一把道長嚇跑了，別人追不上你老人家。」

無心道長本來倒很想開溜，稍一盤算，不得不打消了念頭，道：「石寶山又怎麼知道我會走這條路？」

胡仙道：「石總管算無遺策，這等小事，如何瞞得過他！」

無心道長道：「可是他本身不是已帶著人往北邊追去了嗎？」

胡仙道：「那不過是為了防範意外，不得不追追看。其實在這種時候，二公子怎麼可能朝北走？」

無心道長忙道：「那麼依石總管估計，你們那個寶貝公子應該到哪兒去呢？」

胡仙道：「當然是揚州……」說到這裡，淡淡的笑了笑，又道：「二公子是個好奇心很重的人，『一品居』的杜師父向他頻送秋波，他怎麼可能不去看看，更何況揚州還有個孫大少！」

× × ×

子夜過後，喧雜的瘦西湖畔逐漸靜了下來，最後的一點燈火也隔在「一品居」緩緩闔起的大門中。

凡是在湖畔討生活的人，幾乎都知道附近每天最後打烊的，一定是「一品居」，只要杜老刀手上的那盞燈一熄，這一天就算過去了。

沈玉門當然知道得比誰都清楚。

杜老刀一生令人推崇的事跡很多，但其中最使沈玉門敬佩的，還是他的恆心。他每天打烊之後，必定親自查點門戶，從不假手他人，十數年來從未中斷過，即使臥病在床，也要讓徒弟們架著他走一圈，這幾乎成了他每天最重要的工作。

所以沈玉門在等。

燈光開始移動，沈玉門的視線也開始模糊。雖然站在夜風中，但是仍然吹不散他內心的傷感。

風很輕、夜很靜，湖水輕拍著靠在岸邊的畫舫，不斷地發出相互撞擊的聲音。

也不知過了多久，站在他身旁的紫丁香忽然道：「少爺，燈已熄了，我們要不要過去？」

沈玉門忙道：「等一等！」抬手用衣袖擦了擦眼睛，道：「水仙，妳的視力好，妳仔細看看停在岸邊一共有幾艘畫舫？」

水仙數了又數，道：「一共十一艘，不過，當中好像還夾著一隻快船。」

沈玉門皺眉道：「那就怪了，這個地方只能停那十一艘畫舫，其他的船隻應該靠在那邊那個碼頭才對。」

說著，還朝遠處指了指，好像對附近的環境十分明瞭。

水仙不以為然道：「也許這條船只是臨時停一停，說不定等一會就開走了。」

沈玉門斷然道：「臨時停也不行，這是湯老爺子定出來的規矩，誰也不能破壞。」

紫丁香道：「湯老爺子是誰？」

水仙道：「『鐵槳』湯俊。」

沈玉門道：「不錯，這個人在揚州的勢力大得很，黑白兩道絕對沒有人敢惹他。」

秋海棠突然開口道：「也許那條船是孫大少的。」

沈玉門搖首道：「孫尚香再跋扈，也不敢在太歲頭上動土。有道是強龍不壓地頭蛇，就算他老子『五湖龍王』親臨揚州，也得對湯老爺子禮讓幾分。」

秋海棠道：「這麼說，恐怕就只有一種可能了。」

沈玉門道：「哪種可能？妳說。」

秋海棠道：「那條船鐵定是湯家自己的。」

沈玉門道：「錯了，湯老爺子是個很有原則的人，從來不破壞自己定下來的規矩。記得有一年，他有個門人曾經為了一時方便，臨時把船停靠在這個碼頭上，事後連腿都被湯老爺子給打斷了，直到現在走起路來還一拐一拐的呢！」

秋海棠驚訝的望著他，道：「少爺怎麼會對揚州的事知道得這般清楚？」
紫丁香即刻道：「這還用說，當然是孫大少告訴他的。」
沈玉門笑了笑，沒有吭聲。
水仙忙道：「少爺莫非認為那條船有疑問？」
沈玉門道：「有沒有我是不知道，我只知道它靠的不是地方，何況又剛好是在『一品居』的正對面。」
水仙沉吟著道：「總不會是青衣樓的腿已伸進了揚州吧？」
沈玉門道：「老實說，我還真有點擔心，不但那條船令人起疑，而且孫尚香也一反常態，居然這麼久沒有露面，妳不覺得奇怪嗎？」
水仙道：「嗯，的確有點奇怪，說不定那條船真是青衣樓派來監視『一品居』的。」
沈玉門道：「我也認為有此可能，也只有青衣樓才能吃得住湯老爺子。」
秋海棠道：「要不要我先去摸摸那條船底細？」
紫丁香跺腳道：「還要摸什麼底，索性把船上的人抓來問個明白，不就結了。」
水仙忙喝道：「不要胡來！妳要打架，以後機會多得很，目前絕對不能輕舉妄動，以免打草驚蛇。」

紫丁香道：「那要怎麼辦呢？」

水仙側首凝視了沈玉門片刻，道：「最好是先到『一品居』去探探究竟。少爺常在這裡進出，對附近的環境一定很熟，但不知『一品居』除了那扇大門之外，還有沒有可以偷偷摸進去的地方？」

沈玉門想也沒想，道：「有，妳跟我來！」剛剛轉身要走，忽然回頭瞟著秋海棠和紫丁香，道：「妳們兩個要不要進去？」

秋海棠道：「要。」

紫丁香忙道：「當然要，我們不進去，萬一裡邊發生情況怎麼辦？」

沈玉門道：「妳們想進去也行，不過最好先要有個心理準備，免得到時候嚇壞了。」說完，回頭就走。

紫丁香急趕兩步，拉住水仙的袖子，道：「水仙姐，少爺方才那句話是什麼意思？」

水仙沒有回答，只緩緩地搖了搖頭。

紫丁香又轉身抓住秋海棠的手臂，道：「海棠姐，那句話妳有沒有聽懂？」

秋海棠道：「我當然懂，我跟了少爺十幾年，怎麼會聽不懂他的話！」

紫丁香急道：「那妳能不能告訴我，他那句話指的究竟是什麼？」

秋海棠道：「我想他一定是擔心裡面有埋伏，怕嚇著我們，所以才事先關照我們一聲。」

紫丁香道：「那就不對了，如果裡面有埋伏，外面怎麼還會派人監視？少爺是老江湖，不可能連這點事都想不到？」

秋海棠道：「對呀！外面有人監視，裡面就不應該再有埋伏……」說著，搔著髮根苦想了一陣，忽然道：「哦，我明白了，他指的不是人，可能是狗。」

紫丁香嚇了一跳，道：「狗？」

秋海棠點頭不迭道：「一定是狗。少爺知道妳怕狗，所以才特別提醒妳。」

紫丁香呆了呆，道：「可是，少爺又怎麼知道『一品居』裡會養狗？」

秋海棠指著她，道：「妳好笨哪！為了消耗剩菜剩飯，哪個飯館不養幾條狗！少爺是何等聰明的人，他還會連這點事都想不到嗎？」

× × ×

「一品居」的後門隱藏在一條彎彎曲曲的巷道中。

巷中很暗，而且岔路奇多，但沈玉門卻如識途老馬一般，摸黑東抹西拐，腳下連停都沒停頓過一下。

水仙等三人緊隨在後，神情都顯得有些緊張，個個手扶刀柄，一副準備隨時出手的樣子。

接連轉了幾個彎，沈玉門忽然停下腳步。

水仙剛想竄到前面，卻被他擋住。

黑暗中，但見四點星光，飛馳而來，只聽紫丁香大叫一聲，回頭就跑，原來那四點星光，竟是兩條巨大獒犬的眼睛。

那兩條獒犬通體漆黑，狀極兇猛，但在沈玉門面前，卻十分馴服，不吠不叫，只在他臉上又嗅又舔，就像見到了飼養牠們的主人，水仙和秋海棠頓時鬆了口氣。

紫丁香卻遠遠的躲在一條狹巷口，露出半張臉孔呆望著那副情景出神，她實在搞不清那兩隻可怕的東西，為何會對少爺如此友善。

沈玉門一面摸著兩條獒犬的脖子，一面道：「好啦！不要瘋了，你們記住，這三個人都是我的朋友，以後可不許難為她們。」

那兩條獒犬似懂非懂的在水仙和秋海棠身上嗅了嗅，居然還勉強的搖了搖尾巴。

沈玉門又向遠處的紫丁香招手道：「還有妳，趕快過來讓牠們認識妳的味道，否則下次牠們咬妳，妳可不能怪我。」

紫丁香這才怕兮兮的走回來，雖然當中還夾著一個沈玉門，但她那雙腿仍在不斷地直打哆嗦。

沈玉門瞧得又好氣又好笑，不禁連連搖頭道：「妳這人也真怪！妳連青衣樓的那批煞星都不怕，怎麼會被兩條狗嚇成這副模樣？」

紫丁香神色惶惶道：「沒法子，怕慣了，我從小就怕狗，少爺又不是不知道。」

沈玉門道：「既然如此，妳又何必跟出來，我看妳乾脆回金陵去算了。」說完，站起身來便往前走。

紫丁香似乎根本就沒聽到他在說什麼，只慌裡慌張的跟在他身後，一步都不敢離開。而那兩條獒犬卻好像對她特別感興趣，一直搖著尾巴在她四下打轉，嚇得她幾次都差點摔倒，幸虧都被秋海棠扶住。

轉眼已走到巷底，沈玉門在最後一扇窄門前收住腳，抬手在門框上摸索一陣，然後輕輕一推，窄門竟然應手而開，看來他對附近的環境，遠比秋海棠要熟悉得多。

秋海棠在一旁整個楞住了，兩眼眨也不眨的呆望沈玉門，目光中充滿了驚異之色。紫丁香卻在這時猛從沈玉門腋下竄了進去，一進門就想拔刀。

水仙好像早就知道她的毛病，匆匆追趕而至，一把扣住她的手腕，輕叫道：「妳要幹什麼？這裡也是妳拔刀的地方嗎？」
紫丁香囁喘喘道：「我……我是怕裡邊會有人對少爺不利………」
沒等她把話說完，旁邊的一間房裡已有人問道：「誰呀……」
沈玉門順口答道：「是我。」
房裡竟然「砰」的一聲，顯然是有人不小心摔了一跤。
另外幾間房裡也傳出了一陣雜亂的聲音，還有個人含含糊糊道：「咦，怎麼了，天還沒有亮，你們都爬起來幹什麼……」
說到這裡，語聲突然中斷，八成是嘴巴已被其他人捂住。
水仙急忙輕咳兩聲，道：「有勞哪位去稟報杜師父一聲，就說金陵的沈二公子來看他了。」
轟然一聲巨響，兩旁所有的門都同時打開，一二十個人頭一起伸了出來。
幾乎在同一時間，樓上已亮起了燈，登時把天井中照得一片明亮。
沈玉門朝兩旁瞧了瞧，道：「各位還認得我吧？」
左邊立刻有個人大喊道：「果然是沈二公子到了！」
他一面喊著，一面已向樓上跑去，誰知道剛剛跑到一半，又急急退了下來。
只見一名鬢髮斑白的老人已從樓梯緩步而下，他身後跟著兩個中年人，那兩人手上各端著一盞油燈，燈光搖搖晃晃，但那兩個人的眼睛卻都轉也不轉的直盯在沈玉門的臉上。

沈玉門一見那老人，登時跪倒在地上，大叫一聲：「師父！」

那老人當然是杜老刀。

他急忙緊趕幾步，親自將沈玉門托起道：「不敢當，不敢當，你雖然是小徒的朋友，但老朽還是不敢當你的大禮……你就叫我杜師父吧！」

沈玉門道：「那怎麼行？」

他黯然道來，神色顯得十分傷感。

杜老刀卻笑呵呵道：「不要客氣，以二公子的身分，你喊我一聲師父，我已經高攀了。」

沈玉門不禁嘆了口氣，手指也不由自主的在自己臉上摸了摸。

杜老刀目光急急轉向水仙等三人身上，道：「這三位想必是你房裡的那三位鼎鼎有名的姑娘吧？」

沈玉門只有點頭。

水仙屈膝一福道：「小婢正是水仙，左邊那個是秋海棠，右邊那個是紫丁香，以後還請您老人家多多關照。」

她說得畢恭畢敬，但秋海棠和紫丁香卻連看也沒看杜老刀一眼，目光緊瞪著兩旁那些陌生的面孔，一副生怕有人突然出手向沈玉門行刺的模樣。

杜老刀哈哈一笑，道：「兩位姑娘只管放心，這裡的門戶嚴緊得很，外人是絕對進不來的。」

秋海棠和紫丁香這才把目光收回，身子向杜老刀微微蹲一下，算是跟他打了招呼。

沈玉門當然不會留意這些小事，只緊鎖著眉頭，道：「這麼說，外邊那條船莫非真的是青衣樓派來監視你老人家的？」

杜老刀沉嘆一聲，道：「不錯，那條船已經停在那裡很久了。」

沈玉門沉吟道：「奇怪，你老人家跟他們素無瓜葛，他們無緣無故的跑來監視你幹什麼？」

杜老刀道：「還不是為了那桌酒席的事！」

沈玉門愕然道：「哪桌酒席？」

杜老刀面容一慘道：「就是劣徒小孟遇害的那一桌。」

沈玉門聽得臉色整個變了。

杜老刀長嘆一聲，又道：「我稱他劣徒，實在不該，其實那孩子優秀得很，腦筋又聰明、人緣又好，上上下下沒有一個不喜歡他的，誰知蒼天無眼，竟然把這麼一個好孩子的性命奪走，……我真不明白，怎麼會發生這種事？記得去年我還替他算過命，劉半仙分明說他至少也可以活到八十歲的……」

說到這裡，語聲忽然被人打斷，原來站在他身後的一個中年人竟然掩面痛哭起來。那人一哭，其他人也都跟著大放悲聲，哭得比那個人還要淒慘。

杜老刀急忙喝道：「你們這是幹什麼？想把船上的人引進來嗎？」

此言一出，哭聲立刻靜止下來，但是每個人臉上都還掛著眼淚，連杜老刀也不例外。

沈玉門突然大聲道：「各位不要難過，我還……我還……」

水仙緊緊張張接道：「少爺是否還有很多問題想向杜師父請教？」

沈玉門嘆了口氣，道：「不錯，這件事我非得把它搞清楚不可。」

杜老刀立刻擦乾眼淚，道：「如果沈二公子想查問兇手是誰，那恐怕就要讓你失望了。」

沈玉門忙道：「為什麼？」

杜老刀道：「因為事情發生得實在太突然，而且當時我們也沒人在場，連坐在隔牆的湯老爺子聞聲趕出去都沒有見到凶手的影子。」

沈玉門一驚，道：「你老人家是說，當時湯老爺子正坐在隔牆房裡？」

杜老刀道：「不錯，那天剛好湯老爺子請客，好像是替他一個遠道而來的朋友接風。」

沈玉門道：「遠道而來的朋友？你老人家有沒有聽說他那個朋友是什麼人物？」

杜老刀唉聲嘆氣道：「是個走方郎中，長得雖然人模人樣，醫道卻差得很。當初若非聽信湯老爺子之言，把小孟交在他手裡，也許那孩子還有救。」

方才那個掩面痛哭的中年人恨恨接道：「對，孟師弟的身體一向都很結實，那點傷勢根本就死不了人，都是被那土郎中給耽誤了。」

另一個持燈的中年人也冷冷笑道：「最氣人的是孟師弟已經被他治死，湯老爺子居然還畢恭畢敬的稱他做神醫，你說好不好笑？」

沈玉門神情一振，道：「神醫？」

那中年人道：「是啊，依我看，那傢伙肚子裡那點東西，只怕連後街的『黃一帖』都比不上。如果他能稱神醫，那黃一帖豈不也可以稱做活神仙了？」

話一說完，立刻引起了一陣嘲笑聲，連滿面淒容的杜老刀都忍不住露出了牙齒，由此可見，那個黃一帖的醫道也必定不怎麼高明。

沈玉門臉上卻一點笑意都沒有，而且迫不及待的道：「那個郎中是否姓梅？」

嘲笑之聲頓時停住，每個人都皺起眉頭在想。

過了許久，杜老刀才開口道：「好像是……沈二公子莫非也認識這個人？」

沈玉門緩緩地點著頭，道：「『神醫』梅大先生，果然是他！」他一面說著，還一面回頭瞄了水仙一眼。

水仙急忙把目光轉到杜老刀臉上，道：「小婢心中有個疑問，可否向老人家請教？」

杜老刀道：「姑娘有話儘管直說，不必客氣。」

水仙道：「那位小孟師父嚥氣的時候，不知你老人家有沒有在他身邊？」

杜老刀道：「有。我親眼看他嚥氣，親眼看他入殮，親眼看他下葬……不瞞姑娘說，他是我最心愛的徒弟，打從他負傷到入土，我就一直沒有離開過他一步。」

水仙道：「這麼說，那位小孟師父是真的死了？」

杜老刀長嘆一聲，道：「這還假得了嗎？老實說，我倒希望他沒有死，死的是我。我今年已經六十二歲了，而他才不過二十六歲。那塊地本來是為我自己準備的，想不到卻被他搶著用掉了……」

他說到這裡，已經語不成聲，掏出塊手帕頻頻擦淚。

沈玉門忍不住悲喚了聲：「師父！」

杜老刀急忙擺手道：「不敢當，不敢當，說實在的，如果不是孫大少告訴我，我作夢也想不到我那徒弟會高攀上沈二公子這種好朋友，只可惜他的命太短了……」

沈玉門截口道：「攀上沈家的人，也並不一定有好處，如果不是為了那該死的沈家，也許他還可以活得久一點，也許他根本就不會挨那一刀。」

杜老刀一怔，道：「這話怎麼說？」

沈玉門大聲道：「他那一刀是替沈玉門挨的，你老人家難道還不明白嗎？」

杜老刀指著他，道：「是替你挨的？」

沈玉門無可奈何的點點頭，道：「不錯。」

杜老刀卻連連搖首道：「我愈聽愈糊塗了，可否請二公子再說得詳細一點？」

沈玉門急忙往前走了幾步，道：「你老人家仔細看看，我是不是很像你的徒弟小孟？」

杜老刀往前湊了湊，仔細端詳他半晌，道：「嗯，輪廓是有幾分相似，長相卻差遠了，如果小孟能有二公子這等相貌，也就不會如此短命了。」

說完，還長長嘆了口氣。

沈玉門似乎連最後的一絲希望也破滅了，一面搖著頭，一面往後退，直退到牆邊，才失魂落魄的跌坐在一張石凳上。

旁邊突然有個年輕人怪叫道：「咦！從後面看，沈二公子還真的有點像我孟師叔！」

站在杜老刀左邊的那個中年人也道：「嗯，體態舉止也像得很。」

杜老刀楞了楞，道：「這麼說，小孟莫非因為長得像沈二公子，才做了他的替死鬼？」

沈玉門霍然站起，道：「不錯，這就是我想告訴你老人家的，還有……」

說到這裡，語聲忽然頓住，只含淚凝視著杜老刀，一副欲言又止的模樣。

一旁的水仙立刻接道：「還有，為了這件事，我們少爺難過得不得了，一直覺得很對不起小孟師父，也對不起你老人家。」

杜老刀急忙擺手道：「那倒不必，有道是生死有命，富貴在天。這是他的命，我們難過也不能叫他起死回生，何況他生前也是一個滿講義氣的人。他能為自己的好朋友挨一刀，我相信他也應該死而無憾了。」

沈玉門沉嘆一聲，道：「你老人家既然這麼想，我也沒話好說了。」

杜老刀道：「你什麼話都不必說，只要好好活下去就行了，千萬不要讓我那個可憐的徒弟白死。」

沈玉門只有點頭，不斷地點頭。

水仙好像鬆了口氣，輕輕咳了咳，又道：「杜師父，你老人家還沒有告訴我們青衣樓的人究竟為什麼要盯上你？」

杜老刀道：「當然是為了小孟。」

水仙道：「可是孟師父不是死了嗎？人都入了土，他們還盯什麼？」

杜老刀道：「那是因為最近經常有武林人物在這裡進出，好像每個人都已發覺了我那短命的徒弟和沈二公子的交情，都想從這裡打探出一點貴府的動態，可是我們跟貴府素無往來，怎麼會知道這種事？」

水仙忽然皺起眉頭尖，道：「那就怪了，那些人又如何曉得我們少爺和小孟師父的關係呢？」

杜老刀道：「是啊！我也正在奇怪。他們兩人的交往，連我都被蒙在鼓裡，那些人又是怎麼知道的？」

沈玉門冷笑一聲，道：「那有什麼奇怪，那是因為有個人故意在外面放風。」

水仙猛一點頭，道：「啊，我知道了，一定是孫大少。」

沈玉門橫眼瞪著她道：「妳少血口噴人！孫尚香根本就不知道這碼事。」

水仙眼睛一眨一眨道：「不是他又是誰呢？」

沈玉門狠狠朝她一指，道：「就是妳！都是妳口沒遮攔，胡亂講話，才會惹出這種是非。」

水仙急聲爭辯道：「少爺不要冤枉我，我幾時說過這種話……」說到一半，忽然將自己的嘴巴掩住，人也整個呆住了。

沈玉冷冷道：「怎麼樣？想起來了吧？」

水仙囁嚅著道：「我……我當時只不過是隨口說說，沒想到陳士元那老匹夫竟會認真起來。」

沈玉門冷哼一聲，道：「江湖上無風還要起三尺浪，何況這話是出自妳水仙之口，妳能怪人家不認真嗎？」

水仙窘紅了臉，半晌沒吭一聲。

沈玉門得理不饒人道：「好啦！現在麻煩已惹到『一品居』頭上，如何解決，妳看著辦吧！」

水仙剛想開口，杜老刀突然搶著道：「二公子不必為我們擔心，目前還沒有人敢對我們怎麼樣，倒是你們幾位的行動要特別留意，萬一被對面船上的人發現了，那可就真的麻煩了。」

沈玉門怔了怔，道：「你老人家又如何曉得目前沒有人敢對你們怎麼樣？」

杜老刀道：「因為孫大少已答應替我們撐著。」

沈玉門苦笑道：「孫尚香那傢伙的話怎麼能相信？他自顧尚且不暇，哪裡還有餘力來保護你們？」

杜老刀道：「那你就太低估孫大少了，他最近威風得很，連對面船上的人都對他客客氣氣，只要有他在，對面的那些人連看都不敢朝這邊看一眼。」

沈玉門駭然回望著水仙，道：「他們孫家莫非已經投靠過去了？」

水仙搖頭道：「不會吧？如果真有這種事，如何瞞得過我們沈府？」

沈玉門道：「會不會是石寶山有意隱瞞我，把消息攔下來？」

水仙道：「不可能，絕對不可能，小事情他或許還會掩掩蓋蓋，像這種足以影響武林的大事，他絕對不敢。」

沈玉門沉吟片刻，目光又轉到杜老刀臉上，道：「最近孫尚香是不是經常到這裡來？」

杜老刀道：「幾乎每天都來，今天他還問我有沒有你的消息。他好像急著要見你，臨走還交代，你來了務必馬上通知他一聲……要不要我現在派人給他送個信去？」

沈玉門站忙道：「且慢，且慢……孫尚香又怎麼知道我可能會到這裡來？」

杜老刀說：「不瞞二公子說，這個贈送『四喜丸子』的主意，就是他想出來的，他早就料定你一得到這個消息，非馬上趕來不可。」

沈玉門又是一陣沉吟，道：「他交代你老人家這件事的時候，是不是很秘密？」
杜老刀道：「那倒沒有，當時他旁邊不但有朋友，而且說話的聲音也很大，幾乎整層樓的人都可聽得很清楚。」
沈玉門猛地把腳一跺道：「這個王八蛋！看樣子他是存心想把我賣掉。」
一旁的秋海棠急忙道：「少爺不要多心，孫大少應該不是那種人。」
紫丁香也慌不迭道：「海棠姐說得不錯，以孫大少的為人而論，就算砍下他的腦袋，他也不可能出賣朋友，尤其是少爺這種好朋友。」
沈玉門不再出聲，眼睛卻緊盯著沉默不語的水仙，似在等她下結論。
水仙遲疑了很久，才道：「他的確不是一個出賣朋友的人，只有在一種情況之下，那就另當別論了。」
沈玉門忙道：「哪種情況？」
水仙道：「除非懷孕的孫少奶奶已被人挾持，或者早就落在對方的手裡。」
沈玉門聽得陡然一驚，秋海棠和紫丁香也同時變了顏色。
水仙卻淡淡的笑了笑，又道：「當然，我這只不過是猜測之詞，你們根本就不必緊張，即使真的不幸被我猜中，也必可尋出破解的方法，因為孫大少已經替我們留下了解救他的餘地。」

沈玉門道：「這話怎麼說？」

水仙道：「少爺不妨想一想，如果他真要出賣你，大可寫封信直接把你騙來，何必如此大費周章，而且還害杜師父白白送掉許多『四喜丸子』，你說是不是？」

沈玉門道：「嗯！繼續說下去！」

水仙道：「他顯然是想引起我們的疑心，先讓我們有個心理準備，然後再跟他見面。」

沈玉門緩緩地點了點頭，道：「那麼依妳看，我們現在應採取什麼步驟呢？」

水仙道：「當然是依照他的吩咐，先派人去給他送個信。」

沈玉門道：「然後呢？我們是不是還在這裡等？」

水仙道：「我們當然不能在這裡等，否則不但『一品居』要遭殃，而且孫大少那番腦筋也等於白動了。」

沈玉門道：「妳的意思是說，前面派人送信，咱們在後面跟著殺進去？」

水仙道：「那就得看看情況再說了，不過要派人去就得快，外面好像已經有了動靜，萬一被他們先趕去那就不妙了。」

說話間，前面果然傳來幾聲斷斷續續的呼喝，後面巷道中的兩條獒犬也在低聲吠叫。

站在杜老刀左首那個持燈中年人立刻道：「我認識孫府的路，我去送信。」說著，就想把燈交給其他的人手上。

沈玉門突然道：「不行，馬師兄是老實人，這種事不適合你幹！」

所有的人聽了全都嚇了一跳，那被稱做馬師兄的人一個失神，連油燈都差點翻倒在地上。

杜老刀乾咳兩聲，道：「那麼依二公子之見，應該派哪一種人去呢？」

沈玉門想了想，道：「最好是派個臉皮厚實一點、吹牛不會臉紅的過去……」

他邊說著目光邊在兩旁搜索道：「咦！厚皮小周到哪裡去了？」

一陣沉寂之後，有個體型瘦小的小伙子自靠門的房中悄然閃出，一步一哈腰的走到沈玉門身後，道：「小的在這裡，不知二公子有何吩咐？」

沈玉門頭也沒回，只用拇指朝後一比，道：「師父，您看派這個人去怎麼樣？」

杜老刀勉強的點了點頭，道：「行，只要二公子認為可以就行。」

沈玉門這才回臉笑視著矮他一截的小周，道：「你有沒有去過孫家？」

小周立刻道：「去過，常去，前天晚上我還在他們家牆根撒了泡尿。」

沈玉門笑笑道：「孫家的門裡和門外情況可能有點不一樣，你敢不敢進去給孫大少送個信？」

小周蠻不在乎道：「有什麼不敢！孫家的大門又沒長出牙齒，還能把我的……把我的毛咬掉不成！」

沈玉門皺眉道：「你真的一點都不怕？」

小周眼珠子轉了轉，道：「我只怕一件事。」

沈玉門道：「什麼事？」

小周道：「我只怕孫大少打賞太多，我個子小，力氣弱，一個人搬不動。」

水仙聽得噗哧一笑，道：「看樣子少爺是找對人了。」

沈玉門也忍不住摸摸鼻子，道：「沒關係，我們就在後面跟著你，到時候你搬不動，我們幫你抬，你看怎麼樣？」

小周把頭一點，道：「好，那小的就先走一步了，你們如果不認識路，最好是跟得緊一點，我的快腿可是出了名的。」說完，調頭就走。

剛剛拉開後門，忽然又轉回來，兩眼一翻一翻的望著沈玉門，道：「小的有個小疑問，可不可以先向二公子請教一聲？」

沈玉門道：「當然可以，你說吧！」

小周道：「小的先後只替二公子上過兩次菜，連話都沒有講過一句，二公子怎麼會記得小的這個人？」

沈玉門笑迷迷道：「你欠我的錢還沒還，我當然記得你。」

小周愕然道：「我幾時欠過二公子的錢？」

沈玉門往前湊了湊，神秘兮兮道：「去年過年賭牌九，你輸給我一兩七分銀子，難道你忘了？」

小周的臉色整個變了，兩隻腳不由自主的在朝後縮，直縮到門口，才跌跌撞撞的轉身狂奔而出，那副模樣，就像突然碰到鬼一般。

水仙等三人神情雖然有些不太自然，但仍一聲不響的跟了出去。

沈玉門默默地環視了眾人一陣，又朝杜老刀拱了拱手，依依不捨的走出了後門。

臨出門只見他輕輕將門往上一撥，然後飛快的將門扇帶上，那根門剛好「喀」的一聲自動拴了起來，動作之熟巧，在場的人也未必有幾人能做得到的。

所有的人都呆望著那根門閂，久久沒人則聲，整個天井靜得就像沒有人一樣。

過了很久，那個被沈玉門稱做馬師兄的人方才開口道：「我愈看這位沈二公子愈不對，他除了臉孔之外，言談舉止簡直就和我死掉的孟師弟一般無二……」

有個年輕人截口道：「對，尤其是他那副眼神，我感覺熟得不得了。」

另外一個年輕人也立刻接道：「還有，去年過年賭錢，小周欠下孟師叔一兩七分銀子的事，根本就沒有幾個人知道，沈二公子又如何曉得？而且居然還說是欠他的，你們不覺得奇怪嗎？」

又有一個人指著那門道：「尤其是他方才關門的手法，除了孟師叔之外，還有誰能把時間捏得那麼準？我出來進去已經兩三年了，也未必能比得上他……」

杜老刀突然大喝一聲：「住口！」

那人的話頓時被打斷，四周的人也同時沉寂下來。

杜老刀厲聲道：「小孟已經死了，你們親自看他入的土，你們還懷疑什麼？」

站在杜老刀右首那中年人忽然道：「可是那張『四喜丸子』的菜譜又怎麼說？那可是在孟師弟下土之後才送過來的！」

杜老刀道：「怎麼連你也這麼糊塗！難道那張條子就不能是他死前交給沈二公子的嗎？」

那中年人垂下頭，不再吭聲。

杜老刀突然長嘆一聲，道：「不管這個人的舉止如何，他都不是小孟。他是沈二公子，鼎鼎大名的金陵沈二公子。這一點你們一定得搞清楚！」

說話間，巷中陡然傳來一聲慘叫。

杜老刀急喊了聲：「熄燈！」

兩房的燈火同時熄滅，天井中頓時變得一片黑暗。

只聽杜老刀繼續道：「現在你們也該感覺到，咱們已被捲入一場可怕的武林爭端中，要想活命就得少開口，尤其是方才跟沈二公子會面的情況，誰也不准洩露出去。切記，切記！」

黑暗中沒有一個人應話，後巷的喊殺之聲也不復聞，只有杜老刀接連發出幾聲嘆息，一聲比一聲沉重。

× × ×

水仙和秋海棠緊隨著小周穿出了充滿血腥的巷口，紫丁香卻一步也不肯離開走在後面的沈玉門。

大街上空空蕩蕩，沉寂如死，連追在後邊的那兩條獒犬都已縮回巷中。突然間，走在最後的紫丁香一把將沈玉門拉住。

沈玉門神色不耐的回頭喝道：「妳有完沒完！那兩條狗又不會咬人，妳怕什麼？」

紫丁香忙道：「不是狗，是人。」她邊說著，邊朝身後指了指。

沈玉門這才發覺正有個人提著只酒罈，搖搖擺擺的從巷子裡走出來，一瞧那人的輪廓，便知是無心道長，不禁哈哈一笑，道：「我當什麼人在舉手投足間就殺了這許多人，原來是你老人家。」

無心道長急忙搖頭道：「你弄錯了，我忙著喝酒還來不及，哪裡有閒空殺人！」

沈玉門微微一怔，道：「那麼巷子裡那些人都是誰殺的？」

無心道長道：「都是你那批能幹的手下，他們殺人的本事，可高明得很啊！」

沈玉門大吃一驚道：「他們怎麼也來了！你老人家不是答應要把他們引開的嗎？」

無心道長聳肩道：「沒法子，我實在甩不掉那頭胖狐狸，有他在旁邊，石寶山那批人還會不跟來嗎？」

沈玉門匆匆四顧道：「他們的人呢？」

無心道長道：「都到孫家去了，石寶山好像發現那姓孫的小子有點不太對勁，所以才先一步趕去替你開路。」

沈玉門呆了呆，道：「孫尚香有什麼不對勁？」

無心道長道：「這還用說，當然是已經投到陳士元那邊去了……」說著，昂起脖子猛喝了幾口酒，又道：「我早就覺得孫家父子靠不住，只有你還一直拿他們當好朋友，幸虧石寶山發現得早，否則你被他們賣掉都不知道。」

沈玉門楞住了。

紫丁香在一旁拚命搖頭道：「我看八成是搞錯了，我怎麼看孫大少都不是那種人。」

無心道長瞪眼道：「妳一個女孩子家懂什麼，難道石寶山還沒有妳清楚嗎？」

紫丁香哼了一聲，不再開口，但她那副神態卻顯得極不服氣。

沈玉門陡然將頭一擺，道：「走！我們過去看看再說，我倒想弄弄清楚孫尚香究竟是個什麼樣的人。」

第十回　敵友兩難分

孫尚香的宅第氣派極了，高高的院牆，深深的院落，銅釘鐵板打造而成的大門看上去比城門還要牢固，而最搶眼的還是懸在門楣上的一方漆黑的橫匾，上面刻的竟然是「金府」兩個斗大的金字。

在揚州，誰都知道孫大少是金八爺的女婿。金家是揚州的首富，金八爺是金家九弟兄中最精明的人。

據說金家的銀子比江裡的水還多，田產遼闊得騎著快馬從日出跑到日落都跑不到邊，他們為了保護這片家業，不得不聘請大批的保鏢護院。

但金八爺還是不放心，於是他毅然決然的將他最心愛的么女嫁給了「五湖龍王」的大兒子孫尚香，並且還以五十條帆船和二十萬兩銀子做交換條件，把孫大少爺從太湖接到了揚州。

但孫大少是個野馬型的人物，院牆再高，也擋不住他的腿，孫少奶奶再溫柔，也收不住他的心，他依然跟在太湖時一樣，常年浪蕩江湖，絕少留在揚州。

孫少奶奶當然很不開心，但金八爺卻一點也不在乎，因為他真正需要的並不是江湖味道比他那批保鏢護院還重的女婿，而是那塊黑白兩道都不敢亂碰的招牌。

可是最近的孫大少卻忽然變了，變得很少出遠門，除了每天吃館子聽戲之外，幾乎都守在家中。

浪子回頭金不換，何況孫少奶奶的肚子又一天比一天大，這是雙喜臨門的事，按理應該很高興才對，奇怪的是，事實剛好相反，不但她看起來好像比以往更不開心，甚至連金八爺也顯得每天憂心忡忡，臉上找不出一絲喜悅之色。

× × ×

沈玉門踏上「金府」大門的石階，一看到那兩個斗大的金字，便已忍不住問道：

「喂，孫尚香這小子究竟是不是入贅的？」

秋海棠和紫丁香聽得全都大吃一驚。

水仙急咳兩聲，道：「當然不是，『五湖龍王』是個有頭有臉的人，再怎麼樣也不可能叫自己的兒子改名換姓。」

秋海棠惶惶朝四下瞄了一眼，低聲道：「你們是怎麼了？這種話也能跑到人家大門口來講，萬一被孫大少聽到了，那還得了！」

紫丁香也緊緊張張道：「是啊，那傢伙表面看來大大方方，其實心胸狹窄得很，記得去年少爺只叫了他一聲金大少，就氣得他三天沒有跟你說話，難道你忘了？」

水仙即刻道：「少爺當然沒有忘記，所以他才故意舊話重提，就是想成心把他氣出來……少爺你說是不是？」

沈玉門搖著頭，道：「奇怪，我踩了他的痛腳，他才三天沒有理我，而這次卻無緣無故的幾個月沒跟我聯絡……莫非他老婆真的落在青衣樓手上了？」

水仙道：「也只有這種原因，才可能把孫大少這種人制住。」

秋海棠和紫丁香也不約而同的點了點頭，好像都同意這種看法。

沈玉門回首望了望，道：「無心道長呢？怎麼還沒有來？」

水仙道：「我看八成是進去找石總管了。」

沈玉門道：「妳是說石寶山可能在裡邊？」

水仙道：「一定在裡邊。他既已發現裡邊有毛病，還會不進去看看嗎？」

沈玉門眉頭忽然一皺，道：「小周進去這麼久，怎麼一點消息都沒有？」

水仙道：「少爺放心，周師父只不過是個送信的，就算裡邊已被青衣樓把持，他們也不可能為難一個不會武功的人……」

說到這裡，忽然沉吟了一下，道：「除非他們想把少爺引進去！」

秋海棠忙道：「不錯，這一招咱們還真得提防著點，說不定裡邊已經佈置好了埋伏，正在等著咱們自投羅網呢！」

紫丁香立刻道：「要不要我先進去探探？」

沈玉門揮手道：「妳先別忙，我且問妳，妳過去有沒有進去過？」

紫丁香道：「進去過好多次了，裡邊的環境，我熟得很。」

沈玉門道：「好，那妳就跟海棠兩個偷偷摸進去，先把孫少奶奶保護好再說！」

紫丁香和秋海棠身形一閃，已縱進了高牆。

水仙好像對沈玉門的安排十分滿意，悄聲道：「我呢？」

沈玉門下巴朝大門一伸，道：「敲門！」

水仙毫不遲疑的用刀柄在厚厚的門板上砸了幾下。

過了很久，裡邊才有人喝問道：「什麼人？」

水仙道：「麻煩你通報大少一聲，就說金陵的沈二公子到了。」
大門紋風不動，旁邊的小門卻呀然而開。
只見一個滿頭灰髮的老人提著燈籠朝外照了照，立刻躬身讓到一旁，和和藹藹道：「果然是沈二公子駕到，快快請進，我們大少已候駕多時了。」
水仙微微怔了一下，很快便先竄了進去。
等到沈玉門剛想踏入小門之際，但覺眼前刀光一閃，那提燈老人吭也沒吭一聲，便已橫身栽倒在門內，手上的燈籠也在一邊燃燒起來。
沈玉門駭然叫道：「妳這是幹什麼！怎麼不問青紅皂白就胡亂殺人？」
水仙將刀頭在鞋底上一抹，悄然還入鞘中，道：「這傢伙是青衣樓的殺手。」
沈玉門低頭望著老人蒼老而又扭曲的臉孔，半信半疑道：「妳憑哪一點斷定他是青衣樓的人？」
水仙道：「第一，孫家的人一向都稱孫大少為姑老爺；第二，金陵的沈二公子無論到任何地方都走正門，他又不是不知道你的身分，哪裡有以便門迎客之理……」
沈玉門截口道：「或許他是剛來的，不太懂得規矩。」
水仙突然抬腳往屍體持燈的手上一跺，只聽嗤的一聲輕響，燈桿上陡然彈出一截藍汪汪的尖錐，足有一尺多長，而且一眼就可看出上面浸過毒，沈玉門不由自主朝後縮了一步。

水仙冷笑道：「剛來的人，會使用這種歹毒的兵刃嗎？」

沈玉門楞了半晌，才把頭一甩，大聲道：「開正門！」

水仙急忙將兩扇大門整個敞開來，好像只打開一扇都嫌不夠威風。

沈玉門整理一下衣襟，昂然闊步的走入院中。遠處的正房還亮著燈，房門也沒有關，卻連一個人影都不見。

沈玉門邊走邊道：「金家不是養了很多人麼？怎麼連個迎客的都沒有？」

水仙故意尖著嗓門道：「我看八成是都被青衣樓的人給制住了。」

沈玉門又提高聲音道：「果真如此，孫尚香那傢伙也未免太窩囊了。」

水仙道：「可不是嗎？平日威風凜凜的孫大少，想不到竟落到這種地步！」

說話間，已走到院落的一半。沈玉門忽然停步道：「咱們這麼闖進去總是不太好，妳大聲問問，看金家的人有沒有死光！」

水仙噗哧一笑，尚未開口，裡邊已傳出了咳聲。

緊跟著三個人影匆匆自房裡擁出來，為首一名家人打扮的老者遠遠便已喊著道：「想不到二公子真的來了，我們姑老爺昨天晚上還在唸著你呢！」

沈玉門低聲道：「這回好像是真貨。」

水仙輕哼一聲，道：「後面那兩個就靠不住了。」說著，抬手又抽出了刀。
沈玉門急忙道：「眼睛放亮一點，可千萬不能殺錯了人！」
水仙一面答應著，一面已快步迎了上去，嬌滴滴道：「這位老管家好面熟呀，我們以前是不是在哪見過？」
那個老人家也邊走邊道：「當然見過，每次二公子來的時候，都是小老兒給各位開的門，姑娘莫非不記得了？」
水仙訝聲道：「你說你就是門上的那位福老爹？」
那老人家笑哈哈道：「姑娘好記性，小老兒正是金福。」
水仙陡然停步喝道：「等一等……統統給我站住！」
那福老爹大感意外的縮住了腳，另外兩名體形魁梧的大漢也同時停在他身後。
水仙語氣變得十分生冷道：「你……真的是福老爹？」
福老爹強笑道：「小老兒跟二公子和姑娘又不是第一次會面，這還假得了嗎？」
水仙道：「那就怪了，你不是病得已經爬不起來了嗎？」
福老爹一怔，道：「誰說我病得爬不起來了？」
水仙道：「門上的那位大叔告訴我的，他說你受了風寒，老命朝夕不保，才由他替你迎門，可是我看你還硬朗得很嘛……你們究竟在搞什麼鬼？」

福老爹傻住了，直到後邊一名大漢推了他一下，他才咳道：「那位……大哥說得不錯，小老兒的確受了點風寒……而且也蠻嚴重的。」

水仙搖著頭道：「不像嘛！」

福老爹忙道：「那是因為聽說二公子和姑娘來了，心裡一高興，才勉強爬起來，其實我現在還在發燒，姑娘不信，摸摸我的頭就知道了……」

他說著就想往前走，卻被身後的那名大漢給拉住。

水仙倒是不客氣，揚著手便一步一步湊上去，道：「我摸摸看。」

福老爹腳下雖沒挪動，頸子卻伸得很長，好像真的在等她去摸。

站在福老爹後面那兩名大漢，一個緊貼著他的背脊，一個相距也不滿五步，四道目光緊緊張張的直盯著愈來愈近的水仙，一副如臨大敵模樣。

水仙的神態卻剛好相反，不但走起路來纖腰款擺，而且刀頭也整個垂了下來，似乎連最後的一點防範也已消失。

沈玉門在遠處望著那兩名大漢充滿敵意的眼神，還真有點替她擔心。

誰知就在她的手剛剛觸到福老爹頭門之際，那把鋒銳的鋼刀也同時自他脅間刺了進去。

福老爹臉色大變，緊貼在他身後的那名大漢卻突然狂吼一聲，倒退兩步，回手就想抓劍。而另外一名大漢還沒弄清楚是怎麼回事，水仙已揉身欺到他近前。

那大漢大驚之下，慌忙亮出繫在背上的鬼頭刀，刀身剛剛離鞘，水仙的刀鋒已從他頸間一抹而過，還沒來得及出招，便已仰身栽倒當地。

先前那名大漢也幾乎在同一時間倒了下去，先後只不過是剎那間的事，直到他伸腿嚥下最後一口氣，長劍才只抽出了一半。

福老爹仍舊面色蒼白的呆站在那裡，直到水仙又轉回來，他的身子才開始搖晃。

水仙一把將他扶住，道：「剛才沒有傷到你老人家吧？」

福老爹低頭瞧著脅下的刀口，顫聲道：「妳……妳沒有殺死我？」

水仙噗哧一笑，道：「我怎麼會殺死你老人家？我不過是在你老人家身上借個路罷了。」

福老爹指著刀口上的血跡，道：「那麼這些血……是哪裡來的？」

水仙道：「當然是站在你老人家後面那傢伙的。」

福老爹這才鬆了口氣，兩條腿也有了勁道。

沈玉門這時已趕過來，含怒瞪著水仙，道：「妳這個丫頭是怎麼搞的，妳想把這位老人家嚇死嗎？」

水仙連忙笑道：「少爺放心，福老爹的膽子大得很，不是那麼容易就被嚇著的。」

福老爹也乾笑兩聲，道：「水仙姑娘說得不錯，如果小老兒沒有幾分膽量，當初也就不會被派到門上來了……」

說著，忽然回首朝毫無動靜的正房瞄了一眼，一把抓住沈玉門的手臂，緊緊張張道：「二公子快請回吧，千萬不能進去。」

沈玉門驚訝道：「為什麼？」

福老爹嘎聲道：「因為……姑老爺已跟往常不一樣了，他身邊忽然來了一批兇神，好像正在商量著如何對付你呢。」

沈玉門淡淡道：「不會吧？憑我跟你們姑老爺的交情，他怎麼會出手對付我？」

福老爹急得連鬍子都翹起來，剛想繼續提出警告，但話到嘴邊，卻被一陣暢笑之聲給擋了回去。

暢笑聲中，只見孫尚香已自正房飛快的迎了出來，邊走嘴裡還邊嚷嚷著道：「當然不會，那是金福耳目失聰，錯把我們商量如何接待你聽成對付你了。」

說話間，人已越過水仙，衝到沈玉門跟前，陡然青光一閃，竟然挺劍直刺他的胸前，口中卻依然笑吟吟道：「你怎麼現在才來？可急死我了！」

水仙大吃一驚，她做夢也沒想到孫尚香竟會向他的好友突下殺手，想要揮刀搭救已來不及了。

但沈玉門卻像早有防備，只不慌不忙的將身形一側，同時短刀已「鏘」的出鞘，刀鋒順勢輕輕一帶，已把孫尚香疾刺而來的長劍架住，臉上也掛著微笑道：「你是人急，還是劍急？」

孫尚香道：「人也急，劍也急。」

他一面說著，一面突然轉身，又是一劍急刺而出。

沈玉門這次身子連動都沒動，只猛將短刀一揮，便把長劍逼了回去，而這時水仙已飛撲而至，對準孫尚香的背脊就是一刀。

孫尚香駭然閃開，喝道：「我跟妳們少爺的事，要妳來插什麼手，讓開！」

水仙聽得不禁一怔，急忙朝沈玉門望去，似乎在等他開口定奪。

沈玉門揮手道：「妳只管在一旁看著。他這口破劍，我還應付得了。」

孫尚香悶哼一聲，挺劍就刺，劍勢又急又狠，看上去倒也威力十足。沈玉門初時只守不攻，直到幾招過後，才逐漸有了攻勢。

一旁的水仙這才定下心，抱刀護在福老爹身旁，好像惟恐兩人刀劍無眼，誤傷了這位老人家。轉眼十幾招過去了，沈玉門陡然招勢一緊，一刀比一刀快速，只逼得孫尚香連連後退。

孫尚香劍式也隨之一變，一邊回劍搶攻，一邊道：「這就是你新練出來的那套刀法？」

沈玉門無暇答話，只專心破解一招比一招凌厲的劍式，腳下也不免有些慌亂。

水仙好像一點也不擔心，不慌不忙接道：「不錯，但不知大少認為如何？」

孫尚香狀極不屑道：「老實說，實在不怎麼樣，可比你們那套虎門十三式差遠了……」

誰知話猶未了，陡聞「叮」的一聲脆聲，猛覺劍身一輕，手中的長劍已少了幾寸。

孫尚香大吃一驚，急忙倒退幾步，望著自己手上的斷劍，叫道：「你……你怎麼玩真的？」

沈玉門似乎也嚇了一跳，還沒來得及開口，水仙已搶著道：「大少別不知好歹，如果玩真的，斷的恐怕就不是你那把破劍了。」

孫尚香吭都沒吭一聲，牙齒一咬，仗著斷劍重又攻了上來。

水仙急忙喊道：「少爺注意腳步，給他點厲害瞧瞧……」

沈玉門被她一說，腳步果然已不像先前那般慌亂，攻守間顯然輕鬆了不少。

孫尚香猛攻一陣，突然又是「鏘」的一聲，不但長劍又少了一截，而且刀鋒擦面閃過，連鼻子都差點被削下來。

沈玉門不禁楞住了，他還真沒想到這把短刀竟然如此管用。

孫尚香卻連想都沒想，一個倒翻已飄落在水仙身旁，急急道：「你們帶來的人呢？」

水仙瞟著他那副狼狽模樣，不禁吃吃笑道：「什麼人？」

孫尚香道：「石寶山那批人。」

水仙道：「我們又不是來打架的，帶那麼多人幹什麼？」

孫尚香呆了呆，道：「妳的意思是說……你們這次只來了四個人？」

水仙點點頭道：「是呀，我們少爺只想和大少聚聚，帶著我們三個，他已經嫌多了。」

孫尚香長嘆道：「妳們少爺頭腦不清楚倒也罷了，怎麼連妳也如此糊塗？難道妳沒有發覺我這邊的情況有變嗎？」

水仙道：「我發覺了，而且也警告過我們少爺，可是他就是不聽，他說什麼也不相信你會出賣他，你教我有什麼辦法！」

孫尚香氣急敗壞道：「可是妳們有沒有想到，有的時候，我想不出賣他都不行？」

水仙道：「想到了，但我們少爺硬是不加理會，他認為被你賣掉他也認了，誰叫你是他的好朋友呢？」

孫尚香似乎整個洩了氣，恨恨地朝著悶聲不響的沈玉門道：「你以為你這是好朋友麼？你有沒有想到這麼一來，不但害了我，也害了你自己，甚至連你們沈家的一點希望，也整個斷送在你的手上了！」

沈玉門一怔，道：「有這麼嚴重嗎？」

孫尚香道：「比你想像的要嚴重多了。」

沈玉門不得不把目光轉到水仙臉上，道：「這是怎麼回事？」

水仙也一臉莫名其妙的神情，道：「我也搞不清楚，好在大少已開了口，咱們還是等他說下去吧！」

孫尚香唉聲嘆氣道：「事到如今還有什麼話好說？反正你們也回不去了，索性進去看看自然就明白了，何必再讓我多費口舌。」說完，有氣無力的把斷劍隨手往旁邊一丟，回頭就走。

沈玉門根本想都沒想，拔腿就追了上去。

水仙雖然遲疑了一下，但已毫無選擇的餘地，只有悄悄跟在沈玉門身後，邊走邊在四下張望，俏臉上充滿了緊張之色。

剛剛走進燈火通明的正廳，已有個人尖聲嘶喊道：「二公子救命啊！」

那聲音來自房樑上，一聽就知道是先一步進來送信的厚皮小周。

沈玉門沒有抬頭，因為他的目光已被一個人吸引住。

廳中的陳設很考究，看上去也十分寬敞，但寬敞的廳堂中卻只坐著一個人，一個文質彬彬的年輕人。

那人年紀最多也不過二十出頭，瘦瘦的臉型，薄薄的嘴唇，眉目間還帶著股傲氣凌人的味道。

雖是秋涼天氣，手上一柄摺扇仍在不停地搧動，看上去斯斯文文，一點都不像是武林人物，倒很像哪家大戶的讀書子弟。

但水仙一見到他，臉色卻是一變，急忙擋在沈玉門面前，橫刀冷笑道：「我當是哪個把孫大少嚇成這般模樣，原來是尹舵主！」

那人淡淡道：「好說，好說。」

沈玉門忍不住低聲問道：「這人是誰？」

水仙好像連頭都不敢回，道：「『陰司秀才』尹二毛。」

沈玉門聽得眉頭不禁一皺，他實在沒有想到一個體體面面的人，竟然取了這麼一個不三不四的名字。

尹二毛卻絲毫不以為忤，面含微笑道：「沈兄真是貴人多忘，去年年底咱們還在『大鴻運』見過一面，你怎麼一下子就把小弟給忘了？」

沈玉門一怔，道：「你說的可是楊善主持的那家『大鴻運』？」

尹二毛道：「不錯，正是那館子，沈兄想起來了吧？」

沈玉門搖頭。

孫尚香忙在一旁道：「玉門兄，你不要裝了，你騙不過他的，尹舵主是青衣樓裡有名的人精，否則陳總舵主也不會派他來坐鎮蘇州了。」

沈玉門的目光忽地閃出一股憤怒之色，但他一瞧孫尚香那副愁眉苦臉的樣子，那股怒色馬上消失了，只輕輕的嘆了口氣。

尹二毛陡然「啪」的將手中的摺扇一合，道：「孫兄說得對極了，在朋友面前，何必再裝模作樣！何況我是什麼人，沈兄也應該清楚得很。我雖然很少跟你見面，但對你的一切，知道的也不見得比孫兄少……」

說著，摺扇遠遠朝沈玉門的短刀比了比，繼續道：「就像你這次改用短傢伙，我一點也不奇怪。試想你受了那麼重的傷，不到一年工夫就又拿起了刀，不論是長的還是短的，都難能可貴了，你說是不是？」

他邊說著還邊搖頭，顯然全沒把沈玉門的人和刀看在眼裡。

沈玉門笑笑，什麼話都沒說。

水仙卻寒著臉道：「尹舵主，你那把扇子最好是不要比來比去，你扇骨裡只有兩支毒籤，萬一不小心滑出一支來，對你的損失可就大了。」
尹二毛微微怔了一下，道：「水仙姑娘倒也名不虛傳，果然有點眼光。」
水仙冷笑道：「我若連這點鬼門道都看不出來，還有什麼資格陪著我們少爺行走江湖。」
尹二毛哈哈一笑，手腕也猛地一抖，重又把摺扇張了開來。
這時樑上的小周又喊道：「沈二公子，你別忘了，小的還在上面啊！」
沈玉門這才抬首朝上邊瞄了一眼，只見小周正安安穩穩的騎在大樑上，這一來反倒放下心，道：「你先在上面坐坐，等我把下面的事解決之後，自會放你下來。」
小周急形於色道：「小的急著下去，也是想解決下面的事……不瞞二公子說，昨兒臨睡多喝了幾杯，實在有點憋不住了。」
沈玉門傻住了，一時還真不知是不是應該馬上把他弄下來。
水仙卻已吃吃笑道：「周師父若是實在忍不住，只管往下溺，不過方向可要拿得準一點，千萬不要撒在咱們自己人頭上。」
小周遲遲疑疑道：「行嗎？」
水仙道：「為什麼不行？你沒看到連尹舵主都沒有反對嗎？」
尹二毛的確一聲沒吭，但摺扇卻又一摺摺的在緩緩合攏，目光雖然沒有離開水仙的臉，扇骨的頂端卻剛好對著樑上的小周。

水仙俏臉陡然一沉，道：「尹舵主，你最好不要輕舉妄動，我們少爺刀法之快可是出了名的，我相信你也一定聽人說起過。」

尹二毛又瞟了那柄短刀一眼，道：「金陵沈二公子的刀法是沒話說，不過那是過去，現在怎麼樣就沒人知道了。」

水仙輕哼一聲，道：「當然沒人知道，因為方才見識過他刀法的人，已經統統躺在外邊了。」

尹二毛橫眼瞪視著孫尚香，道：「外邊究竟出了什麼事？」

孫尚香驚惶失措道：「沒什麼，沒什麼……」

水仙不待他說下去，便截口道：「你問大少又有什麼用？你沒看到連他手中的劍都不見了嗎？」

尹二毛忽地從椅子上站了起來。

孫尚香急急喊道：「水仙，妳能不能先閉上妳的嘴，讓妳們少爺先跟尹舵主慢慢聊聊！」

水仙果然不再出聲。

沈玉門卻嘆了口氣，道：「我是很想跟他慢慢聊聊，只可惜上面已有人等不及了。」
孫尚香即刻道：「好，我這就放他下來。」說著就想往樑上縱。
尹二毛疾聲喝阻道：「且慢，我要先跟沈玉門把話說清楚。」
沈玉門道：「尹舵主有話快說，否則有人在你頭上撒尿，你可不能怪我。」
尹二毛冷笑道：「孫大少難道沒有警告過你們不能動我嗎？」
沈玉門還沒有來得及開口，水仙又已搶著道：「他是說過不能隨便動你！還說要動的話，除非有把握一舉把你殺死。」
孫尚香登時尖叫起來，道：「妳這個丫頭胡扯什麼？我幾時說過這種話？」
尹二毛擺手道：「你有沒有說過這種話都無所謂，問題是你這個樓主還想不想做？」
沈玉門詫異道：「什麼樓主？」
尹二毛一字一頓道：「青衣十四樓的樓主。」
沈玉門吃驚地呆望了孫尚香片刻，突然一揖到地道：「恭喜孫兄，你終於出人頭地了。」
水仙也一副肅然起敬的樣子道：「難怪大少不肯再理我們，原來是身分不同了。」
孫尚香面紅耳赤道：「我……我這麼做，也全是為了那個孩子。」

沈玉門忙道：「你不必解釋，你的情況我很瞭解，那是你的第一個孩子，也可能是龍王的長孫，對你們孫家來說當然重要……」

孫尚香不待他說完，便已截口道：「你錯了，那個孩子不是我們孫家的，是你們沈家的。」

沈玉門愕然道：「你說什麼？你老婆肚子裡的孩子……是沈家的？」

孫尚香狠狠地呸了一口，叫道：「放屁！誰告訴你是我老婆肚子裡的那個孩子？」

沈玉門莫名其妙道：「不是你老婆肚子裡的孩子，是哪個孩子？」

孫尚香停了停，才道：「是沈玉虎當年留下來的孽種……湯老爺子是這麼說的。」

此言一出，非但沈玉門大吃一驚，一旁的水仙也花容失色，一個失神，手裡的鋼刀都險些掉在地上。

孫尚香沉嘆一聲，又道：「當初我也不太相信，可是當我見到那個孩子之後，卻不由得我不信。」

沈玉門怔怔道：「為什麼？」

孫尚香道：「因為他長得實在太像你們沈家的人了。」

尹二毛也得意洋洋接道：「不錯，那孩子不但長相極像沈家的人，連許多小動作都與沈兄有幾分神似，你們想不認他只怕都很難。」

沈玉門恍然大悟道：「看樣子，那個孩子莫非已經落在他們手上？」
孫尚香黯然點頭。
沈玉門道：「所以你才用『四喜丸子』把我騙過來？」
孫尚香繼續點頭，還嘆了口氣。
沈玉門道：「現在我已經來了，你是準備就地解決呢，還是把我交上去？」
孫尚香頓足道：「我原本以為你會多帶一些人來，誰知你卻只帶了三個丫頭。」
說著，還狠狠地瞪了呆若木雞的水仙一眼。
尹二毛突然環首四顧道：「咦！還有另外那兩個丫頭呢？」
話沒說完，只覺得已有東西從頭上灑下來，猛然飄身一閃，同時大喝一聲，扇骨裡的毒籤已毫不遲疑的直向大樑上射去。
大樑上果然有個人應聲而落，但落下來的卻不是厚皮小周，而是醉得已經人事不知的無心道長。
沈玉門頓時鬆了口氣，水仙也霍然驚醒，身形一晃，便已撲到尹二毛跟前，上去就是一刀。
孫尚香急忙衝了過去，護在尹二毛前面，嘶聲喝道：「住手！那個孩子你們不想要了嗎？」

水仙不得不收刀退到沈玉門身旁，六神無主道：「少爺，你看咱們該怎麼辦？」

沈玉門苦笑道：「那就得看孫尚香了。」

孫尚香皺著眉頭，吭也沒吭一聲。

尹二毛趁機大喊道：「來人哪！」

門外靜悄悄的，沒有一個人應聲。

尹二毛大感意外，接連又喊了幾聲，依然不見一點回音。

躺在地上的無心道長卻在這時翻身坐起，揉著眼睛道：「是不是有人在叫我？」

尹二毛駭然道：「這個老道是誰？」

孫尚香似乎生怕嚇著他，在他身邊輕輕道：「那是無心道長。」

尹二毛仍然不免嚇了一跳，道：「什麼？他就是武當的那個瘋老道？」

孫尚香點頭，嘆氣。

無心道長也連連點頭道：「不錯，貧道正是武當無心，尹舵主叫醒我，是否有什麼後事需要貧道為你效勞的？」

尹二毛臉色整個變了，閃爍的目光也開始自洞開的窗戶往外張望。

無心道長忽然醉態全失，身形一擺，便已坐上了窗沿，眼瞇瞇的望著尹二毛道：

「你在找什麼？」

尹二毛驚慌倒退兩步，道：「我的人呢？是不是被你吃掉了？」

無心道長「噗嗤」笑道：「我老人家雖不忌口，卻從來不吃活人，你那群人，都是被石寶山和金家的那批保鏢護院給聯手幹掉了。」

尹二毛驚叫道：「什麼？石寶山也來了？」

無心道長點頭不迭道：「那是理所當然的事，沈老二既已到此，石寶山還會不跟來護駕麼……」

說到這裡，突然將目光轉到孫尚香臉上，道：「哦！我差點忘了，方才動手的還有你那批手下。你那群人看起來雖然窩窩囊囊，手腳卻俐落得很，殺人的手法可高明極了。」

尹二毛不由又往後縮了縮，扇骨朝著孫尚香一指，道：「孫兄，你……你……」

孫尚香若無其事的把他的摺扇往旁邊一撥，道：「你不要聽那瘋子胡說八道，趕快跟我到裡邊去！」說完，拖著尹二毛的膀子就往裡走。

尹二毛緊抓著那柄摺扇，邊走邊回頭，好像生怕有人從背後偷襲。

眼看著兩人已接近通往後進的廳門，孫尚香突然順手在最後一張方桌下一探，手中已多了一柄匕首，但見寒光一晃，匕首已齊根沒入了尹二毛的後心。

慘叫一聲，尹二毛吃力的轉回頭，死盯著孫尚香毫無表情的臉孔，道：「姓孫的，想不到你這麼快就反了……」

孫尚香冷冷道：「這只怪你少不更事。你也不想想，我孫大少是出賣朋友的人嗎？」

尹二毛顫聲道：「可是……你莫忘了，你曾在蕭樓主面前發過重誓……」

孫尚香截口道：「我是發過重誓，而且我也按照誓言把沈玉門引來了，但我的誓言裡卻沒有包括不准殺你！」

「嗤」的一聲，扇骨裡的另一隻毒籤也已射出，顫顫巍巍的釘在了桌腳上，尹二毛的身子也筆直的朝後倒去，兩隻死魚般的眼睛裡充滿了驚異之色，似乎至死都不相信孫尚香竟敢向他下手。

水仙忍不住興奮叫道：「孫大少果然夠朋友，我們少爺總算沒有看錯你！」

無心道長一旁冷笑道：「什麼夠朋友！他不過是在水上待久了，比一般人會見風轉舵罷了。」

孫尚香根本就不理會他的冷嘲熱諷，又走到一張桌子旁邊，從下面摸出一柄長劍，道：「玉門兄，快，咱們先趕到湯家再說。」

沈玉門道：「趕到湯家去幹什麼？」

孫尚香道：「去拿你交換那個孩子，那個孩子還在蕭錦堂手上。」

沈玉門道：「你是說『斷魂槍』蕭錦堂正在湯老爺子家裡等著我？」
孫尚香道：「不錯，湯家早就倒過去了，蕭錦堂已經在湯家等了你幾個月了。」
沈玉門道：「就等著你把我騙來交給他？」
孫尚香道：「我當然不是真的要把你交給他，我只是想跟你聯手把他除掉，然後再設法把那個孩子營救出來而已。」
沈玉門道：「你一再提起那個孩子，你能不能說得清楚一點，那個孩子究竟是從哪裡來的？」
孫尚香道：「這還用說，當然是從湯大姑娘肚子裡生出來的。」
沈玉門道：「你的意思是說，孩子是湯大姑娘生的，播種者卻是沈玉虎？」
孫尚香道：「沒錯。」
沈玉門道：「錯了，據我所知，湯大姑娘過世已經好多年了。」
孫尚香道：「沒錯，沒錯，你莫忘了，玉虎兄過世也好多年了，但那孩子卻沒有死，如今已經七八歲了。」
沈玉門道：「那麼這些年來，那個孩子是由哪個在撫養？」
孫尚香道：「當然是湯老爺子，當年湯老爺子逼死了女兒，卻不忍心向一個剛剛出生的嬰兒下手，才偷偷撫養下來。」

沈玉門道：「偷偷撫養下來？」

孫尚香道：「那當然，湯老爺子是個很好面子的人，沒出嫁的大閨女生孩子已使他顏面掃地，他怎麼能夠再公然收養那個孽種？」

沈玉門道：「那就怪了，這件事既然事關湯家的顏面，就應該保密到底才對，怎麼會被青衣樓發現呢？」

孫尚香道：「那是因為湯老爺子老了，早就壓制不住他那群如狼似虎的徒弟了。如果他再年輕幾年，身體再硬朗一點，非但這件事不會張揚出去，青衣樓也根本就過不了江。」

沈玉門道：「照你這麼說，這次倒過去的，並不是湯老爺子，而是他那批門人。」

孫尚香道：「不錯，如今是躺著是站著，早就由不得湯老爺子做主了。」

沈玉門沉默，過了很久，才喃喃道：「奇怪，按說他應該很恨沈家才對，可是這次……他為什麼會冒險救我？」

孫尚香愕然道：「湯老爺子幾時救過你？」

沈玉門沒有答覆他，只回首朝正門喊聲：「石寶山可在？」

石寶山恭諾一聲，卻從後門閃身而入，道：「屬下正在恭候二公子差遣。」

沈玉門道：「這件事你可曾聽人說起過？」

石寶山沉吟道：「沒有，不過當年大公子和湯大姑娘交往之事，屬下倒是略知一二。」

沈玉門忙道：「他們的確有過交往？」

石寶山點頭道：「的確交往過一段時間，不過很快就被夫人給拆散了。」

沈玉門道：「男女間的事並不是那麼容易就被拆散的，看來那孩子真的可能是沈家的了。」

石寶山遲疑了一陣，才道：「可能。」

沈玉門道：「既然連你都認為可能，那你就趕快拿個主意吧！」

石寶山一怔，道：「拿什麼主意？」

沈玉門道：「是救，還是乾脆給他來個不理？」

石寶山慌忙道：「此事關係重大，屬下不便作主，一切還請二公子吩咐。」

沈玉門回望著水仙，道：「妳呢？妳看這件事應該怎麼辦？」

水仙不由自主的往後縮了縮，道：「這是夫人房裡的事，連石總管都不敢插手，哪裡還有我多嘴的份？」

沈玉門雙手一攤，道：「既然你們都不願作主，那咱們只有通知顏寶鳳，請她親自來處理了。」

石寶山變色道：「這個嘛……恐怕不太好……」
沈玉門道：「有什麼不好？」
石寶山道：「夫人的個性，二公子想必也清楚得很，這件事萬一讓她知道，恐怕就不好辦了。」
沈玉門道：「不好辦也得讓她來辦，否則一旦出了差錯，這個責任誰擔得起？」
水仙急急接口道：「就算不出差錯，能夠安全把那個孩子救出來，咱們也未必討得到好。」
石寶山道：「這話怎麼說？」
水仙道：「總管有沒有想到，萬一夫人不肯承認那孩子呢？」
石寶山不再吭聲。
水仙道：「所以依小婢之見，最好還是遵照少爺的吩咐辦事，至少咱們可以不落埋怨。」
石寶山不得不點頭，道：「也對。」
孫尚香卻在一旁大喊道：「不對，不對，你們這麼一拖，那個孩子就完了。」
沈玉門道：「沒有那麼嚴重。在沈家的人插手之前，那個孩子安全得很。」
孫尚香不解道：「何以見得？」

沈玉門道：「因為到目前為止，那個孩子還是湯家的，跟沈家還沒扯上一點關係。」
石寶山點頭道：「不錯，只要咱們按兵不動，那孩子就不姓沈。」
孫尚香急喊道：「可是沈玉門已經到了揚州，他們怎麼可能由得你們按兵不動？」
沈玉門笑笑道：「只要我不離開金府，他們能將我奈何？」
孫尚香頓足道：「你想得太天真了，你當蕭錦堂像尹二毛那麼好對付嗎？」
沈玉門道：「你放心，以我們目前的實力，我想那姓蕭的沒有膽找上來。」
孫尚香道：「萬一陳士元那批人趕來呢？」
沈玉門道：「有無心道長在，你怕什麼？」
孫尚香回頭瞄了無心道長一眼，道：「他……他老人家肯留下來嗎？」
沈玉門道：「肯，只要你陪他下棋，你趕他都趕不走。」
孫尚香眉頭一皺，道：「可是你應該知道，我的圍棋實在蹩腳得很……」
沈玉門道：「太祖棋呢？」
孫尚香道：「什麼太祖棋？」
無心道長笑嘻嘻接道：「所謂太祖棋，就是擔擔棋也。」
孫尚香登時眉開眼笑道：「如果你老人家要找擔擔棋的對手，那你算找對人了。」

無心道長小小心心道：「你會？」

孫尚香道：「我只會贏，不會輸。」

無心道長立刻躍下窗沿，奪過孫尚香的劍，就開始在地上畫棋盤。

房樑上的小周又已叫道：「沈二公子，小的呢？要不要留下來替你做菜？」

沈玉門蹙眉道：「不必。老實說，你的菜我實在不敢領教，不過，你的嘴好像還可以用一用。」

小周忙道：「二公子是不是又想讓小的替你傳什麼信？」

沈玉門想了想，道：「傳信倒用不到你，但你可以替我放放風，就說孫少奶奶生了，所以孫大少這幾天沒空在外邊走動。」

小周胸脯一拍，道：「行，這種事小的最拿手……不過，萬一有人問起孫少奶奶生的是閨女還是小子，小的應該怎麼回答？」

沈玉門不假思索道：「這還用問，當然是小子！你也不想想，像孫大少這麼能幹的人，第一胎怎麼可以生閨女？」

×　　×　　×

孫府添丁的喜訊，一夜間便傳遍了全城，同時沈二公子進城的消息，也在武林人物匯聚的瘦西湖畔悄悄傳了開來。

「一品居」的生意顯得更加興隆，從早到晚賓客不斷，厚皮小周也自然而然的成了眾所矚目的焦點，每個客人都要纏著他盤問一番，話題總是在沈玉門、孫尚香兩人會面的情況上打轉。

前兩天小周還吹得有聲有色，但到後來，連他自己都開始厭煩起來，同時心裡也有點嘀咕，為什麼金陵方面還沒有一點消息，莫非顏寶鳳對沈玉虎留下的那個孩子真的毫無興趣？

堂口上又有人呼喊道：「小周，上菜。」

小周正躲在房裡計算這幾天賺進來的外快，聞聲急忙將一堆碎銀子往枕頭下面一推，匆匆走了出去，苦著臉道：「你們能不能讓我歇一歇？我這兩條腿都快要跑斷了。」

呼喚他的那個人滿臉無奈道：「我是很想讓你歇歇，可是劉老三指名要見你，你不去，行嗎？」

小周大吃一驚，道：「湯府的劉奎劉三爺？」

那人點頭。

小周二話不說，端起一盤菜就朝外走。一路上不斷地有人在跟他打招呼，好像所有的賓客都是他的熟人。

小周一刻也不敢耽擱，一直走到樓上最靠角落的一間客房前，剛剛挑起門簾，手上的菜已被人接了過去，身子也被一個跛腳漢子強行按在臨門的一張椅子上。

房裡已圍坐著五個神情剽悍的大漢，一看就知道都是武林人物，緊靠在他右首的一個面色青癟的中年人，正是湯府目前最當權的劉奎，也正是「鐵槳」湯俊湯老爺子的第三個徒弟。

小周惶惶的站起來，哈腰道：「各位才來？」

劉奎揮手道：「不要客氣，你只管坐著。」

小周還沒有來得及答話，只覺得肩膀一重，重又跌坐在椅子上。

劉奎似笑非笑的斜瞄著他，道：「聽說周領班最近得意得很啊……」

小周聽得一陣急咳，還慌忙朝門外掃了一眼，面紅耳赤道：「三爺真會開玩笑，小的不過是廚房裡的一個下手，有的時候幫忙上上菜，哪裡稱得上領班。」

劉奎頗感意外道：「什麼？你幹了這麼久，還沒有升起來？」

小周忙道：「沒有，沒有，還早得很呢！」

劉奎緩緩地搖著頭，道：「那怎麼行，像你這麼能幹的人，長期壓在人家下面，未免太可惜了……」

說著，回首朝那跛腳漢子道：「老五，趕明兒你查查看，咱們那幾家館子裡缺不缺領班？」

那跛腳漢子也是湯老爺子的徒弟，排行第五，人稱「鴛鴦拐」郭成，輩分雖與劉奎一樣，但目前的身價顯然相差甚遠。

只見他垂手肅立，畢恭畢敬的答道：「回三哥的話，城北狀元樓剛好有個缺，要不要讓他去試試？」

劉奎道：「還試什麼？哪天你送他過去就行了……問題是周老弟肯不肯屈就？」

小周又不得不站起來，道：「多謝三爺美意，小的在這一行的資歷尚淺，只怕還沒有資格帶人。」

劉奎冷笑一聲，道：「管他什麼資格不資格，我說行就行，到時候哪個敢不聽你的？」

郭成即刻接道：「對，誰敢說個不字，我馬上趕他走。」

小周只好連聲稱謝，神色卻顯得極不安穩，好像已預知後面還有文章。

劉奎果然話鋒一轉，道：「不過我們排了幾天班，跑來吃這一餐，可不是專程來拉角的。我想我不說，周老弟也應該明白。」

小周立刻把身子往前湊了湊，直截了當道：「三爺莫非也是為了想向小的打聽沈二公子的消息？」

劉奎搶著道：「我對什麼沈二公子、孫大少之流的死活統統不感興趣，我想知道的，是有關青衣樓蘇州分舵尹舵主的事。」

小周以掌做扇，在面前晃動著，道：「三爺所說的，可是那位持摺扇的年輕人？」

劉奎道：「不錯，正是他。」

坐在上首的一名中年人迫不及待問道：「但不知他的情況如何？」

小周眼神一轉，道：「好得很，他跟沈二公子本就認識，而且交情好像還滿不錯的。」

那中年人變色道：「什麼？他跟沈玉門本就認識？你有沒有搞錯？」

小周道：「絕對錯不了，他們好像曾在蘇州大鴻運吃過好幾次飯，一見面就稱兄道弟，親熱極了。」

另外一個彪形大漢又搶著道：「這麼說，尹舵主想必還安全得很？」

小周道：「當然安全。在孫大少府裡，誰能把他怎麼樣？」

那大漢濃眉緊鎖道：「那就怪了，他既然沒出事，怎麼會好幾天沒有消息？」

小周翻著眼想了想，才道：「依小的猜想，他這幾天可能在忙著下棋，一個人一旦下起棋來，什麼事都會忘記的，當初我就……」

話還沒有說完，那大漢已「砰」的一聲，一掌擊在桌上，叫道：「這是什麼話！在這種緊要關頭，怎麼可以為了下棋而誤了大事！」

那中年人冷冷道：「有道是嘴上無毛，做事不牢，直到現在我還搞不懂，當初上面怎麼會把蘇州分舵交在這種人手上？」

那濃眉大漢忿忿道：「搞不懂的又豈止鄧舵主一個人，我們兄弟還不是……」說到這裡，似乎被旁邊的人拉了一下，立刻把話題打住，臉上那股忿忿之色也登時消失於無形。

那被稱作鄧舵主的中年人又惶然旁顧道：「隔壁坐的都是些什麼人？」

劉奎道：「是自己人，各位有話但說無妨。」

鄧舵主嘆了口氣，道：「事到如今，還有什麼話說，還是趕緊派個人去探探情況吧！」

劉奎忙道：「是是……」目光又飛快的轉到郭成臉上，道：「老五，你看應該派哪個去好？」

郭成不假思索道：「一事不煩二主，依小弟之見，最好還是請周領班替咱們跑一趟，不知三哥意下如何？」

劉奎道：「也好。」
那濃眉大眼馬上又皺起眉頭，道：「他行嗎？」
小周慌裡慌張道：「不行，不行，小的去了，也絕對見不到尹舵主的。」
鄧舵主即刻道：「為什麼？」
小周道：「因為……因為尹舵主高高在上，怎麼可能接見小的這種身分低微的人？」
鄧舵主面帶不屑的瞄了他一眼，道：「說的也是，尹二毛一向眼高於頂，一般人想見他一面，只怕都不是一件容易的事。」
劉奎沉吟著道：「如果讓他帶著酒席去，就說是鄧舵主送給他的，我想他至少也該出來答謝一聲吧？」
鄧舵主搖頭道：「我的身價還不夠。」
劉奎說：「那就借用蕭樓主的名義如何？」
鄧舵主冷笑一聲，道：「蕭樓主正恨不得宰了他，哪裡還會賞他酒席吃？」
劉奎道：「這也不過是權宜之計，鄧舵主何必認真？」
鄧舵主滿臉無奈道：「好吧，事到如今，也只有用蕭樓主來壓壓他了。」
小周急形於色道：「如果他還不肯露面呢？」

那濃眉大眼舒眉一笑道：「那麼一來，這恐怕就是他小子的最後一桌酒席了。」

一旁的人顯然都同意那濃眉大漢的看法，臉上都露出幸災樂禍的笑意。

只有小周愁眉苦臉道：「這一趟也恐怕是小的最後一次為三爺跑腳了。」

劉奎道：「這話怎麼說？」

小周長噓短嘆道：「三爺不妨想一想，小的突然抬桌酒席去，說是蕭樓主賞給尹舵主吃的，這不是明擺著是去刺探消息麼？孫大少是何等精明的人，這種事如何能瞞得過他，小的這一去，還回得來麼……」

話沒說完，只覺得郭成的手已伸進自己的懷裡，一錠沉甸甸的銀子，正好壓在怦怦亂跳的心臟上。

小周立刻又嘆了口氣，道：「不過既然三爺吩咐下來，那還有什麼話說，就算拚了命，小的也非為三爺跑這一趟不可。」

劉奎極其受用道：「好，好。」

郭成卻突然使勁抓住了小周的肩膀，道：「但有件事，你在出發前務必先搞清楚。」

小周痛得齜牙咧嘴道：「什……什麼事？」

郭成手勁一鬆，道：「孫大少是自己人，倒是不足為怪，可怕的是那個沈府總管石寶山，你最好多提防他一點。」

劉奎也頻頻點頭道：「不錯，那姓石的可是武林道上出了名的厲害角色，你可千萬不要在他面前露出馬腳，否則……你想要回來恐怕就難了。」

小周嚥了口唾沫，道：「是是，小的自會多加小心。」

劉奎揮手道：「你可以走了，快去快回，我們還在等著你的消息。」

小周指了指腳下，道：「在這裡等？」

郭成立刻答道：「對，打烊之前，我都在這裡等你，最好你的腳跑快一點，以免那個領班的缺被其他人搶走。」

說完，不待他答話，便已將他拎起，一把將他推了出去。

小周往前衝了幾步，才站穩了腳，狠狠地呸了一口，自言自語道：「狀元樓的領班算什麼東西，老子才不稀罕呢……」

他一邊說著，一邊朝樓下走，走到樓梯轉角處，忽然伸手入懷，將那塊沉甸甸的銀子掏出來，剛想悄悄欣賞一番，卻發覺另外有件東西自懷中帶出，輕輕的滑落在自己腳下。

小周不禁微微一怔，尚未看清是什麼東西，已被人搶先一步撿了起來。

那人從後面將他拉住，嗤嗤笑著道：「周領班，您的東西掉了。」

小周嚇了一跳，急忙回頭一看，只見一雙精光閃閃的眼睛正在一動不動死盯著他。那人手上還拿著個紙團，顯然是方才從他懷中滑落出來的東西。

小周卻看也不看那紙團一眼，只驚恐萬狀的望著那人一張黑得出奇的臉孔，邊退邊道：「烏……烏……烏鴉嘴……」

那人道：「周領班的眼光果然高人一等，居然連我這種小角色都認得出來……」

小周道：「烏……烏大爺大名鼎鼎，小的哪有認不出之理。」

原來此人正是孫尚香手下的烏鴉嘴，只見他將那紙團在手上一拋一拋道：「今天你碰到我，運氣好像還不壞，我這個臉孔雖黑，心腸卻不黑，至少還可以給你留下一半。」

小周瞄著那個拋動的紙團，大大方方道：「如果烏大爺想要，只管整個拿去，反正小的留下一半也派不上什麼用場。」

烏鴉嘴眼睛一翻，道：「那怎麼可以，我這個人做事一向講究公平合理，那種吃乾抹淨的事，我做不出來……」

說道，突然將那紙團往小周手裡一塞，飛快的把另一隻手上的銀塊拿了過去。

小周登時叫了起來，道：「烏大爺，你這是幹什麼？」

烏鴉嘴理直氣壯道：「兩樣東西，你一樣、我一樣，剛好二一添作五，這樣才不吃虧，你說是不是？」

小周氣急敗壞道：「可是……這個紙團根本不是我的。」

烏鴉嘴道：「現在已經是你的了。」

小周道：「但那塊銀子……」

烏鴉嘴截口道：「這塊銀子當然屬於我，有道是見一面，分一半，何況我還彎腰替你撿東西，又管你叫了半天領班，你怎麼可以對我沒有一點表示？」說完，銀塊往懷裡一揣，回頭就走。

小周急急追在後面，大聲叫喊道：「烏大爺，等一等，你至少也得給我留下一半啊……」

誰知喊到一半，只覺得領口一緊，已經被人拉到了樓梯底下的一個小房間裡。

小周初時尚在掙扎，但一見杜老刀正坐在房中，這才停了下來，低低叫了聲：「師父。」

杜老刀皺眉道：「什麼東西你叫他留給你一半？」

小周唉聲嘆氣道：「銀子，劉三爺賞給我的一塊銀子，少說也有五兩重。」

杜老刀冷笑道：「什麼賞的，我看八成又是你騙來的。」

小周急忙道：「不是騙的，的確是他們賞我的，我可以發誓！」

杜老刀擺手道：「發誓倒不必，我只想知道他們為什麼平白無故的賞給你那麼多銀子。」

小周道：「不是平白無故，他們是想叫我替他們辦事。」

杜老刀道：「辦什麼事？」

小周道：「他們想叫我送一桌酒席到孫府，順便替尹二毛傳個話。」

杜老刀聽得眉頭又是一皺，道：「尹二毛不是死了嗎？」

小周道：「是啊，但是我不敢實說，怕壞了沈二公子的大事。」

杜老刀點了點頭，道：「嗯，也對。」

小周道：「所以我才不得不把銀子收下來……」

說到這裡，忍不住又嘆了口氣，道：「只可惜來得容易，去得也糊塗，那傢伙只彎腰替我拾了個紙團，就硬把那麼一大塊銀子給訛走了，真是可惡透了。」

他邊說還邊直搖頭，好像愈想愈不划算。

杜老刀神色微微一動，道：「什麼紙團？拿給我看看！」

小周似乎連話都懶得多說，滿不帶勁的將那個皺皺巴巴的紙團遞給了杜老刀。

杜老刀匆匆打開一瞧，不禁楞住了，原來紙上除了畫著一個似方似圓的圈圈之外，連一個字語都沒有，圈圈裡邊也只有一個比米粒還小的小黑點，看來好像是不小心滴上去的黑痕一般。

小周湊上去看了看，道：「這是什麼？」

杜老刀道：「我正想問你，你這張東西是從哪裡來的？」

小周道：「我也不知道。」

杜老刀道：「你的意思是說，這張東西是被人偷放在你懷裡的？」

小周道：「不錯，上樓之前我才清理過腰包，懷裡什麼都沒擺，我記得清楚得很。」

杜老刀道：「那麼可能是什麼人動的手腳呢？你能不能猜出來？」

小周猛一點頭，道：「一定是他，一定是他送銀子給我的時候，把這張東西同時塞進我的懷裡。」

杜老刀道：「你指的莫非是劉奎？」

小周搶著道：「不，是郭成，也只有他方才有在我身上做手腳的機會。」

杜老刀又在那張紙上詳細查看了一遍，道：「奇怪，郭成並不是個善於玩花樣的人，他偷偷摸摸的交給你這麼一張東西幹什麼？」

小周抓著腦袋，道：「是啊，我也覺得莫名其妙，不知他究竟是什麼意思。」

杜老刀沉吟著道：「莫非湯家和尹二毛之間還有什麼秘密，不想讓青衣樓其他那幾個人知道？」

小周緩緩點著頭，道：「有此可能。」

剛剛將小周推進來的那個人突然間開口道：「也可能是那姓郭的和尹二毛兩人之間有什麼秘密，說不定連劉三爺都被蒙在鼓裡。」

這人正是沈玉門口中的那個馬師兄，也是目前杜老刀最倚重的弟子馬百祥。此人平日沉默寡言，只要說出口的話，就一定會有點根據。

杜老刀忍不住抬首望著他，道：「何以見得？」

馬百祥說，「據我所知，湯老爺子那幾個徒弟，每個人都是滿肚子的鬼，他們彼此間的矛盾，比跟青衣樓那批人還大，而且郭成也並不是個省油燈，他肚子的算盤打得恐怕比劉三爺還要精。」

杜老刀愕然道：「有這種事？」

馬百祥道：「怎麼沒有！我跟他相識多年，從來沒有見過他算錯過一筆帳，說錯過一句話，做錯過一件事。也沒有聽說他曾經跌過一次跤……」

杜老刀道：「那是因為他的腳有毛病，走起路來特別小心。」

馬百祥道：「但是算帳、說話、做事並不是靠腳，得靠腦筋。」

杜老刀沉默。過了好久，才將目光轉回到小周臉上，道：「你仔細想一想，當時郭成有沒有交代過你什麼話？」

小周果然斜著眼睛想了想，道：「好像沒有，我只記得當時他在我的肩膀上使勁抓了一下，直到現在還疼得不得了……」說到這裡，語聲猛地一頓，忽然直嗓子大叫起來，道：「有了，我想起來了。」

杜老刀忙道：「他跟你說些什麼？」

小周道：「他說孫大少是自己人，不足為怪，可怕的是那個沈府總管石寶山，他還說讓我多提防他一點。」

杜老刀皺著眉頭，道：「這麼說，他這張東西莫非是讓你交給石寶山的？」

小周沒做表示，一旁的馬百祥卻在不住地點頭。

杜老刀忽然長嘆一聲，道：「這種江湖上的是非，我們本來是絕對不該插手的，可是沈二公子是小孟的朋友，他的事，我們能忍心不管嗎？」

馬百祥立刻說：「師父的意思是……」

杜老刀道：「去吩咐廚房準備一桌酒菜，叫他送過去。」

馬百祥道：「現在就去？」

杜老刀點頭道：「這種東西愈快送出去愈好，留在手上反而是個麻煩。」

小周也急忙道：「對，而且郭成那傢伙還急著在等我們回信。」

馬百祥稍許思索了一下，道：「現在去也行，不過你不能去，我去。」

小周，道：「為什麼？」

馬百祥少道：「外面那些人都在盯著你，你出得去嗎？」

小周道：「那有什麼關係！前面不能走，我可以走後門。」

馬百祥冷笑道：「就算你能走後門溜出去，路上也未必平靜得了。」

杜老刀不禁嘆了口氣，道：「不錯，那些武林人物一個比一個難纏，你若想騙過他們，還真不是一件容易的事。」

話剛說完，門外忽然有人接道：「杜老放心，有我們兄弟在他旁邊，絕對出不了問題。」

小周一聽那聲音，就想往外撲。

杜老刀一把將他拉住，道：「別忙，先聽聽他說什麼。」

門簾掀開了一角，烏鴉嘴的一雙小眼睛先在房裡掃了掃，才停在小周臉上，道：「拿人錢財，與人消災，只要你不再追著我討銀子，我不但可以包你平安到達孫府，而且還有辦法讓你大搖大擺的從前面走出去，根本就不用從後門開溜。」

小周冷哼一聲，道：「這還用得著你來想辦法，我是堂堂正正為湯府的劉三爺在辦事，我就不相信有誰敢攔我。」

烏鴉嘴笑道：「辦什麼事？」

小周道：「送菜呀！」

烏鴉嘴朝杜老刀手上一指，道：「那張條子的事怎麼說？」

小周道：「什麼條子？」

烏鴉嘴道：「得了，你別裝了，咱們在樓梯上所說的話，早就落在人家耳朵裡，現在大堂裡的人都在胡矇亂猜，正等著你去開寶呢。」

小周不講話了。

烏鴉嘴哼了一聲，繼續道：「而且，你若以為憑湯老爺子門下那群雜碎就能把人唬住，那你就錯了。老實告訴你，外面那批人膽子大得不得了，就算蕭錦堂提著他那桿『斷魂槍』親自趕來，也是趕不走他們的。」

杜老刀咳了咳，道：「那麼閣下又有什麼妙計可以穩住那些人呢？」

烏鴉嘴閃動著雪白的牙齒，眼睛一眨一眨地瞄著小周道：「怎麼樣？這筆生意成不成交？」

小周無可奈何道：「好，你說！」

烏鴉嘴這才走進房中，打懷裡掏出一本帳簿，又取出一枝毛筆在嘴唇上潤了潤，隨之隨便的在帳簿上畫了幾筆，然後，「唰」的撕了下來，隨手遞給了小周，道：「這一張是給你丟在大堂裡的。」

小周拿著那張紙翻來覆去的看了半晌，道：「這上面畫的是什麼東西？」

烏鴉嘴一面著手畫第二張，一面道：「你看不懂？」

小周搖頭。

烏鴉嘴也搖頭道：「我也看不懂，而且我保證沒有一個人能看懂。」

小周道：「那你畫這些東西幹什麼？」

烏鴉嘴道：「讓大家去傷腦筋，只有他們傷腦筋的時候，咱們才能夠不慌不忙的往前走。」

小周一臉難以置信的模樣，道：「你用這張東西，就想把外面那批傢伙統統騙走？」

烏鴉嘴道：「一張當然不夠，等到出了大門的轉角處，你馬上就得丟第二張，否則包你寸步難行……」

說著，「唰」的一聲，第二張已交到小周手上，緊接著又在埋首畫第三張。

第十一回　岸上風雲起

石寶山抖開那張紙，隨便看了一眼，漫不經心道：「這是什麼？」

小周道：「畫，第二十七張畫。」

石寶山不解道：「第二十七張？」

小周道：「是。前面那二十六張是他畫的，沒有什麼用處，都被小的隨手丟掉了，只有這張好像還滿有價值。」

他一面說著，一面回手指了指站在後面的烏鴉嘴。

烏鴉嘴正咧著烏黑的嘴巴在微笑。

石寶山神色一動，道：「你是說用那二十六張做掩護，才能把這張帶了來？」

小周點頭道：「正因為帶來不易，所以小的才敢說它有點價值。」

石寶山不得不又在那張紙上瞧了瞧，道：「那麼這一張又是誰畫的呢？」

小周道：「極可能是『鴛鴦拐』郭成畫的，然後偷偷放在小的腰包裡。」

石寶山一怔道：「偷偷擺在你的腰包裡？」

烏鴉嘴立即補充道：「不錯，而且是在青衣樓三名舵主和他師哥劉奎面前動的手腳。」

石寶山嘴角彎了彎，道：「有意思。」

小周也笑了笑，道：「好像很有意思。」

烏鴉嘴「嗤嗤」笑道：「什麼好像，依我看意思可大了。」

石寶山什麼話都沒說，轉身就往裡走。剛剛踏進廳門，一支雪亮的劍尖已經比在他的眉心上。

石寶山收步道：「道長這是幹什麼？」

無心道長劍鋒動也不動的指著他道：「我正想問你，你突然跑進來幹什麼？」

石寶山道：「我想請教孫大少一點問題。」

無心道長道：「你有問題可以請教沈二公子或是水仙丫頭，甚至於可以請教我，就是不能請教他。」

石寶山道：「為什麼？」
無心道長道：「因為他正忙著，他沒空。」
石寶山朝蹲在棋盤前的孫尚香瞄了一眼，又掃了掃陳列在桌子上的幾把劍，道：「我看道長也該放放盤了，大少爺的那幾口名劍，差不多都被您贏光了。」
無心道長道：「還差一把。他那柄劍不到我手裡，我絕不放盤。」他邊說著，邊將劍鋒轉到孫尚香身旁的一支鑲滿各色寶石的劍鞘上。
石寶山皺眉道：「那是孫大少的稱手兵刃，你再把它贏過來，人家還用什麼？」
無心道長道：「他用什麼都行，就是不能用那一把。劍法稀鬆，棋也差勁透了，他有什麼資格用這麼好的劍！」
石寶山乾笑兩聲，道：「你老人家倒也真會說笑話……」
無心道長截口道：「我幾時說過笑話！你難道認為他的棋還不夠爛嗎？」
石寶山道：「大少的棋力如何，晚輩不便多嘴，好在棋局即將終了，到時自有定論，不過若說他的劍法稀鬆平常，晚輩就有點不服氣了。」
水仙也在一旁接道：「是啊！大少那套『蒼穹七絕劍』在武林中可是出了名的，何況他這套劍法也是源自武當，怎麼可能錯得了！」
無心道長瞪眼道：「你們懂什麼？在劍法方面，難道我還沒你們清楚？」

石寶山笑道：「那當然，在這方面，不但晚輩們望塵莫及，就算放眼武林，能夠有資格與你老人家論劍的，最多也不過三五人而已。」

無心道長頓時大叫起來，道：「你胡扯什麼？哪裡來的三五人？」

石寶山急忙道：「晚輩不過是隨便說說，也許沒有這麼多。」

無心道長冷哼一聲：「老實告訴你，一個都沒有。你們別以為靜庵尼姑的劍法號稱天下第一，就比我老道行，其實若論劍理，她肚子裡的那點東西還差得遠。」

石寶山連道：「是是是。」

無心道長咳了咳，又道：「而且靜庵那套『風雷九式』也未必比這小子的『蒼穹七絕劍』高明多少，只是她浸淫其中多年，火候比較到家罷了。」

石寶山微微一怔，道：「那麼聽你老人家這麼說，大少的這套劍法也並不太差了？」

無心道長道：「劍法當然不差，只可惜在他小子手上全都走了樣，就像那天晚上他攔劫沈老二時使的那招『移星換斗』……」說著，長劍在手上一陣比劃，道：「如果照這樣出劍，沈老二還有命在嗎？」

水仙立刻顯出一副肅然起敬的樣子，道：「同樣的劍法，在道長手中使起來可就完全不同了。」

無心道長面含得色道：「那當然。」

水仙立即道：「那麼那天大少的那招『風雪漫天』使得還不錯吧？」

無心道長搖頭不迭道：「也還差得遠。當時他出劍若再輕巧一點，劍刃再向左移個兩三分，沈老二以後恐怕就只能練獨臂刀了。」

水仙忙道：「你老人家能不能再比劃一遍給我們看看？」

無心道長剛想出劍，又急忙收手喝道：「妳少跟我玩花樣！妳當我是來教徒弟的嗎？」

水仙「噗哧」一笑，道：「你老人家何必這麼小氣，指點他幾招又當如何，難道你老人家還怕他壓過你去不成？」

無心道長嗤之以鼻道：「笑話！像他這種人，縱然再有高明指點，想在劍法上壓過我老人家，已是不可能的事。」

水仙道：「如果他肯苦練呢？」

無心道長道：「也不成。窮其一生，也只能練到我老道五成左右而已。」

一直站在後面觀棋不語的沈玉門忽然道：「我不信。」

無心道長嚇了一跳，看了看棋盤，又看了看他的臉，道：「你不信什麼？」

沈玉門道：「當然是孫尚香的劍法。」

無心道長急忙擺手道：「你不懂劍法，最好少開口！」

沈玉門道：「我不懂，道長懂，你老人家方才不是還說他那套『蒼穹七絕劍』也很不錯嗎？」

無心道長道：「那套劍法是不錯，可是這個人，你看他像個練劍的材料嗎？」說著，朝窩窩囊囊蹲在棋盤前的孫尚香指了指，還嘆了口氣。

沈玉門道：「哪一點不像？他身子結實，腦筋也靈光，又有一套現成的好劍法，他吃虧的只是沒有遇到真正高明的師父，如果他早幾年遇到道長這種名師，說不定他現在已經成了絕頂高手了！」

無心道長咳咳道：「那倒是真的，只可惜現在太遲了。」

沈玉門道：「他年紀還輕，怎麼能說太遲？」

無心道長搖首道：「他跟你不一樣。他年紀雖然不大，但劍上的惡習卻早已養成，想把那些毛病除掉，比從頭開始還要困難得多。」

沈玉門道：「再困難，我想你老人家也一定有辦法。」

無心道長又瞟了孫尚香一眼，嘆道：「有辦法也有限得很。」

水仙急忙道：「至少你老人家也可以把成數讓他增加一點吧？」

無心道長愕然道：「什麼成數？」

水仙道：「你老人家不是說他再苦練，也只能練到你老人家五成左右嗎？」
無心道長道：「哦哦！當然可以增加一點。」
水仙急急追問道：「一點是多少？」
無心道長沉吟著道：「我想再給他加個兩成，大概還沒有問題。」
水仙笑口大開道：「這麼說，豈不是等於你老人家的七成了？」
無心道長點著頭，道：「嗯！差不多，差不多。」
水仙即刻抬首回望著沈玉門，道：「少爺，你看怎麼樣？」
沈玉門也馬上將目光轉到石寶山的臉上，道：「七成，夠不夠？」
石寶山急忙點頭道：「夠了，夠了，能夠學到道長七成火候，在武林中已堪稱頂尖高手了！」
沈玉門抬腳輕輕碰了孫尚香一下，道：「喂！你還等什麼？還不趕快磕頭！」
孫尚香好像還有點不太滿足道：「能不能再多爭取一點？」
沈玉門恨恨道：「你他媽的不要人心不足蛇吞象！你再不採取行動，可有人要後悔了。」
孫尚香這才跪了下去，恭恭敬敬地朝無心道長磕了個頭，道：「師父在上，請受弟子一拜。」

無心道長登時跳起來，道：「等一等！你們在弄什麼鬼？我幾時答應過收他做徒弟？」

沈玉門道：「咦？方才不是連成數都談妥了，你老人家怎麼可以反悔？」

水仙也緊接道：「是啊！七成，是你老人家親口答應的。」

無心道長臉紅脖子粗道：「我……我那只不過是隨便說說而已……」

石寶山笑哈哈道：「收徒拜師是何等莊重的事，怎麼可以隨便說說，何況連頭也磕過了，我看你老人家就將就著收下吧！」

無心道長大叫道：「不收，不收！我老人家最討厭收徒弟，要想跟我學劍，至少得先贏了我的棋。」

孫尚香愁眉苦臉道：「可是你老人家的棋太強了，我根本不夠看。」

無心道長冷冷道：「不夠看就別想學！」

孫尚香突然一拍大腿，道：「有了！我用其他東西跟你老人家交換好不好？」

無心道長道：「什麼東西？」

孫尚香道：「你老人家不是喜歡喝酒嗎？我可以供你老人家有喝不完的酒。」

無心道長冷笑，搖頭。

孫尚香想了想，道：「或者是，我送給你老人家一條船，船艙裡還裝滿了好酒。」

無心道長搖頭道：「我最討厭坐船，搖晃得人難過死了，再好的酒也喝不下去！」

孫尚香又苦想了半晌，道：「我看這樣吧！我乾脆再給你老人家蓋間道觀，從道觀的窗口可以看到靠在江邊的船，船艙裡仍然裝滿了各式各樣的好酒。」

無心道長仍然搖頭不迭道：「不要，不要，我老人家一進道觀就頭痛，還哪裡有心思看船，還哪裡有心思喝酒？」

孫尚香翻著眼睛道：「那麼你老人家能不能告訴我，我若想拜你老人家為師，除了贏棋之外，究竟還有沒有第二條路好走？」

無心道長不假思索道：「沒有。」

孫尚香道：「非贏棋不可？」

無心道長道：「非贏棋不可。」

孫尚香先長吁短嘆一番，才抬起頭來望著無心道長道：「那要贏多少盤，你老人家才肯收我？」

無心道長冷笑一聲，道：「你連一盤都很難贏，還談什麼多少盤？」

孫尚香遲遲疑疑的指了指棋盤，道：「你老人家的意思，莫非想在這盤棋上就定輸贏？」

無心道長剛想點頭，忽然又猶豫起來，提劍緩緩走了出去，蹲在地上又重新衡量著眼前即將收尾的棋局。

水仙一旁輕笑道：「道長的棋癮大得很，他不可能這麼輕鬆就放過你的。」

沈玉門也淡淡接道：「何況這盤棋已近尾聲，局面對道長也並不一定有利，想在這個時候增加賭注，他老人家恐怕不會答應。」

無心道長冷冷道：「你們少爺跟我用激將法，這一套在我面前是行不通的。」

沈玉門道：「那當然，道長機警過人，在武林中哪個不知道？」

水仙立刻悠悠接道：「所以人家吃素他吃葷，人家早晚都要做課，他老人家從來就沒念過一天經……」

無心道長忽然打斷了她的話，道：「沈老二，你方才說這盤棋的局面我已落在下風？」

沈玉門道：「我可沒說這種話，我只說局面對道長也並不一定有利而已。」

無心道長道：「真的嗎？」

沈玉門摸摸鼻子，道：「這只是我個人的看法，我當然不能勉強道長接受。」

無心道長道：「你這麼說我可是真有點不服氣了，我實在搞不懂你是怎麼看的！」

水仙又在旁邊接道：「道長小心，這可能也是激將法呀！」

無心道長冷笑道：「就算明知是激將法，我也認了。好，就在這盤定輸贏。」

孫尚香大喜道：「那太妙了。」
無心道長抬掌道：「你先別高興得太早，我後面還有附帶條件。」
孫尚香呆了呆，道：「還有什麼附帶條件？」
無心道長道：「我們原本是賭劍的，如今你加了賭注，自然也要給我加一點才合理，你說是不是？」
孫尚香道：「是是，道長要增加什麼，儘管吩咐，晚輩無不從命。」
無心道長又看了看盤面，道：「奇怪，聽你的口氣，好像贏定了似的，你哪兒來的這麼大的把握？」
孫尚香急忙道：「晚輩一點把握都沒有，只是一心想做你老人家的徒弟，不得不硬著頭皮碰碰運氣而已。」
無心道長笑笑道：「好，你贏了，我收你做徒弟，而且這幾把劍我也不要了，如果你輸了的話⋯⋯」
孫尚香道：「我輸了道長想要什麼？」
無心道長指著他手上那把劍道：「那把東西當然得歸我，我並不是真的稀罕那種東西，我只是覺得你的劍法太差，還不配用它。」
孫尚香連道：「是是。」

無心道長道：「我還要那間道觀。」

孫尚香一怔，道：「道長不是不喜歡進道觀嗎？」

無心道長道：「我只是不喜歡長住道觀，偶爾到裡面看看停靠在江邊的船，還是一件很愜意的事，你說是不是？」

孫尚香點頭道：「是，是。」

無心道長道：「還有那條船我也要。」

孫尚香道：「而且船艙裡還要裝滿了好酒，對不對？」

無心道長道：「對，我雖然很怕坐船，但船靠在江邊，艙裡又堆滿了酒，縱然搖晃也必定有限，偶爾上去喝兩盅應該還不會出問題。當然船最好是選大一點的，酒也堆得愈多愈好。」

孫尚香笑笑，沒有吭聲。

無心道長立刻瞪大眼睛道：「你怎麼不吭聲？是不是認為我要得太多？」

孫尚香搖頭擺手道：「不多，不多。」

無心道長頭也不回道：「沈老二，你呢？你認為我要求的賭注是不是太過分？」

沈玉門說道：「不過分，公平得很。」

水仙沒等他追問，便已接道：「而且合理極了！」

無心道長道：「好，你們既然都認為公平合理，那就開始吧！」

沈玉門急忙往上湊了湊，道：「這步棋好像該尚香兄下，對不對？」

無心道長道：「不錯，是該他下。」

孫尚香不慌不忙地拈了顆子擺在棋盤上。

無心道長大感意外道：「咦？你怎麼不吃？這麼明顯的棋，難道你沒有看出來？」

孫尚香道：「看出來了，而且我本來是想吃的，可是方才道長不是說該我下嗎？下的意思是不吃不擔，道長的命令，我怎麼敢不聽從？」

無心道長楞了楞，突然轉身將沈玉門拎起來，道：「你，乖乖的給我站到旁邊去，不准說話，也不准跟他打暗號！」

沈玉門無可奈何地退到窗邊：「咳嗽行不行？」

無心道長道：「也不行，你敢咳一聲，這局棋馬上作罷！」說完，又朝水仙一指，道：「還有妳，也得離遠一點，不准說話，不准咳嗽，也不准使眼色。如果你敢跟他擠一下眼睛，我的道觀、船，還有酒，通通找妳要，還包括那把劍！」

水仙趕緊朝後退了退，同時還自動將嘴巴遮了起來，好像惟恐不小心發出聲音。

無心道長滿意的點點頭，拿著顆子思考了半晌，剛剛落在盤上，站在身後不遠的石寶山突然咳嗽了一聲，不禁嚇了他一跳，登時跳起來叫道：「你幹什麼？是不是想玩什麼花樣？」

石寶山連忙陪笑道：「晚輩棋力有限，想玩花樣也玩不出來，道長只管放心。」

無心道長道：「我一點也不放心，你最好也給我滾得遠一點！」

石寶山道：「是，是，不過你老人家得先給晚輩一點時間，只要三兩句話的時間就夠了。」

無心道長道：「好，有什麼話，你就站在那裡說，不准再往前走。」

石寶山道：「站在這裡恐怕解決不了問題，晚輩得將這張圖拿給大少過目，想當面請教他，這上面畫的究竟是什麼……」說著，雙手捧著那張皺巴巴的圖樣就想往前走。

無心道長哼了一聲，陡然出劍硬將石寶山逼了回去，同時劍尖一抖，那張圖已脫離石寶山的雙手，緊緊貼在劍刃上。

石寶山慌忙喊道：「道長小心，這張東西千萬毀不得！」

無心道長果然很小心的把那張圖取下來，在手上翻來覆去的瞧了一陣，道：「這是什麼？王八沒有腿，蛤蟆少張嘴，看起來倒像一堆爛泥巴！」

石寶山道：「是，是，晚輩就是因為看不懂，才不得不向大少請教。」

無心道長道：「你問他有什麼用？這人腦筋差勁得很，只怕連你一半都比不上，你問他豈不等於問道於盲？」

石寶山搖頭道：「道長此言差矣！據晚輩所知，大少的腦筋比任何人都靈光，他只不過是大智若愚罷了！所以晚輩很想奉勸你老人家一句，收這個人為徒，準沒錯。」

無心道長喝道：「用不著你來做說客，收不收他端看這局棋。如果他輸了，他再聰明，跟我也搭不上關係，萬一他贏了，就算他是個笨蛋，我老人家也認了。」

石寶山又道：「是，是。那麼你老人家就快把這張圖拿給大少看看，也免得耽誤你輸棋的時間。」

無心道長剛想把那張圖遞給孫尚香，又突然把手縮回來，道：「你怎麼知道這盤棋我非輸不可？」

石寶山道：「因為孫大少是聰明人，聰明人在緊要關頭往往是不會失手的。」

無心道長突然又在那張紙上仔細看了一看，道：「這張東西上面不會有什麼名堂吧？」

石寶山笑笑道：「道長太多疑了，這是湯老爺子的徒弟郭成偷偷拜託小周帶回來的東西，在幾個時辰之前就已經畫好，怎麼可能跟這盤棋扯上關係？」

無心道長這才將那張紙在孫尚香面前抖了抖，道：「聰明人，你能不能看出這是什麼？」

孫尚香頭也不抬，道：「什麼都不是，郭成是劉奎的心腹，劉奎號稱『細雨封江』，心計過人，從他們手裡送過來的東西最好不要看，看了準吃虧！」

無心道長道：「聽到了吧？我就知道湯家那群鬼東西做不出好事來。幸虧你看不懂，否則非上當不可。」

說著，將那紙往後一拋，隨手抓起幾粒石子，在手中捏弄著道：「閒話少說，該你了！」

孫尚香道：「是該我吃？還是該我走？」

無心道長沒好氣道：「該你死！」

孫尚香急將才下的那顆棋往後退了一步，道：「我還不想死，看樣子只好忍一忍了。」

無心道長冷冷道：「好！你就繼續忍下去吧！我看你能忍到幾時？」

他一面說著，一面又狠狠地在盤上下了一子。

孫尚香驚愕地望著面無表情的無心道長道：「咦？你老人家這是幹什麼？這不是明明要送給我吃嗎？」

無心道長獰笑道：「是想送你吃一顆，就看你有沒有膽子把它嚥下去！」

就在這時，石寶山忽然走上去，不聲不響的將拋在地上的那張紙拾起，動作既緩慢又優雅，好像惟恐驚動了無心道長一般。

孫尚香也立刻毫不考慮的將無心道長剛下的那顆子提起來，道：「長者賜，不敢辭，既然道長好意送上來，晚輩只有拜領了。」

無心道長頓時又跳起來，回首指著石寶山叫道：「你……你在搞什麼鬼？」

石寶山攤手道：「晚輩什麼鬼也沒弄，只是把道長方才拋掉的這張紙拾起來而已。」

無心道長道：「你為什麼早不撿，晚不撿，偏偏這個時候撿？」

石寶山道：「道長剛拋下來，早我怎麼撿？如果晚撿的話，我的嫌疑豈不是更大了？」

水仙突然「噗哧」一笑，道：「道長也未免太多心了，以石總管的棋力，就算讓他坐在旁邊，他也支不上嘴呀！」

無心道長手指馬上一轉，道：「那就一定是妳這丫頭搞的花樣，如果沒有人給他壯膽，打死他也不敢吃我這顆子。」

水仙雙手亂搖道：「道長可冤死我了，我既沒有出聲，也沒有跟他打眼色，何況我的棋連石總管都比不上，就算有心，也搞不出什麼花樣來呀！」

無心道長冷笑連連道：「如此說來，就只有一種可能了。」

沈玉門急忙道：「也不可能，我距離最遠，又是站在孫尚香背後，就算想給他打暗號，也瞞不了道長的眼睛，道長方才可曾發現我有不規矩的舉動？」

無心道長不講話了，但是眼睛卻仍在東張西望，似乎很想找出這幾個人聯絡的破綻。

沈玉門笑道：「依我看這，盤棋乾脆到此打住算了。道長收他做徒弟，他替道長蓋間道觀，打造條新船，然後在船艙裡堆滿了美酒佳釀，連帶這口佩劍也一併孝敬你老人家，彼此各取所好，豈不是好？」

無心道長甩首道：「不好，那些東西我自有辦法贏到手，我就是不想收他做徒弟，我不欣賞他的人，收他做徒弟我不甘心！」說完，彎腰匆匆擺了一下馬上又站起來，目光緊緊地盯著三個人，一刻都不肯放鬆。

三個人果然動也不動，甚至連一點表情都沒有。

孫尚香卻抬頭笑嘻嘻地望著無心道長道：「請問道長，這著棋我是應該退呢，還是應該冒險擔你那兩顆子？」

無心道長沒有回答，好像根本沒有聽到他的話一般。

水仙又忍不住笑出聲來，急忙抹首往一旁閃了兩步，顯然是怕又引起無心道長的懷疑。

沈玉門只向前欺了一步，立刻就停下來，似乎也不願再惹上麻煩。

只有石寶山不識相，突然往前湊了湊，咳咳道：「道長，道長……」

無心道長只轉回半張臉，橫眉豎眼喝道：「你又來幹什麼？是不是想提供他什麼好點子？」

石寶山捧著那張紙道：「晚輩連棋盤都沒有看，哪裡來的好點子？晚輩只想請大少至少看這張圖一眼，這東西來得可不容易啊！」

無心道長急忙道：「你是怎麼搞的，你難道沒有看出他忙著傷腦筋還惟恐不及，哪裡還有心思來看你這種鬼東西？」

石寶山無可奈何道：「道長既然這麼說，那就只好等他走完這著再說吧！」

無心道長道：「不是這一著，是這一盤。在這一盤棋下完之前，你再敢過來搗亂，你可別怪我老人家對你不客氣。」

石寶山只有一面嘆著氣，一面將那張紙收起來，從頭到尾連看都沒有看孫尚香一眼。

孫尚香卻在這時將盤上一顆子朝前一推，道：「既然道長不贊成我退，又不贊成我擔，我只好往前擠一步，看看你老人家的反應了。」

無心道長臉色大變道：「我幾時說出不贊成你退和不贊成你擔？」

孫尚香順理成章道：「我問過你老人家，你老人家不肯理我，那不等於暗示不贊成我的看法嗎？」

無心道長恨恨地看了看盤面，又看了看孫尚香那張理直氣壯的臉，猛然回頭指著石寶山的鼻子喝道：「你……又是你搞的鬼。你給我滾出去！」

石寶山苦笑道：「好，好，你老人家既然不願意我待在旁邊，我這就出去等。」說完，轉身就走。

無心道長又朝沈玉門和水仙一指，道：「還有你們，也通通給我滾到外面去！」

沈玉門莫名其妙道：「這關我們什麼事？」

水仙也一臉無辜的樣子道：「是啊！這次我們連吭都沒有吭一聲，距離又這麼遠，而且又在你老人家的嚴密監視之下，根本就不可能給他什麼暗示呀！」

沈玉門緊接道：「何況我連你老人家走的是哪步棋都沒看到，怎麼可能憑空替他出點子？」

無心道長冷道：「方才那丫頭往右邊閃了兩步，你看到了吧？」

沈玉門皺眉道：「有嗎？」

無心道長道：「有，她那兩步就是告訴你我那著棋的落點，於是你馬上就向前欺了一步，對不對？」

沈玉門道：「對，我是往前走了一步，可是孫尚香背後沒有眼，他也不可能看見啊！」

無心道長道：「他看不見，石寶山可以看見，所以他才湊到我身邊來，這不擺明教那小子往前擠一步嗎？」

沈玉門哈哈大笑道：「道長也未免太高估我們了。我們不是靠贏棋吃飯的，怎麼可能配合得如此巧妙？」

水仙「吃吃」笑道：「道長的想像力著實驚人，實在不得不令人佩服……」

無心道長截口道：「廢話少說。你們還是自己出去，還是等著我動手趕人。」說著，還把手中的長劍抖了抖。

沈玉門急忙道：「好，好，你老人家莫發火，我們馬上走人，總行了吧？」

水仙又瞟了那局棋一眼，道：「可是這盤棋你老人家若是輸了，可不能再怪我們。」

無心道長氣呼呼道：「滾，滾！只要旁邊沒有人搗亂，我就算閉著眼睛，也不會輸棋！」

就在這時，孫尚香陡然大喝一聲，道：「等一等！」

無心道長橫眼道：「等什麼？你是不是離開他們就下不下去了？」
孫尚香擺手道：「不是，不是……晚輩是忽然想起你老人家方才說的那句話。」
無心道長道：「我說的哪句話？」
孫尚香道：「方才你老人家看那張圖的時候，曾經說過什麼話？」
無心道長道：「哪張圖？」
孫尚香道：「就是石寶山拿進來的那張圖。」
無心道長還在翻著眼睛思索，水仙已搶著道：「他老人家好像說什麼王八沒有腿，蛤蟆少張嘴，還說什麼……」
孫尚香截口道：「還說看上去活像一堆爛泥巴，對不對？」
水仙點頭道：「對，對，正是這麼說的。」
孫尚香道：「那是湯府的地形圖。」
石寶山原本已經走出廳內，這時又急忙衝進來，道：「大少不會搞錯吧？」
孫尚香道：「絕對錯不了，湯府的環境我熟得很，也只有湯老爺子那種迷信風水的人，才會在那塊亂泥塘上蓋房子。據說當年那塊地還是向我岳家高價買過去的。我岳父當時幾乎把鼻子都樂歪，直到現在談起這件事還開心得不得了呢！」
石寶山匆匆走上來，道：「那麼大少能不能看出圖裡這顆黑點指的是什麼地方？」

孫尚香接近那張紙衡量了半晌，道：「依照方位推算，極可能是湯老爺子的臥房附近。」

石寶山緩緩地點著頭，道：「果然不出所料。」

孫尚香道：「問題是『細雨封江』劉奎派人送這麼張東西過來幹什麼？」

石寶山道：「送這張東西過來的不是劉奎，是郭成，這一點千萬不能搞錯。」

孫尚香道：「那還不是一樣！那兩人一向是穿一條褲子的，就跟我和玉門兄一樣。」

石寶山立刻道：「不一樣，他們師兄弟間各懷鬼胎，怎麼可以與大少和我們二公子的交情相提並論！」

孫尚香連忙點頭道：「也對，不過依我看，無論是哪個送過來的，都不可能是好事。」

水仙也在一旁附和道：「不錯，極可能是引誘我們進入湯府的餌。」

沈玉門卻搖首答道：「也可能是湯老爺子跟我們有話說，才授意心腹門下將他的心意設法傳遞過來。你們不要忘了，這次倒過去的不是湯老爺子本人，而是他那些不成器的徒弟。」

石寶山沉吟著道：「二公子說的也有道理，不過這張東西是從郭成手裡傳過來的，屬下總認為有點問題。」

沈玉門道：「有什麼問題？」

石寶山道：「因為他那條腿據說就是當年被湯老爺子親手打斷的。」

孫尚香也連忙道：「不錯，湯老爺子縱然有心腹門人，也不可能是『鴛鴦拐』郭成，我也認為其中一定有詐。」

石寶山即刻道：「不過二公子儘管放心，無論有沒有問題，屬下都要親自去看個究竟。」

沈玉門揮手道：「不是你去，是我去。」

石寶山一驚，道：「那怎麼成？這張條子是指名傳給我的。」

水仙也急忙道：「而且少爺傷勢初癒，也犯不著去冒這個險。」

孫尚香忽然搶著道：「我看還是讓我去吧！我對湯府的環境最熟，行動起來也不易被人發現。」

沈玉門連連搖頭道：「你們誰去也沒有用，條子雖然是傳給石寶山的，他實際想見的人應該是我。」

孫尚香渾然不解道：「你怎麼知道他想見的人是你？」

沈玉門嘆了口氣，道：「跟你們說了，你們也不會明白……」

說著，朝水仙一擺手道：「去把她們兩個叫出來，咱們現在就走……」

水仙尚未轉身，石寶山已急急喊道：「等一等，就算二公子堅持要去，也得再等兩個時辰。」

沈玉門道：「為什麼？」

石寶山道：「第一，天色晚一點，行動起來比較方便，第二……」

他分明知道裡外都是自己人，目光仍然下意識的朝四下掃了掃，才道：「到那個時候，咱們的實力已經不一樣了，縱然冒點險，也不至於出什麼差錯。」

就在他的話剛剛說完，眾人還沒有來得及發問，廳外忽然傳來了一片喧嚷之聲，同時幾天沒開的大門也轟然一聲敞了開來。

烏鴉嘴也在這時慌張的闖進廳中，直撲到孫尚香跟前才收住腳，一臉氣急敗壞的樣子，喊道：「啟稟大少，大事不好！」

孫尚香霍然站起，道：「媽的，我就知道你進來準沒好事。說吧！哪個翹了？」

烏鴉嘴道：「是血影人……」

孫尚香大驚道：「血影人怎麼了？」

烏鴉嘴接連嘆了兩口氣，才道：「這次他不翹也差不多了。」

孫尚香稍許楞了一下，回頭就跑。

沈玉門、石寶山、水仙，以及剛才進來的烏鴉嘴也都跟著衝出去。

只有無心道長站起來又蹲下，蹲下又站起來，指著那盤棋囔囔道：「喂！你們不能走啊！你們走了，這盤棋怎麼辦？」

× × ×

一輛板車被幾名大漢瘋狂般的推進了大門。車上已染滿了鮮血血影人躺在血泊中，左手抓著一堆血淋淋的紙張，右手緊握著一隻蒼白的斷臂，顯然是別人被他扭斷的手臂，那隻斷臂的手中還握著一柄漆黑的刀。

刀長兩尺，刃寬三寸，讓人一眼即能認出正是秦氏昆仲的「血雨連環刀」。而秦氏兄弟是青衣樓總座的馬前卒，更是江南武林眾所周知的事。

孫尚香不禁觀之變色道：「你……跟他們鬧翻了？」

血影人居然睜開了眼，眼中已失去往日的神采，語聲也顯得極其虛弱道：「大少小心……他們已經開始向咱們下手了。」

孫尚香故作泰然道：「我知道……你傷得怎麼樣？」

血影人慘笑道：「血流光了，人也完了……以後再也無法為大少效力了……」

孫尚香一把抓住他的右臂，喊道：「完不了，你撐著點，我這就找人替你治傷。」
血影人氣息益發虛弱道：「不要在我身上浪費時間……禿鷹危險……」
孫尚香急急追問道：「他在哪裡？快說！」
血影人嘴巴雖然張得很大，卻再也講不出話來，同時「噹」的一聲，斷臂和那柄「血雨連環刀」已落在車旁，左手上那些沾滿血跡的紙也落在地上。
孫尚香抓得他更緊，喊聲也更加急切道：「血影人，你不能死！你不能死……！」
可是一個人血已流盡，還怎麼活動下去呢？
天色漸暗，血影人的臉色顯得格外蒼白，散佈在板車上的血跡卻變得十分深黯。那幾張沾滿深黯血跡的紙張也開始在晚風中飄舞。
孫尚香的喊聲愈來愈小，黃豆大的淚珠已一顆一顆的撒在血影人毫無血色的臉孔上，四周沒有一個人吭聲，每個人都被籠罩在一片悲憤的氣氛中。
孫尚香突然抬起頭，指著那些飄舞的紙張，道：「那是什麼？」
烏鴉嘴咳咳道：「啟稟大少，那是屬下一路上散出去的東西。」
孫尚香隨手撈起一張，看了看道：「你散這些東西幹什麼？」
烏鴉嘴囁嚅著道：「因為道上的人都知道小周懷裡有張丟不得的紙條，所以屬下不得不隨便畫幾張騙騙他們。」

孫尚香狠狠地把那張紙一甩，怒叱道：「又是你這個王八蛋做的好事，你沒騙到別人，卻把自己的兄弟騙死了……」

說著，越過板車，對準烏鴉嘴的肚子就是一腳，道：「我踢死你這個害人精！讓你替血影人償命！」

烏鴉嘴避也不避，結結實實的挨了一腳，接連倒退幾步，大喊道：「大少息怒，救人要緊，咱們再不行動，禿鷹也沒命了！」

孫尚香道：「救人？他媽的到哪裡去救？」

烏鴉嘴道：「血影人手上既然抓著這種紙，禿鷹想必也在這條路上，咱們何不沿路去碰碰看？」

孫尚香冷哼一聲，道：「好，等這件事辦完，我再跟你算帳！」

說完，摸了摸身上，突然回首大喝道：「我的劍呢？」

無心道長也不知什麼時候已拿著那把鑲滿各色寶石的劍趕了來，遠遠朝他一拋，道：「我借給你，你可千萬不能給我搞丟掉！」

孫尚香也顧不得爭論那把劍究竟是屬於誰的，抄在手中就想走。

石寶山慌忙攔著他，道：「大少一走，你的家小怎麼辦？」

孫尚香慘然道：「我自己能不能活著回來都不知道，還哪裡顧得了家小……」

他一面說道，一面已閃過石寶山，頭也不回的朝外奔去。

烏鴉嘴呼哨一聲，三十幾個人分從四面八方擁出，爭先恐後的擠出了大門。

石寶山嘆了口氣，道：「只可惜早了一點，如果再晚一個時辰，就好辦了。」

沈玉門道：「廢話少說，咱們也別閒著，趕快跟下去瞧瞧，孫尚香這個人絕對不能讓他死。」

石寶山為難道：「可是咱們全走了，這一家老小怎麼安置？靠他這些保鏢護院行嗎？」

沈玉門道：「有道長坐鎮，你還擔什麼心？」

水仙也緊接道：「是啊！徒弟的家小，做師父的還會不管嗎？」

無心道長瞪眼道：「你說什麼？」

水仙急忙改口道：「我是說有你老人家在此，就算陳士元親自趕來，也未必能占到什麼便宜。」

無心道長居然點點頭，道：「嗯！那倒是真的。」

沈玉門立刻抱拳道：「那麼這裡就有勞道長了！」

無心道長揮手道：「你們趕緊走吧！儘快把那個小子帶回來，我跟他這盤棋還沒有下完……」

沈玉門沉嘆一聲，尚未等他說完，便已到了門外。

這時小周忽然追出來喊道：「沈二公子，小的回去怎麼交差？你至少也得吩咐一聲再走。」

石寶山已將出門，聞聲又走回來，道：「你說郭成還在『一品居』等著你的回話？」

小周道：「小的急的就是這件事。」

石寶山道：「你回去告訴他，就說兩個時辰之後，孫大少自會去湯府會見蕭樓主。」

小周急道：「但他們要等的是尹舵主的消息啊！」

石寶山道：「尹舵主已死，你照實告訴他們不就結了。」

小周擔心道：「可是……萬一他們問起尹舵主是誰殺的，小的怎麼回答？」

石寶山瞟了無心道長一眼，伸手將小周一拖，邊往外走邊道：「這種事你該比我會應付才對，你隨便說個大家惹不起的人，豈不比實話實說要好得多，你說是不是？周老弟……」

兩人愈走愈遠，聲音愈來愈小，說到後來已小得幾乎不可聞。

但無心道長卻整個聽在耳朵裡，一等兩人出門，立刻狠狠呸了一口，道：「這算什麼？還沒有吃到羊肉，就先惹一身膻。東西沒贏到手，就得先替他揹黑鍋，還要替他保家護小……我莫非是上輩子欠他的？」

話剛說完，遠處忽然有個宏亮的聲音接道：「道兄言重了，這就叫做能者多勞啊！如非有道兄這等高人替他們撐腰，他們怎敢毫無顧忌的去跟青衣樓那種大幫拚命？」

無心道長神色不動，緩緩地轉身一瞧，不禁咧開嘴巴笑了。

原來廳前的石階上正站著一個人，只見那人又矮又胖，一襲錦緞長衫在昏暗的天色下仍然閃爍著五顏六色的光芒，看上去比皇帝的龍袍還耀眼，遠遠一看不難認出是雄踞太湖的「五湖龍王」駕到。

無心道長似乎有點意外的搖著頭道：「好傢伙，你怎麼有膽子從水裡冒出來？」

五湖龍王哈哈一笑，道：「第一，有你道兄在此，我有什麼好怕的！第二……為了一個人的安全，我非冒險趕來不可。」

無心道長哈哈大笑道：「其實你那個兒子氣候已成，比你的本事還大，你根本就用不著替他操心。」

五湖龍王拾級而下，道：「道兄誤會了，我這次趕來，並不是為了他。」

無心道長一怔，道：「不是為了他？又是為了哪個？」

五湖龍王沒說話，只淡淡地笑了笑。

無心道長恍然道：「我明白了，原來你是為了那個還沒有出生的孫子才跑來的？」

五湖龍王腳步一頓，愕然道：「什麼？你說我那個孫子還沒有出世？」

無心道長似乎發覺自己說漏了嘴，急忙大步自他身邊溜過，道：「你既然來了，我留在此地已經沒用。我正好有事要辦，恕我失陪了。」

五湖龍王忙道：「道兄且慢，小弟還有要事想當面請教！」

無心道長頭也不回，道：「你不必問我。我也是初來乍到，一切也並不比你清楚。你若想瞭解詳情，何不自己進去看看！」

說著，已衝進了廳中，轉眼間又抱著三把劍跑出來，看也不看五湖龍王一眼就朝外走。

五湖龍王急急追在後面，道：「道兄何必如此匆忙？多年不見，至少也得閒聊個幾句再走啊！」

無心道長邊走邊搖頭道：「不行，我沒空跟你閒聊，我還要急著去搶救點東西！」

五湖龍王緊追不捨道：「道兄要去搶救什麼？能不能說來聽聽？或許小弟可以助你一臂之力！」

無心道長道：「不必，我去搶救我的道觀，任何人都插不上手。」

五湖龍王怔了怔，道：「道兄也有道觀？」

無心道長道：「現在還沒有，不過馬上就到手了。還有一條船，還有滿船的美酒，丟了實在可惜，所以你千萬不要耽擱我的時間，我非得馬上趕去，否則……」

他一面說著，一面已將三把劍同時拔出，邊走邊選劍，臨出大門突然將其中兩把甩回，並排插在地上，剛好將五湖龍王的去路阻住。

五湖龍王呆望著那兩把晃動著的長劍，過了許久，才突然大喊一聲：「來人啊！」牆邊廳角立刻響起一陣懶洋洋的應諾之聲，只見一群老態龍鍾的人慢條斯理的從四下擁了上來。

五湖龍王陡將雙足連環踢出，插在地上的那兩把長劍閃電般的飛了出去，同時大聲喝道：「跟下去看看，順便把這兩口劍給他送去……萬一碰上陳士元的『胭脂寶刀』，一口劍怎麼夠用……」

話沒說完，已有兩人振臂而起，但見兩人凌空抄劍，身軀猛地一捲，已並肩躍出高牆，看來年紀雖老，但身手卻是俐落得驚人。

五湖龍王又抬手朝後面一招，道：「鶯鶯，妳過來！」

陡見人影一晃，一名年近半百的婦人已飄落他身旁，弱不禁風的身子幾乎整個貼在他身上，眉梢眼角還帶著幾分嫵媚的瞟著他，似乎正在等待吩咐。

五湖龍王急忙往一邊閃了閃，咳咳道：「妳……到內宅去把我那孫子抱出來給我看看！」

那叫鶯鶯的老婦人吐氣如蘭道：「如果真如那瘋老道所說的還沒有生下來呢？怎麼辦？」

五湖龍王冷哼一聲，道：「果真如此，我非把那個兔崽子的皮剝下來不可！」

鶯鶯開始「吃吃」的笑了起來，四周的人也個個掩口偷笑不已，好像每個人都開心得不得了……

×　　×　　×

孫尚香仗劍疾奔一程，忽然收住了腳。

窮街僻巷，暮色四合，道路上血痕斑斑，晚風中也充滿了血腥氣息。

街旁有人發出痛苦的呻吟，聲音微弱得幾不可聞，顯然已離死不遠。孫尚香循聲尋去，直發現一個渾身染滿血跡的大漢才停了下來。

那大漢正蜷縮在牆邊，看上去已奄奄一息。

孫尚香緩緩湊了上去，小小心心的蹲在他面前，道：「閣下是哪條道上的朋友？」

那大漢似乎連眼睛都已無力睜開，只伸出顫抖的手朝一旁指了指。

伸手可及之處，是一條長約丈餘的鐵索，鐵索居中而斷，宛如一條被頑童打斷的死蛇一般。

孫尚香不禁大吃一驚，道：「你……你是『鐵索勾魂』卓長青？」那大漢慘笑，點頭。

孫尚香又朝他胸前一片無藥可救的傷口看了一眼，道：「你可有什麼後事交代？咱們立場雖然不同，但只要力所能及，孫某還是極願效勞。」

那大漢正是隸屬青衣樓的高手卓長青。

這時他忽然吃力的撐起身子，動著乾枯的嘴唇，顫聲道：「尊駕……莫非是『五湖龍王』的大……大少爺……」

孫尚香嘆了口氣，道：「在下正是孫尚香。」

卓長青的嘴唇又在動，卻再也沒有聲音，身體也如力盡般的重又靠回到牆根上。

孫尚香急忙挑劍將他手邊的斷索撥開，彎下身去，道：「你有什麼話，快說……」

誰知說字剛剛出口，猛覺得手臂一緊，持劍的手腕已被卓長青扣住，而且腳下一浮，整個身子竟被一個奄奄一息的人給托了起來。

跟在身後不遠的烏鴉嘴等人已嘶聲大喊道：「大少小心……」

雙方距離雖然不遠，但至少也還有兩三丈，而就在這時，陡聞「噗」的一聲，一桿似槍非槍，似棍非棍的「閻王刺」已破牆而出，直刺懸在半空的孫尚香腹部。

孫尚香欲掙乏力，烏鴉嘴等人尚在丈外，眼看著那桿銳利無比的「閻王刺」已刺到他身上，卻猛覺身旁寒光一閃，一件利器「噗」的穿進了土牆，那桿「閻王刺」的來勢也陡然一緩，僅僅從他的小腹上劃了過去，也幾乎在同一時間，烏鴉嘴等人已一窩蜂似的撲到，一層層的將孫尚香壓在下面，其中有幾人更是奮不顧身，竟連旁邊的那扇牆壁都已衝破。

破碎的土牆下躺著一個人，那人心臟已被一柄短劍貫穿，那短劍顯然正是剛剛自孫尚香身旁閃過的那道寒光。

卓長青也在混亂中斷了氣，他死後眼睛反而睜開來，目光中還浮現著一絲恐懼之色，也不知是由於傷重而亡，還是被孫尚香這批凶神惡鬼般的屬下給嚇死的。

孫尚香急忙從人堆裡躥了出來，匆匆自屍身上拔出那把短劍，回首張望了一陣，大喊道：「是哪位高手救了在下？」

對面是一扇柴門，柴門忽然傳出個女人的聲音，道：「他碰上『鐵索勾魂』卓長青，居然不知提防『閻王刺』蘇慶，這個人也真笨得可以。」

另外也是個女人聲音接道：「可不是嘛！像他這種人，也只能仗著他老子的名頭在外邊混混，哪裡有資格闖蕩江湖！」

剛剛從地上爬起來的烏鴉嘴忍不住哇哇叫道：「放屁！我們大少的名聲是靠劍闖出來的，還有我們這群不要命的兄弟……」

話還沒有說完，只聽「啪」的一聲脆響，一記耳光已摑在他臉上，同時灰影一晃，那人已欺到孫尚香面前，伸手就要搶奪他手中的短劍。

孫尚香自然而然的往一旁一閃，翻腕便將短劍刺了出去。

那人身法奇異，動作也快得驚人，不退反進，左手硬把刺來的劍鋒撈住，右掌緩緩一吐，軟綿綿的纖掌中竟蘊含著一股強大無比的力道，逼得孫尚香不得不鬆手棄劍，整個身子也不由自主的斜飛出去。

幸好孫尚香下盤功夫一向不錯，凌空一個急轉，已將大部分力道解掉，搖搖晃晃的勉強站落在地上。

這時那灰影已回到柴門前，將短劍遞給另外一人，冷冷道：「看不出這小子倒還有點功力！」

另外一人淡淡道：「在船上長大的嘛！腳上當然要比一般人沉穩。」

孫尚香這時才看清站在柴門前的，竟是兩個中年女人。那兩人打扮得不俗不道，一襲灰色道袍上居然繡著幾朵盛開的荷花，色調雖然淡雅，但看上去仍有一股不倫不類的感覺。

一旁的烏鴉嘴又已捂著臉叫起來，道：「我的媽呀！這是哪個廟裡的道姑，怎麼這副打扮？」

其他那二三十名弟兄也全都爬了起來，個個張口結舌的瞪著那兩個女人，好像忽然見到了兩個妖怪一般。

孫尚香卻突然眼神一亮，道：「兩位莫非是來自峨嵋觀荷庵的高人？」

烏鴉嘴又在一旁脫口叫道：「什麼？峨嵋派還有人？」

孫尚香瞪眼喝道：「你他媽的是不是耳光還沒有挨夠？」

烏鴉嘴立刻閉起嘴巴，不敢再吭聲。

站在前面的那女人回首往後看了一眼，道：「龍王的少爺畢竟不凡，果然有點眼光！」

後面那人淡淡笑了笑，道：「嗯！比陳士元那批手下可有見識多了！」

孫尚香忙道：「那麼兩位想必就是人稱『掌劍雙絕』的丁前輩和莫前輩了？」

前面那女人沉默片刻，才道：「不錯，我就是莫心如，這位正是我師姐丁靜。我們姐妹多年來未曾涉足江湖，居然還有人記得我們，真是出人意外得很。」

孫尚香肅然起敬道：「兩位前輩是峨嵋派中頂尖高手，晚輩焉有不知之理。」

莫心如自嘲般的笑笑，道：「峨嵋派早就完了，縱是派中高手也高得有限。」

丁靜也在後面搖首輕嘆道：「如今的峨嵋，早就不能與其他各大門派相提並論了！」

孫尚香忙道：「不然，就以方才丁前輩那招『天外一劍』和莫前輩的一掌『歸去來兮』就非其他門派高手可以比得上的……」

說到這裡，匆匆朝後邊瞄了瞄，又道：「就算武當的無心道長，也未必有這等火候。」

莫心如輕輕咳了咳，道：「你倒也真會講話，也不枉我師姐救你一場。」

孫尚香趕緊一揖到地，道：「晚輩差點忘了，還沒有謝過丁前輩的搭救之恩呢！」

丁靜擺手道：「你不必謝我，我出手救你，只是想向你打聽一個人。」

孫尚香道：「但不知前輩要向我打聽哪一個？」

丁靜道：「解紅梅。」

莫心如急急接道：「聽說她跟你的好朋友沈二公子很不錯，我想你應該認得她才對。」

孫尚香竟然皺起眉頭想了半晌，才緩緩地搖著頭道：「解紅梅？我不認識。」隨即回首瞧著他那批手下道：「你們有沒有人認識她？」

二三十個同時皺起眉頭，同時苦苦在想，然後又同時搖頭，動作與孫尚香如出一轍。

那兩個女人同時楞住了。

過了許久，丁靜才輕嘆一聲，道：「我想閣下可能是誤會了，我們找她，絕對沒有惡意，我們是專程來保護她的。」

莫心如也立刻道：「這個人對我們峨嵋派極為重要，我們絕不能讓她落在陳士元的手上。」

孫尚香這才輕輕拍著腦門道：「我想起來了，兩位前輩說的，莫非是目前青衣樓正在全力追捕的那個年輕女人？」

烏鴉嘴也猛地在頭上敲了一下，叫道：「是不是『千手如來』解老爺子的那個閨女？」

莫心如緊張的道：「不錯，正是她。」

丁靜語氣也有些急迫，道：「這麼說，各位是認得她了？」

烏鴉嘴飛快的瞟了孫尚香一眼，又搖頭說：「不認得，我只是聽人說起過而已。」

孫尚香咳了咳，道：「不過她是沈玉門的朋友，是絕對不會錯的，而且據我猜想，她也極可能在揚州。」

莫心如神情一振，道：「此話當真？」

孫尚香忙道：「我只是說可能，可不敢向兩位前輩打包票。」
烏鴉嘴又在後邊插嘴道：「我敢，依我看，她鐵定在城裡！」
孫尚香回首望著他，道：「何以見得？」
烏鴉嘴嗤嗤笑道：「大少也不想想，沈二公子既然進了城，她還會不追來嗎？」
莫心如聽得眉頭猛地一皺。
丁靜卻淡淡道：「好，既然如此，就有勞各位先帶我們去見見沈二公子再說。」
孫尚香急忙喊道：「且慢！兩位前輩想見沈玉門不難，但得等我把手邊的事情處理完畢之後再去。」
莫心如道：「閣下還有什麼事要辦？需不需要我們姐妹幫忙？」
孫尚香道：「不瞞兩位前輩說，晚輩正在尋找我的一名手下，是我那手下已跟青衣樓正面衝突，情況十分危急，非得馬上找到他不可。」
莫心如神色一動，道：「方才我們倒是看到一批人相互追殺，不知其中有沒有貴屬下？」
丁靜也忽然道：「但不知貴屬下是個什麼樣的人，穿著打扮可有什麼特徵？」
孫尚香沉吟著道：「穿著倒沒什麼特徵，長相卻很好辨認。他頭頂禿禿的，臉孔醜醜的，年紀嘛……」

烏鴉嘴急急指著自己的臉孔插嘴道：「比我的長相還老、還醜！」

莫心如失笑，搖頭。

丁靜卻蹙著眉道：「孫大少爺，你確定他的對手是青衣樓的人？」

孫尚香道：「絕對不會錯。」

丁靜回手一指，道：「裡邊有一具屍體，倒很像青衣樓的『血雨連環刀』秦家兄弟之一，但不知跟貴屬下有沒有關連？」

孫尚香聽得神情大震，手掌猛地朝後一伸，立刻有名弟兄畢恭畢敬的將劍柄遞到他手上，他頭也不回，「鏘」的拉出了劍，一陣風似的衝入了柴門。

這時天色已晚，院落兩側又有茅棚遮頂，光線顯得十分昏暗，但茅棚下十幾座方圓逾丈的堆糧草倉卻仍清晰可見，一望即知此地不是哪間糧棧的後院，便是哪個大戶人家的存糧之所。

孫尚香一進柴門就是一怔，原來棚下那十幾座糧倉的草圍均已破裂，倉內稻穀四溢，顯然是在不久之前曾經有過一場搏鬥，但除了遍地狼藉的碎稻之外，卻再也沒有其他東西。

孫尚香詫異叫道：「屍體呢？在哪裡？」

烏鴉嘴東張西望道：「是不是在稻倉後面？」

莫心如即刻趕上來，指著孫尚香腳下道：「咦？方才還在這裡，怎麼一轉眼就不見了？」

孫尚香倒退一步，在地上瞧了瞧，道：「前輩會不會看錯？」

莫心如道：「怎麼會看錯！一條斷臂一把刀，斷臂上血跡模糊，一看便知是被人剛剛砍斷的……」

丁靜截口道：「不是砍斷的，是被人用重手法扭斷的。」

孫尚香忙道：「對，那正是血影人慣用的手法，不過為什麼地上連一點血痕都沒有？」

烏鴉嘴忽然道：「有，在這裡！」

他一面說著，一面撥動著地上的碎稻，像條獵犬般的沿著一條淡淡的血跡往前爬。血跡一直延伸到一個破裂的草囤前，一堆自倉中溢出的稻穀中果然有個黑黑的東西。

烏鴉嘴爬到近前定眼一瞧，正是一截漆黑的刀尖，不禁興奮得叫了起來，剛想撥動穀堆，突然間縮住手，猛地朝後一滾，飛快的翻回到孫尚香身旁，歪嘴獰笑道：「好傢伙，我差點著了他們的道，一定有人藏在堆裡，正等著我去上當！」

孫尚香極為讚賞的點點頭，道：「嗯！秦家兄弟詭計多端，還是小心一點為妙。」

一旁的二三十名弟兄也個個點頭不已，還有人挑起大拇指，好像都對烏鴉嘴的機警非常佩服。

莫心如卻滿臉不屑道：「那堆稻穀一共才有多高，藏得下兩個人嗎？」說著，大步上前，伸手探入穀堆，嬌喝一聲，猛將一具屍體甩出，直滑落到孫尚香腳下。

屍體上只剩下一條手臂，僵硬的手掌依然緊握著一柄漆黑的刀，顯然正是「血雨連環刀」中的秦氏弟兄之一。

孫尚香頓覺臉上無光，狠狠地在屍身踢了一腳。

烏鴉嘴也尷尬的蹲下身去，在那死人臉上看了看，道：「這是老二秦雨，老大秦風呢？」

孫尚香蹙眉斜首道：「對啊！秦雨死在這裡，秦風不可能一走了之。如果他還活著，他一定會在附近。」

烏鴉嘴立刻跳起來，疾聲喝道：「快來保護大少，這地方有鬼！」

應諾聲中，人影晃動，片刻間已將孫尚香團團圍在中間。

烏鴉嘴哼聲連連，繼續道：「既然秦家兄弟在這裡，他們的頭頭也不可能離得太遠，還有『九尾狐狸』杜雲娘……那老騷貨比秦家兄弟還要陰險，不提防著她一點怎麼行？」

莫心如笑笑道：「若是陳士元和杜雲娘真在這裡，憑你們這些人防得住嗎？」

烏鴉嘴胸脯一拍，道：「防不住也要防。誰想動我們大少，就得先把我們弟兄除掉。三十二個人，三十二條命，陳士元的『胭脂寶刀』再快，也夠他砍半天的。」

莫心如冷眼看著人叢中的孫尚香，搖著頭道：「難怪孫大少爺這幾年混得名滿江湖，原來是身邊有這麼多不怕死的弟兄！」

孫尚香一聽就火了，抬腳便將擋在他面前的一名弟兄踢了個跟頭，怒喝道：「他媽的，你們這是做給誰看？我若靠你們這群王八蛋來保護，還能活到今天嗎？滾！滾！統統給我滾開！」

眾人紛紛退避，其中有個人稍微退得慢一點，又被他踢得飛了出去。

只見孫尚香舞動著劍，狠狠道：「你們這群窩囊廢，有本事就把禿鷹給我找出來，無論是死是活都把他找出來。我們是來救人的，你們都圍在我旁邊有個屁用？讓外人看了，還真以為我這點名聲真的是靠你們給我拚出來的……」

正在說著，方才被踢出的那個傢伙，突然跳起來，直著嗓子鬼叫道：「啊喲！大少不好了！」

孫尚香「呸」了一口，道：「我有你們這們群王八蛋在旁邊，還好得了嗎？」

那人急忙喊道：「不是，不是，是屬下發現了一條腿，這條腿眼熟得很，好像在哪裡見過……」

孫尚香沒等他說完，便匆匆衝了上去。

那人也自暗處抱著一條斷腿走出來，經過莫心如身邊，一個分神，連人帶那斷腿同時跌在地上。

只嚇得莫心如驚叫一聲，身子猛地往後縱去。而就在這時，忽有一條人影自暗處竄出，對準莫心如腦後就是一刀。

當時四周已極黑暗，突襲者的人刀又是一色漆黑，況且那人身法極快，刀出無風，眼看著那一刀已劈在她後腦上，匆匆趕來的孫尚香雖然發覺她情況危急，但相距尚有丈餘，不僅無法出手搶救，縱想出聲示警，都已為時晚矣！

誰知莫心如反應之快卻大出眾人意外，陡見她身形一仰，雙掌齊出，竟將已觸及肌膚的刀鋒硬夾在兩片掌心之中。

但突襲者使的卻是雙刀，一刀被制，另一刀又已斜劈而至。莫心如臨危不亂，右足倒踢來自左方的刀柄，左腳猛然一蹬，兩人同時撞在背後一座破裂的稻倉上。

「嘩」的一聲巨響，稻穀迎頭撒下，而且其中還有一個沉重的人體剛好跌落在兩人中間。

也幾乎在同一時間，突襲者的第二把刀已一擊而中，但被擊中的並不是莫心如，而是剛剛隨著稻穀跌落下來的那個人。

那人挨了一刀，居然連叫都沒叫一聲，但他絕非死人，因為莫心如發覺他還有呼吸，而且也發現他鷹爪般的十指已牢牢掐住了那突擊者的咽喉。

迎頭撒下的稻穀已然停住，那偷襲者掙動的身子也漸漸靜止下來。

莫心如看也不看那突襲者一眼，準知他是「血雨連環刀」中的秦風無疑，她只凝視著無意間救她一劫的那個人。

醜醜的臉孔，禿禿的頭頂，她幾乎想也沒想就衝口叫出道：「禿鷹！閣下就是禿鷹！」

一直站在遠處的丁靜突然輕嘆一聲，道：「這人只剩一條腿，又挨了一刀，居然還能把秦風活活掐死，當真是一條漢子！」

莫心如也嘆了一口氣，道：「難怪孫大少爺這幾年混得名滿江湖，原來是身邊有這麼多不怕死的弟兄！」

她這段話剛剛已一字不差的說過一次，但現在聽在眾人耳裡，卻與先前的感受完全不同。

孫尚香原已被剛剛的場面嚇呆了，這時才忽然撲了過去，瘋狂般的將堆在三人下半身的稻穀刨開，這才發現禿鷹果然只剩了一條腿，不禁勃然大怒道：「說！是哪個王八蛋砍斷的，我去加倍替你討回來！」
禿鷹雙手依然緊掐著秦風的咽喉，語氣卻意外的平穩道：「陳士元。」
孫尚香咳了咳，道：「你能從他的『胭脂寶刀』下逃出一命，倒也真不簡單……」說著，就想替他封穴。
禿鷹忙道：「不必了，陳士元已替我點過了……他留我活口，是為了叫我傳句話給大少。」
孫尚香立刻上前將他僵硬的十指剝開，道：「你先歇歇，有話以後再說。」
禿鷹搖頭道：「這句話很重要。」
孫尚香只好將他的身體放平，道：「好吧！長話短說，我在聽著。」
禿鷹道：「他說金家一百零二口的命，他要定了……」
孫尚香截口道：「放他媽的狗臭屁，金家只有九十九口，哪來的一百零二口？」
禿鷹道：「包括你，你老婆，還有你的孩子。」
孫尚香聽得臉色都青了，過了半晌，才咬牙切齒道：「這個老王八蛋，竟然敢先向我下手！」
禿鷹道：「是咱們先向他下手的，怎麼能怪他呢？」
孫尚香神色一緊，道：「那老傢伙莫非已發現我殺了尹二毛的事？」

禿鷹點頭，同時也捧著胸口咳嗽起來。

孫尚香馬上裝出一副滿不在乎的聲調道：「你放心，他整不倒咱們的。你也該知道，現在咱們的實力比過去堅強多了，否則那天我怎麼敢貿然出手！」

他說著，還瞄了身旁的莫心如一眼。禿鷹又點頭，咳嗽得也更厲害，臉上也流露出一股極其痛苦的神情。

孫尚香急忙將他上半身扶起，道：「你趕緊調息一下，這種話改天告訴我也不遲。」

禿鷹咳得上氣不接下氣，道：「我的話已經說完了……現在我只想要求大少一件事……」

孫尚香道：「什麼事？你說！」

禿鷹迫不及待道：「補我一劍……快！」

孫尚香登時叫起來，道：「什麼話！少一條腿有什麼關係？你禿鷹的價值又不在腿上，何必急著求死！」

禿鷹緊按著胸口，痛苦萬狀道：「陳士元只給我這麼多時間，我多活一刻，就多痛苦一刻。大少就當幫我最後一次忙，趕快動手吧！」

孫尚香搖頭，拚命的搖頭。

一旁的莫心如忍不住沉嘆一聲，道：「孫大少爺，我看他真的差不多了，你就成全他吧！他能死在你的手上，總比死在別人手上要強得多……」
孫尚香仍在不斷地搖著頭道：「不行，我什麼事都肯替他做，只有這件事……我實在下不了手！」
禿鷹突然一把抓住莫心如，嘶聲喊道：「妳……妳欠我的……大少不幹，妳幹！」
莫心如猶豫了一下，毅然點頭道：「好，你安心走吧！我欠你的，我會還給你們大少。」說完，手掌輕輕一推，禿鷹當場斷了氣。
孫尚香立刻緊緊地抱住他，聲淚俱下道：「你這個王八蛋，你怎麼可以先走！咱們不是說好要共闖一番事業嗎？你們一個個都走了，我還闖個屁……」
身後那批弟兄也個個哀傷不已，連莫心如都扭過頭去直擦眼睛。
這時烏鴉嘴忽然走上來，神色淒然道：「大少節哀，他們走了，還有潘鳳、崔玉貞和我們這批弟兄在。水裡火裡，我們也照樣追隨大少到底！」
孫尚香猛然回首，淚眼汪汪地盯著他，道：「你們好像說過，縱是閻王殿，也要跟著我闖，是不是？」
烏鴉嘴道：「不錯，是說過。」他身後的弟兄也一同點頭。
孫尚香緩緩地將禿鷹的屍體放平，小心翼翼地將那條斷腿親手替他接好，然後脫下自己的長衫在屍身上一蓋，陡然長劍一揮，邁開大步就往外走。

烏鴉嘴急忙追在後面喊道：「大少準備到哪兒去？」
孫尚香道：「多此一問！我們現在除了找陳士元那老鬼拚命之外，還有第二條路可走嗎？」
說話間已跨出柴門，突然停步轉身，望著丁靜和莫心如道：「兩位前輩可是要見沈玉門麼？」
丁莫兩人同時點頭。
孫尚香把頭一擺，道：「想見他就隨我來！」說完，頭也不回，匆匆率眾而去。
無心道長竟也隨後從柴門裡走出來，邊走邊還搖著頭道：「這小子倒也真會拐人！」
身後忽然有人「噗嗤」笑道：「道長說得不錯，我們這位少爺拐人的確有他的一套。」
又有另外一個人接道：「只要他看上的人，哪怕道行再深，也休想跑掉。」
無心道長似乎一點也不吃驚，連回頭看也不看兩人一眼，道：「你們兩個不在龍王身邊打轉，跑出來幹什麼？」
其中一人道：「替你老人家送劍。」
另外一人拍劍接道：「我們頭頭怕道長遇到『胭脂寶刀』，一把劍不夠用……」
無心道長狠狠地「呸」了一口，道：「憑他也配……」

其中一人立刻道：「陳士元當然不配，他那套刀法當然不是你老人家的對手！」
另外一人又道：「怕就怕道長手上這把劍頂不住……」
三人愈走愈遠，轉眼便消失在夜色中。
沈玉門也在這時自對面的破壁中衝出來，道：「走，咱們也跟去看看！」
石寶山一把將他拉住道：「咱們最好不要跟他們走在一道。」
沈玉門道：「為什麼？」
石寶山遲疑了一下，道：「二公子不是急著想見湯老爺子嗎？」
沈玉門道：「是啊！他們的目標也極可能是湯府，跟他們一道過去，豈不更好？」
石寶山道：「不好！有峨嵋派那兩個跟他們走在一起，二公子最好還是暫時不跟她們碰面為妙。」
沈玉門愕然回頭道：「跟她們碰面有什麼關係？她們的目的無非是向我打聽解姑娘的消息，有什麼好怕的？」
石寶山搖著頭道：「屬下就怕她們的目的不是解姑娘……」
沈玉門截口道：「不是解姑娘是什麼？」
水仙這才在後面悠悠接道：「極可能是少爺腰間的那柄『六月飛霜』……」
沈玉門楞了一下，立刻把那柄「六月飛霜」藏在衣襟中。

他並非擔心自己的身分被人識破，而是在刻意保護那把刀，那把解紅梅一再叮嚀他不得丟掉的武林名刀。

× × ×

天色更暗，附近的商家已亮起了燈火。

昏暗的河道對岸，也不知何時出現了一片紫色的燈籠，同時人馬喧囂之聲也遙遙傳了過來。

但見一隊行列壯觀的車馬沿著河岸大街緩緩而過，淡紫色的燈光倒映在蕩漾的河水中，看上去顯得極其詭異。

隔岸步行的沈玉門不禁皺起眉頭，道：「我不喜歡紫色的東西。」

水仙「嗤」的一笑，道：「我也不喜歡。」

石寶山也搖著頭道：「屬下也不太欣賞這種色調，不過她們能夠提早趕來，倒是一件令人振奮的事。」

沈玉門微微一怔，道：「你是說……對岸的那些都是顏寶鳳帶來的人馬？」

石寶山道：「正是。」

沈玉門大吃一驚，道：「我的天！她帶這麼多人來幹什麼？」

石寶山道：「當然是來救人。」

沈玉門道：「救人也得偷偷的來，怎麼可以如此招搖？」

水仙忙道：「夫人的作風一向如此，少爺又不是不知道，記得去年……」

沈玉門截口道：「去年是去年，今年是今年！」說著，抬手朝對岸一指，喝道：「石寶山，你趕快過去，叫她們把燈火統統熄掉！」

石寶山咳咳道：「二公子且慢光火，屬下倒認為這樣也不錯，咱們剛好可以來個將計就計。」

沈玉門道：「什麼將計就計？」

石寶山道：「聲東擊西之計，她們在那邊招搖，咱們剛好趁機去辦咱們的事。」

水仙忙在一旁接道：「對，少爺不是想去見湯老爺子嗎？這正好是個機會。」

沈玉門神色立刻緩和下來，道：「怎麼去？你說？」

水仙沒有回答，只一聲不吭的瞟著一旁的石寶山。

石寶山環首旁顧，胸有成竹道：「不要急，咱們不妨先在河道溜溜，湯老爺子若是有意跟咱們見面，我相信他一定會有安排。」

水仙也朝四下掃了一眼，道：「如果這一切都是『細雨封江』劉奎設下的圈套，咱們按照他們的安排跑去，豈不剛好掉入他們的陷阱裡？」
石寶山道：「前有孫大少衝殺，後有夫人助威，縱是陷阱，威力也必可減弱不少。想圍住咱們，恐怕還沒有那麼容易。」
沈玉門急道：「你不要忘了，對手是陳士元，而不是湯老爺子的那群徒弟。孫尚香和顏寶鳳那些人未必管什麼用。」
石寶山不慌不忙道：「二公子只管放心。孫大少有無心道長、峨嵋派的兩位高手跟著，夫人有『紫鳳旗』的人馬護駕，縱然碰上陳士元，也未必會吃虧。」
沈玉門恍然道：「哦！我明白了，難怪顏寶鳳敢如此囂張，原來是她娘家人都趕來了。」
水仙笑道：「所以才提著紫色的燈籠，咱們沈府怎麼會使用那種不三不四的顏色？」
沈玉門忽然又皺起眉頭，道：「可是無心道長這一跑出來，金家怎麼辦？憑那幾個丫頭和那批保鏢護院的實力，莫說是陳士元那等高手，就是去個陸大娘，他們也未必撐得了多久！」
石寶山詫異道：「二公子方才可曾見到跟在無心道長後面的那兩個人？」
沈玉門道：「見到了，怎麼？那兩位莫非也是武林高手？」

石寶山咳咳道：「不低，不低。」
水仙急忙道：「那兩人都是龍王座前的蝦兵蟹將，難道少爺沒認出來？」
沈玉門道：「我怎麼可能認得出來？」
水仙也輕輕咳了咳，道：「那兩人既已出現，我想龍王八成也到了揚州。」
石寶山剎那間詫異的神色便已不見，只淡淡接道：「而且很可能已進入金府，否則無心道長絕不會跑出來，所以二公子大可不必為此事擔心，屬下擔保孫大少的眷屬出不了問題。」
沈玉門點點頭道：「好，那咱們也就可以安心去救人了……」說到這裡，突然被水仙拉了一下，急忙把話縮住。
只見一名擔挑小販匆匆從後面趕來，氣喘喘道：「有三件事向總管稟報。」
石寶山只輕輕道了聲：「說。」
那小販邊走邊道：「第二件，龍王已到金府。第三件，陸少卿剛剛進城，隨行的約有百十名幫眾，樓中的硬點子幾乎全都在裡邊……」
他一面說著，一面已轉進一條窄巷，從頭到尾連看都沒有看三人一眼。
石寶山既不追趕，也不追問，依然像沒事人般的直往前走。水仙也沒吭聲，神情卻顯得有點緊張。

沈玉門左顧右盼道：「喂！第一件他怎麼沒說？你為什麼不問問他？」

石寶山朝對岸即將消失的人馬一指，道：「第一是咱們自家的事，他不說屬下也知道。」

沈玉門又道：「那麼第三件的陸少卿，又是何方神聖？」

石寶山瞟了水仙一眼，道：「那是青衣第二樓的陸樓主，是當今武林使劍的絕頂高手，當年大公子就曾在他劍下吃過虧，所以二公子最好多加小心，非到必要時，儘量避免跟他動手。」

水仙也迫不及待道：「對，據說那傢伙的劍法邪氣得很，在你的功力完全恢復之前，千萬不可去招惹他。」

沈玉門嘆息一聲，道：「老實說，我最討厭動刀動槍，也從來不想去招惹任何人，可是以我目前的立場，我不去招惹人，人家就肯放過我嗎？」

水仙搖頭，忍不住也跟著嘆了口氣。

石寶山卻哈哈大笑，道：「二公子太多慮了。依屬下看來，他們也未必能將你怎麼樣。」

沈玉門怔了怔，道：「咦？這次他們不全是衝著我來的嗎？」

石寶山道：「沒有那麼嚴重，陳士元乃一代梟雄，是武林中百年難得一見的奇才，怎麼可能為了替他一個兒子報仇，便調動全幫大批人馬，與正道人士決一死戰？」

水仙訝聲叫道：「對呀！這件事的確有違常情，以陳士元的老謀深算，不應該做出如此糊塗的事才對。」

沈玉門渾然不解道：「那麼他們的目的是什麼呢？」

石寶山道：「屬下認為他不過是假借復仇之名來擴張青衣樓的地盤而已……因為他實在不能再等，再等下去，只怕他就永遠沒有機會了。」

沈玉門道：「為什麼？」

石寶山道：「第一，他的年事日高，刀法雖稱天下無敵，但體力卻日漸衰退，終有一天會被二公子這等年輕高手追趕過去……」

沈玉門急咳兩聲，道：「還有呢？」

石寶山道：「第二，青衣樓各樓之間時有衝突發生，而且還有愈來愈激烈的傾向，為了平息這股紛爭，他非得找個合力對外的事教大家做做不可。」

沈玉門想了想，道：「嗯，有道理。」

石寶山繼續道：「第三，也是最重要的一個理由，他得替他屬下的年輕高手安排出路。能夠被他拐進青衣樓的年輕人，大都是桀驁不馴、野心勃勃之類，長期讓他們壓在那些老人下面，日久非反不可，所以除了擴充地盤之外，根本沒有其他的路可走。」

沈玉門道：「照你這麼說，咱們只要把他們擋回去，任由他們自生自滅就行了。」

石寶山道：「也不行，如果不能早日將他們消滅，江南武林的情況會比現在還慘。」

沈玉門忙道：「那麼依你看，咱們應該採取什麼對策呢？」

石寶山目光匆匆四顧一眼，低聲道：「設法挑起他們的內訌，讓他們自相殘殺，才是上上之策。」

沈玉門搖頭苦笑道：「你想兵不血刃，就把青衣十三樓搞垮，談何容易！」

石寶山道：「也並不太難，想當年號稱天下第一大幫的丐幫，就是那麼垮的。」

沈玉門不得不側首凝視著他，道：「你有把握？」

石寶山道：「有沒有把握，就得看二公子怎麼做了。」

水仙也插嘴道：「不錯，這種事，除了少爺之外，別人是做不來的。」

沈玉門登時停住腳，怒叱道：「你們瘋了！你們以為我是誰？」

水仙立即道：「你是金陵的沈二公子啊！」

石寶山也緊接道：「也是當今唯一可以影響四派三門二會的人，只有你的決定，他們才會遵行。」

沈玉門愕然道：「什麼四派三門二會？」

石寶山道：「四派指的當然是少林、武當、青城和剛剛現身的峨嵋……」

沈玉門打斷他的話，愁眉苦臉道：「石寶山，你的頭腦清醒一點好不好？少林、武當、青城三派過去跟沈家或許有點交情，倒也說得過去，但峨嵋和咱們毫無淵源，人家憑什麼要聽咱們的？」

石寶山笑笑道：「咱們跟她們沒有淵源，但解姑娘有。」

水仙也已迫不及待接道：「而且關係可能遠比我們想像中來得深遠得多，否則她們也不會不遠千里的趕來保護她了，你說是不是？」

沈玉門急忙將頭朝石寶山一歪，道：「說下去！」

石寶山道：「三門指的便是咱們金陵的虎門、『五湖龍王』孫老爺子的龍門，以及以毒藥暗器馳名天下的蜀中唐門。」

水仙馬上「吃吃」笑道：「唐門和咱們的交情可非比尋常，我想我不說少爺也應該知道。」

沈玉門急咳兩聲，道：「二會呢？」

石寶山朝對岸一指，道：「所謂二會，就是顏家的紫鳳旗和與二公子關係最密切的金刀會。」

水仙突然嘆了口氣，道：「不錯，金刀會的程總跟少爺的交情實在沒話說，恐怕到了緊要關頭，真正肯為少爺捨命的朋友，也只有他和孫大少兩人而已。」

石寶山道：「那也不見得，我認為像京裡的閻四爺、華山的黃少俠、滄州的魯氏兄弟，都跟二公子有過命的交情……」

沈玉門似乎已不想再聽下去，低著頭就往前走。石寶山和水仙也不再開口，默默地緊跟在他後面。

直走了大半條街，沈玉門才突然轉回頭，道：「好吧！你們說，咱們該從哪裡著手？」

石寶山指了指岸邊道：「看樣子，咱們也只有從這裡開始了。」

話剛說完，從低低的河岸下已竄出個船伕打扮的老人，道：「站在上面的可是金陵沈府的石總管？」

石寶山蹲下身去，道：「在下正是石某，你老人家是來接我們的嗎？」

那老船伕道：「不錯，我們三爺很想跟石總管聊聊，特派小老兒相請，務請石總管賞光。」

石寶山眉頭一皺，道：「我跟劉奎有什麼好談的？你告訴他，我沒空。」

那老船伕踮腳往岸上瞧了瞧，道：「請問沈二公子有沒有來？」

石寶山冷冷道：「來是來了，不過我們二公子是何等身分，怎麼會跟劉奎那種人打交道！我看多言無益，你老人家還是請回吧！」

那老船伕對石寶山的傲慢似乎一點也不介意，依然客客氣氣道：「我們三爺說，如果二公子無法移駕也沒有關係，但有樣東西務必要請沈二公子過目，這件東西對沈二公子好像十分重要……」

說著，已從懷裡取出一隻扁平的小包，恭恭敬敬的交到石寶山的手上。

石寶山還以為是什麼珍貴之物，誰知打開一看，竟是一塊折疊得四四方方的破舊藍布，而且布上油垢斑斑，還帶著一股汗臭味道。

他原來遞出去的手不禁猶豫下來，怔怔地望著沈玉門，道：「這是什麼東西，二公子可有什麼印象？」

沈玉門不待他說完，便一把奪了過去，神色激動的緊抓著那塊藍布良久，才猛地把頭一甩，道：「上船！」說罷，大步衝了下去，毫不遲疑的竄進艙中。

石寶山和水仙也只好默默地跟上了船。

第十二回　恩怨何時已

船身很短，船篷卻很高，短短的船艙中擺著幾張矮矮的籐椅，顯然是湯府平日專門接送賓客所用的船隻。

船上除了那個老船伕之外，還有兩個年輕人分站在艙篷兩側，其中一人眼睛一直緊盯著沈玉門手中的那塊藍布，一待三人坐定，便已忍不住向那老船伕問道：「你方才交給沈二公子的是什麼信物？我怎麼沒聽三師哥提起過？」

另外一個也緊接道：「我也沒聽說過，他是幾時交給你的？」

那老船伕一面吃力的把船撐離岸邊，一面道：「那根本就不是劉老三交給我的，你們兩個當然不會知道。」

先前開口的那人大吃一驚，道：「不是三師哥交給你的，是哪個交給你的？」
那老船伕竹篙一調，道：「是你們師父湯老爺子……」
說話間，一篙猛然刺出，只聽「噗」的一聲，篙尖剛好刺進了那人咽喉。
那人吭也沒吭一聲便躺了下去。
那老船伕急急喊道：「石總管，另外一個也不能留下活口。」
石寶山沒等他開口便已動手，等他把話說完，那人早已躺在艙中。
那老船伕好像還不放心，急忙收篙換槳，匆匆竄入船裡，又在那人胸口補了一掌，才鬆了口氣，道：「石總管，你會不會搖槳？」
石寶山道：「會，在水邊長大的，怎麼可能不會這種玩意兒？」
那老船伕道：「那好，那就有勞石總管替我搖一段路，我得把這兩具屍體處理一下。」
小船在水中搖搖擺擺地往前行，那老船伕放下艙簾，懸起一盞油燈，然後取出兩塊油布，將那兩具屍體分別包紮起來。
沈玉門和水仙還都以為他會將兩具屍體拋入水中，誰知他卻把兩隻包紮妥當的屍體分別綁在篷架上，一邊一個，好像惟恐船身失去平衡一般。
水仙一副百思不解的神情，道：「你老人家還留著他們幹什麼？這麼麻煩！」

那老船伕嘆了口氣道：「沒法子，這水裡幾乎有一半都是劉三的船，岸上又有他的人盯梢，只有這樣處理才不顯眼，而且必要的時候，這兩件東西也許還可以派上一點用場。」

水仙呆了呆，道：「那麼，你老人家知不知道這次究竟是哪個要把我們引進湯府的？」

那老船伕道：「當然是劉老三，我不過是將計就計，看看能不能闖過他們那一關……因為湯老爺子實在很想見沈二公子一面，而且很急。」

水仙道：「為什麼這麼急？」

那老船伕沉默片刻，才道：「因為他老人家已經撐不了多久了。」

水仙一驚道：「他老人家莫非病了？」

那老船伕道：「有那群可惡的徒弟怎麼會不病！沒被氣死已經不錯了。」

水仙道：「據說湯老爺子的徒弟很多，難道全都反過去了？」

那老船伕道：「當然也有一部分站他這一邊，不過數量愈來愈少。長此下去，縱然湯老爺子還能活下去，他身邊的人也非跑光不可。」

久未開口的沈玉門忽然道：「我記得湯老爺子不是還有一個兒子嗎？」

那老船伕感傷道：「死了，兩年前就死了，如果湯大少爺還活著，湯家也許還不至於落到今天這種地步。」

他邊說著邊搖頭嘆氣的走出去，很快的就把石寶山替換進來。

石寶山一竄進艙簾，便急急問道：「二公子，方才那位老人家交給你的究竟是什麼東西，值得你不顧一切的跟著他走？」

沈玉門什麼話都沒說，只「啪」的一聲，猛將那塊藍布抖開，熟巧的纏在自己的頭門上。

水仙一旁愣然叫道：「原來只是一條纏在頭上的防汗巾！」

沈玉門道：「不錯，在我挨那一刀之前，這條手巾就繫在我頭上，當時也只有湯老爺子有機會把這條東西收起來。」

石寶山道：「二公子認定這條東西是湯老爺子在救你的時候收起來的？」

沈玉門苦笑著道：「他究竟是救我還是害我，一時實在說不清楚，不過那老船伕既然拿出這條東西，就足以證明他來接我們，是受命於湯老爺子，而不是『細雨封江』劉奎。」

石寶山點頭，不斷地點頭。

水仙急忙道：「石總管，你看少爺頭上纏著這條東西，是不是很好看？」

石寶山道：「嗯！的確很帥氣。」

水仙道：「趕明兒我們姐妹三個也每人來一條，你看怎麼樣？」

石寶山神色一動，道：「乾脆咱們沈府上下每人一條算了，既帥氣，又實用，而且色澤也比那些雜七雜八的顏色要正派多了。二公子，你說是不是？」

沈玉門忍不住嘆了口氣，道：「石總管，我發現你這個人真不錯，將來我離開沈府，也希望能跟你做個好朋友。」

石寶山吃驚道：「這是什麼話？二公子離開沈府，屬下還混什麼？」

沈玉門道：「咱們把那個孩子救出來，你好歹也得拉拔他成人。沈家待你一向不薄，這正是你的一個報恩機會。」

石寶山搖首長嘆道：「不行了，我已經老了，已經沒有耐性再扶植第二代了，那種事應該讓他們年輕人去做。總之，二公子在沈府一天，我就做一天總管，二公子什麼時候離開，我什麼時候走路。」

沈玉門道：「你放著沈府的全權總管不幹，要走到哪裡去？」

石寶山道：「跟著二公子去闖江湖。以二公子的人品和才智，將來一定會創出一番事業。石某雖然不才，但在二公子身旁打打雜，動動腦筋，多少還應該有點用處。」

沈玉門笑笑道：「石總管太看得起我了。好吧！這是後話，暫且不提，咱們的當務之急是先把那個孩子救出來。無論如何他總是沈家的種，正正當當的種，說什麼咱們也不能讓青衣樓給連根拔掉。」

石寶山道：「對，屬下就是拚著這條老命，也得把他救出來。」

說話間，船已緩緩停靠在岸邊。

石寶山探首簾外，道：「到了嗎？」

那老船伕道：「還沒有，這是劉老三設置的關卡，怎麼會沒有人在？真奇怪？」

石寶山道：「別管他，繼續往裡走！」

那老船伕答應一聲，很快的轉進了另一條河道。

河道愈走愈窄，湯府的燈火已然在望，同時也有零星的殺喊之聲遙遙傳來，在靜夜中聽來格外刺耳。

那老船伕一副幸災樂禍的語調道：「難怪關卡沒人，原來是有人闖莊。」

沈玉門忙道：「是不是顏寶鳳先跟他們動上手了？」

石寶山急答道：「不會，夫人跟屬下約定的時刻還沒到，而且她不可能硬闖。」

水仙立即接道：「不錯，她是來救人的，在沒有見到那個孩子之前，怎麼也不會急著跟他們翻臉才對。」

沈玉門道：「這麼說，一定是孫尚香那傢伙沉不住氣了！」

石寶山道：「也可能是金刀會的程總，以他的個性而論，在夫人拜莊之前，他一定會先搶著給青衣樓一個下馬威。」

沈玉門皺眉道：「程景泰真的來了？」

石寶山道：「來了，比夫人先一步進城，夫人遲到今天才趕來，目的就是在等他……」說到這裡，忽然笑了笑，又道：「還有，二公子一定得稱程總為大哥，你這樣呼名喚姓，他聽了會不高興的。」

水仙也連忙道：「是啊！人家日夜兼程趕來，你可不能一見面就潑他冷水。」

沈玉門苦笑。

這時喊殺之聲已近，湯家高大的院牆已在眼前。

那老船伕停槳眺望道：「奇怪？怎麼會沒有人接應。你們不是跟他們約好的嗎？」

石寶山道：「我們並沒有約，我們不過是接到一張條子，想趕來碰碰運氣。」

那老船伕道：「什麼條子？」

石寶山急忙把那張圖掏出來。那老船伕就近油燈一看，立刻道：「這是哪個交給你們的？」

石寶山道：「『鴛鴦拐』郭成。」

那老船伕當場便把紙條撕成碎片，隨手往河裡一散，抓起槳就往前搖。轉眼已搖到院牆牆根，緩緩駛進了一個從水面看不見的暗槽中。

只見他俯身水中摸索一陣，忽然有塊石牆逐漸下沉，片刻間竟現出一個高出水面一尺多高的扁洞。

緊跟著他抓起竹篙，一折為二，在三人協助下撐起艙篷，然後將那兩具包紮著的屍體分墊在暗槽兩旁，又將斷篙橫架在屍身上，再把艙篷擺在斷篙上面。船身雖與船篷脫離，但從遠處看來就和原船停靠在牆邊完全無異。

一切處理妥當之後，那老船伕才請三人平躺在船中，自己也仰身船頭，雙手開始在洞口上方撥動，船身便從扁洞中無聲無息的飄了進去。

洞中一片漆黑，那老船伕摸黑撥船前進，接連轉了幾個彎，才在一條岔道的盡頭停下來。

未經呼喚，洞頂已啟開了條縫。一名僕婦打扮的人持燈朝下照了照，立即將洞門整個掀開，三人相繼躍出一瞧，方知已置身一間陳設典雅的臥房中。

那洞口重又闔起，方才負責啟開洞口的僕婦也匆匆退了下去，就只剩下一個骨瘦如柴的老人正一聲不響地靠在一張寬大的軟床上。

沈玉門仔細的辨認一番，才認出那老人正是自己急於謀求一面的「鐵槳」湯俊，心裡不禁一陣激動。

湯俊也像鑑賞一件寶物似的打量著他，過了很久，才吁了一口氣，道：「好，好，你居然活著，這大概也是天意吧！」

沈玉門沉嘆一聲道：「託你老人家的洪福，我總算沒被你們整死！」

湯俊陡然翻身下床，跪倒在地，道：「老弟！我湯某人對不起你！」

沈玉門趨前一把將他托起，道：「事到如今，道歉又有什麼用？反正我已經被你們推上臺，這齣戲不唱下去也不行了！」

湯俊稍許掙動了兩下，頓時面現驚愕之色，道：「你……你有內功？」

石寶山哈哈一笑，道：「金陵的沈二公子，怎麼會沒有內功！」

水仙也在一旁笑迷迷道：「而且，你老人家也一定發覺我們少爺的功力遠比一般年輕高手要高明得多，對不對？」

湯俊什麼話都沒說，只緩緩地在床邊坐下來，楞楞的凝視了沈玉門半晌，才陡將目光轉到石寶山臉上，道：「石總管，過去咱們曾經見過一面，不知尊駕可還記得？」

石寶山道：「當然記得，當年得以拜會湯老爺子，石某一直引以為平生一大幸事，怎麼可能忘記！」

湯俊苦苦一笑，又轉頭打量著水仙，道：「姑娘想必就是那位名滿武林的水仙吧？」

水仙忙道：「湯老爺子真會開玩笑。我不過是少爺身邊一個丫頭，哪裡當得起名滿武林四個字。」

湯俊長嘆一聲，道：「這幾年沈府人才輩出，難怪連青衣樓都奈何你們不得，不像我們湯家，人家只輕輕吹了口氣，我們就垮了。」

石寶山立刻道：「垮不了，只要你老人家撐著點，咱們就有辦法把他們趕回去。」

湯俊連連搖頭道：「撐不下去了，我能夠撐到今天，已經不容易了。」

石寶山聽得眉頭一皺，道：「你老人家究竟得了什麼病？」

湯俊道：「我沒有病，我只是中了毒，一種解不開的毒。」

石寶山怔了怔，道：「你老人家太悲觀了，天下哪有解不開的毒？」

湯俊搖著頭道：「我原本也是這麼想，可是連『神醫』梅汝靈都無法解開，還有誰能解得了？」

石寶山沉默。

水仙也呆呆地站在一邊，一句話也沒有說。沈玉門突然咳了咳，道：「唐大先生行不行？」

湯俊道：「也不行，實不相瞞，我的五臟六腑全都完了，我就是靠著唐大先生的藥，才能活到現在。也許連唐大先生都沒想到我能支撐這麼久，這大概就是因為我跟你還有緣分再見這一面吧！」

沈玉門不由又嘆息一聲，道：「我跟你老人家的確有緣，否則怎麼會搞出這種莫名其妙的事情，只怕說出去都沒有人會相信。」

湯俊忽然又站了起來，鄭重其事道：「沈二公子，過去的事咱們多談無益，最好就此打住。我已經是個隨時都可能斷氣的人，在我臨死之前，能不能再拜託你兩件事？」

沈玉門一驚，道：「我能替你做什麼事？我的能力有限得很，你老人家應該很清楚才對。」

湯俊道：「我清楚，所以我才拜託你，因為這兩件事也只有你才辦得到。」

沈玉門無奈道：「好吧！你說說看，只要我辦得到，我一定幫你達成心願。」

湯俊未曾開口，便先淌下淚來，道：「第一，我那個孫子，你要負責扶養他成人。萬一他不適合習武，你可以教他別的手藝，最主要的是，你絕對不能叫他受顏寶鳳那女人的氣。」

沈玉門瞟了石寶山一眼，道：「這個我還可以答應你。」

湯俊拭了把眼淚，道：「第二，我還有一批忠於我的徒弟和老弟兄。如果這次他們沒被青衣樓殺光，你一定要影響沈家扶他們一把，讓他們還能夠在揚州繼續混下去，而且在任何情況之下，你都不能讓那個姓孫的把他們吃掉。」

沈玉門道：「你老人家說的那個姓孫的，指的是不是孫尚香？」

湯俊道：「不錯，正是他。」

沈玉門想了想道：「那個人倒是不成問題，我想我還有辦法降住他，至於能不能影響沈府，那就得問問我們石總管了。」

石寶山慌忙道：「這是什麼話！沈家是二公子的，只要二公子一聲令下，屬下保證上下一體遵行……就算夫人反對也沒有用。」

水仙輕咳兩聲，道：「總管言重了，夫人一向極識大體，像這種幫助好朋友的事，她怎麼可能會反對呢？」

石寶山也咳了咳，道：「姑娘說得是，方才我不過一時情急，隨口說說而已。」

沈玉門即刻道：「看樣子這件事情也解決了。」

湯俊鬆了一口氣，道：「如此一來，湯某再也沒有什麼牽掛，可以安安心心的死了。」說著，就想往床上一爬，好像真的要上床等死一般。

石寶山急忙叫道：「且慢，現在你老人家還不能死，有幾件事情，你老人家還沒有交代清楚。」

湯俊莫名其妙的回望著他，道：「什麼事？」

石寶山道：「你老人家的心腹弟子都是哪些人？你不說出來，將來教我們如何分辨？」

湯俊道：「這件事你大可不必擔心，到時候自然就分出來了。老實說，就算我現在給你一張名單，也未必靠得住。如今我能夠絕對有把握的，也只有跟隨我多年的那幾個老人而已。」

石寶山驚道：「『鴛鴦拐』郭成怎麼樣？還算不算你老人家這邊的人？」

湯俊搖頭道：「恐怕靠不住了，最近他經常跟劉三那批人在一起，有很多那邊絕對不該知道的事情，都已陸續洩漏出去。我懷疑很可能是他搞的鬼。」

石寶山驚道：「可是……約我們跟你老人家會面的那張紙條，都是由他手裡傳出來的。」

湯俊道：「我知道，那是我故意交給他辦的，如果我所料不差，他們一定偷偷跟在後面。但有件事連郭成都被蒙在鼓裡，那就是所有的暗道入口都只能使用一次，他們若想跟進來，除非重新把那道石牆炸開。」

石寶山聽得大吃一驚，水仙的俏臉也頓時變了個顏色。

湯俊笑道：「你們不要緊張，他們絕對不敢使用這一招的！」

石寶山忙道：「何以見得？」

湯俊神秘兮兮地朝四下瞄了瞄，才悄聲道：「因為我所有的徒弟都知道湯府內院埋滿了炸藥，他們惟恐不小心把全部的炸藥引爆……當然炸死我正合他們的心願，可是這裡邊有很多是他們自己人，也許其中還混著不少青衣樓的奸細，以做事一向畏首畏尾的劉三來說，他絕對沒有膽子冒這個險！」

石寶山恍然道：「難怪蕭錦堂不敢貿然闖進來拿人，原來是怕你老人家跟他來個同歸於盡。」

湯俊得意洋洋道：「這就叫害人之心不可有，防人之心不可無，湯某若是連這點手段都沒有，我這幾十年的江湖不等於白混了！石老弟，你說是不是？」

石寶山點頭，而且神態間充滿了敬佩之色。

水仙卻在這時笑嘻嘻道：「湯老爺子，你老人家究竟有沒有在家裡埋炸藥？」

湯俊眼睛一眨一眨的望著她，道：「咦？聽妳的口氣，妳彷彿還有點不太相信？」

水仙道：「我並不是不相信你老人家的話，我只是有點懷疑罷了。」

湯俊道：「妳懷疑什麼？不妨說出來聽聽！」

水仙道：「同歸於盡是血氣方剛的年輕人幹的事，以老爺子的老謀深算，不該下這麼大的賭注才對。」

湯俊道：「為什麼不該？除此之外，我還能有什麼更好的手段來嚇阻他們？」

水仙緩緩搖著頭，道：「只靠嚇阻解決不了問題，如果真有人想消滅你們湯府，只要圍困你們幾個月就夠了，何必闖進來跟你同歸於盡！」

沈玉門也忍不住插嘴道：「對啊！如此一來，你老人家那些炸藥豈不是白埋了？」

湯俊咳了咳，道：「那麼依你們看，我應該用什麼辦法保護家小呢？」

水仙不假思索道：「當然得靠暗道，你老人家當年把湯府建在這片沼澤中，一定留了很多任何人都不知道的逃生之路，對不對？」

湯老爺子不講話了，過了很久，才嘆了口氣道：「水仙終歸不是大蒜，湯某算服了妳……」說著，突然將她喚到床前，輕聲道：「我現在告訴妳一個秘密出口，妳要仔細聽著，可千萬不能把步驟搞錯。」

水仙悄悄道：「是不是在你老人家這張床下面？」

湯俊吃驚的瞪了她片刻，道：「妳的確很聰明，不過聰明的人往往會做錯事，但這件事卻絕對錯不得，只要一馬虎，就什麼都完了。」

水仙點頭道：「好，你老人家請說，我們在聽著。」

湯俊道：「記住，在挪動這張床之前，一定要先把我搬到第三張椅子上去，也就是中間那一張。無論我是死是活，都要把我搬過去。」

三個人同時看了牆邊並排擺著的五張太師椅，同時點了點頭。

湯俊繼續道：「然後才能將床鋪掀起，要從床腳往上掀，床面整個鑲進牆壁時，下面的暗門自會啟開。暗門底下停著一條小船，你們必須儘快跳上船拚命的往外划。在一盞茶的時間內，一定要划出五十丈外的另一道暗門，否則那道暗門一閉，你們就永遠出不去了……」

說到這裡，突然捂著胸口，狀極痛苦的接連呻吟了幾聲。

沈玉門擔心道：「你老人家是不是覺得很不舒服？」

湯俊眼睛一瞪，道：「誰說的？我舒服得很，我只是對我那個孫子有點放心不下……因為那條小船最多也只能乘坐三四個人而已。」

沈玉門笑笑道：「那你老人家太多慮了，我們這次冒險趕來的目的，就是為救那孩子，就算只容一人逃生，我們也會讓他先走。」

湯俊猛地抓住了石寶山的手臂，道：「他說的話究竟算不算數？」

石寶山道：「當然算數，不僅沈府上下沒有話說，就連其他正派人士都多少也會賣他幾分交情。」

湯俊聽了連連點頭，道：「好，好。我早就看出他是塊材料，看來這回我是選對人了。」

石寶山忽然傾耳細聽一陣，道：「咱們的時間好像差不多了，現在你老人家總該放心把那孩子藏匿的地點告訴我們了吧？」

湯俊突然捧著肚子嘻嘻哈哈地笑了起來，直笑到上氣不接下氣，才氣喘喘道：「那孩子的藏匿之處，普天之下恐怕只有你們二公子才能猜得到。我一想到這個安排，就忍不住要笑，這簡直可以說是我湯某平生最大的傑作！」

石寶山和水仙聽得莫名其妙，不約而同將目光轉到沈玉門臉上。

沈玉門咳咳道：「晚輩還有個小問題，希望你老人家趁這個機會能給我一個答覆。」

湯俊笑迷迷道：「前面那個問題你有沒有搞懂？」

沈玉門點點頭道：「晚輩想請教的是另外一件事。」

湯俊道：「好，你說。」

沈玉門道：「當初……你老人家為什麼會那麼做？按說你老人家應該很恨沈家才對！」

湯俊臉色一慘，長長嘆了口氣，道：「不錯，我是很恨沈家，但我卻不能眼看著金陵沈府就此在武林中消失。你知道為什麼嗎？」

沈玉門搖頭。

湯俊道：「因為我得為我的孫子留個背景，一個名門正派的背景，你懂了吧？」

沈玉門道：「原來你費了這麼大的力氣，只是為了給那個孩子留個嚇唬人的門第？」

湯俊緩緩地點著頭，道：「當時我的確是那麼想的，不過若是換成現在，我的想法就不同了。無論是為了武林的情勢，還是為了名聲一向不錯的沈家，我都會那麼做。你相不相信？」

沈玉門居然沒有出聲，石寶山和水仙也急忙將目光避開，好像都不願正面回答這個問題。

湯俊似乎一點不感意外，只苦笑了一下，繼續道：「你知道嗎？一個人的胸襟有多大，成就就有多大。要想統御武林，光憑武功是沒有用的，最重要的是要有容人恕人的氣量。過去湯某的氣量就是太狹了，所以努力一生，仍然圍著瘦西湖打滾，如果我的心胸再寬一點，氣量再大一點，至少我的成就也該不會低於太湖裡的那隻老烏龜才對……這一點，你們相信不相信？」

三個人依然沒有吭聲，但神情卻已與方才截然不同。

湯俊滿意的笑了笑，於是又挺直了身子，閉上了眼睛，一副馬上要死的樣子，道：「現在你們可以去找我的孫子了，再拖下去，恐怕『金刀會』的程老大和那個姓孫的小子都要玩完了。」

石寶山不慌不忙道：「外邊一時片刻還完不了，你老人家還有件最重要的事情沒有說出來，我們怎麼能走？」

湯俊睜眼道：「還有什麼事？」

石寶山輕輕道：「炸藥埋藏的地點和引爆的時間。」

湯俊霍然坐起，吃驚的瞪著他，道：「你們沈家不會趁著這個機會把湯家吃掉吧？」

石寶山淡淡道：「你老人家認為我們二公子是那種忘恩負義的小人嗎？」

湯俊凝視了沈玉門一陣，才道：「外面根本就沒埋炸藥，我只在門前的走廊上少許擺了一點，那是嚇阻追兵用的，而且在暗道中的那條小船划動之後才會自動引爆，絕對傷不到裡邊的人。你們只管放心好了。」

三人這才相顧鬆了一口氣。

就在這時，忽然響起了幾下敲門聲。湯俊理也不理，只慢慢地扳動著手指，直等到十隻手指通通扳完，房門才緩緩啟開。

方才退出去的那名僕婦又走進來，只是手裡多了三張大紅色的帖子。

那僕婦先瞟了沈玉門一眼，才道：「啟稟老爺，金陵的沈夫人投帖求見。」

湯俊聽得狠狠地在床上捶了一拳，道：「這娘們是怎麼搞的，在這種節骨眼上還投哪門子的帖？乾脆殺進來不就結了！」

那僕婦急忙往前湊了湊，道：「已經殺進來了，這張帖子是從內院的牆外甩過來的。」

湯俊楞了一下，陡然哈哈笑道：「好，好，這才像她們顏家的作風。」

沈玉門忍不住皺了皺眉頭，道：「她的腿倒也快得很。」

石寶山道：「那當然，前面有金刀會的程總和孫大少開路，旁邊又有一批『紫鳳旗』的生力軍，那還慢得了嗎？」

水仙一旁悄悄接道：「我看這次夫人一定是想給湯老爺子留點顏面，否則恐怕早就闖進來了，區區一道院牆怎麼可能攔得住她！」

湯俊立刻道：「你們趕快把她叫進來，千萬不要再給我留面子。再客氣下去，咱們就統統要毀在青衣樓手上了！」

石寶山點了點頭，回頭就想走。

沈玉門忽然道：「且慢！晚輩還有一件事，想向你老人家請教。」

湯俊不耐道：「快說，快說，再慢就要誤事了！」

沈玉門道：「陳士元和蕭錦堂那批人究竟有沒有住在府上？」

湯俊道：「好像都住在東院的客房裡。」

沈玉門道：「那就怪了，對方既有陳士元、杜雲娘、蕭錦堂和陸少卿等絕頂高手，再加上三個樓的精英，實力何等雄厚，怎麼會攔不住一個顏寶鳳？你們不覺得奇怪嗎？」
石寶山道：「二公子莫忘了，咱們這邊的高手也不比他們少。」
沈玉門道：「但你要搞清楚，進來的不是大智大師和無心道長，也不是唐大先生或是韓道長，而是個顏寶鳳。以她的功力而論，莫說碰上對方的高手，縱然遇上一兩個堂主級的人物，只怕也夠她忙半天的。你說是不是？」
石寶山想了想，道：「嗯！二公子顧忌的也有道理。」
湯俊不以為然道：「我認為這種顧忌簡直是多餘的，說不定對方那幾個厲害角色剛好被大智和尚那批人絆住，顏寶鳳只不過是抓到了機會而已。」
水仙即刻接道：「也許是那幾位前輩高人知道夫人救人心切，有意先把她送過來的。」
石寶山卻沉吟著道：「依我看，最可能的原因還是陳士元那批人故意先放她進來救人，然後來個螳螂捕蟬，黃雀在後，打算再從夫人手中把人搶過去。」
沈玉門道：「這就對了，所以咱們在把那個孩子找出來之前，絕對不能教她們踏入內院一步。」
湯俊大搖其頭道：「你想得太天真了，你不放她進來，其他的人難道就不會闖進來嗎？」

沈玉門道：「你老人家放心，那些人都知道內院埋著炸藥，誰會拿自己的性命來開玩笑？」

湯俊急道：「你有沒有搞錯？這個消息是我故意放給青衣樓那批人聽的，咱們這邊的人怎麼會知道？」

沈玉門笑了笑，道：「這根本就不是問題。你老人家的徒弟有那邊的，難道你老人家連這麼重要的事都給忘了？」

湯俊楞了好一會，才苦笑連連道：「這群小王八蛋，把我這個做師父的都給搞糊塗了。但願他們以假當真，能夠把這個消息傳出去。」

沈玉門道：「看樣子早就傳出去了，否則外邊打了這麼久，還會沒有一個人闖進來嗎？」

湯俊愕然叫道：「對啊！至少也應該過來一兩個才對。」

沈玉門道：「不過這樣也好，我們剛好趁著這個空檔去找人。」

湯俊道：「就你們三個？」

沈玉門道：「怎麼？你老人家是不是認為我們的力量不夠？」

湯俊凝視他一陣，道：「好，你們去吧！但萬一遇到阻礙，可千萬不能心存婦人之仁，不管他是哪邊的，一律格殺勿論！」

沈玉門不再多說，把頭一點，便出了房門。

石寶山也匆匆跟了出去。只有水仙好像依然捨不得離開似的，笑迷迷地站立在原處。

湯俊注意的望著她，道：「妳還有什麼花樣？」

水仙搖頭擺手道：「沒有花樣，我只想要請教你老人家一聲，我們回來的時候，是否敲過門之後，非要數到十下才能進來？」

湯俊道：「不錯，不能早，也不能遲。」

水仙道：「萬一遲了一點呢？」

湯俊道：「那你們就只有另謀逃生之路了。」

× × ×

牆外喊殺連天，牆裡一片沉寂。

這時已近起更時分，院中已亮起了幾盞昏暗的燈火，沈玉門沿著走廊，邊走邊四下張望，顯然是正在尋找目標。

石寶山倒提鋼刀，緊緊地跟在一旁，一副隨時準備出手護主的樣子。

水仙卻獨自心事重重的走在最後，過了很久，才忍不住急步趕了上去，道：「少爺，我愈想愈不對，你看湯老爺子會不會還留了一手？」

沈玉門心不在焉道：「妳放心，『鐵槳』湯俊沒有那麼大的野心，他不會把大家一網打盡的。」

水仙急忙道：「我不是這個意思，我是懷疑他是不是另外替自己安排好了退路，因為我怎麼看他都不像一個馬上就要死的人。」

沈玉門搖著頭，道：「不可能吧！他現在已經不是從頭幹起的年齡，怎麼可能放棄他辛苦一生所創下的這點基業！」

石寶山也在一旁道：「不錯。若是換了我，我也不會輕易放棄。」

水仙百思不解道：「果真如此，他就應該拜託我們設法救他才是，為什麼還要在我們面前裝成一副非死不可的樣子呢？」

沈玉門皺著眉頭想一想，道：「或許是他真的毒浸五臟，已經無藥可救了。」

水仙道：「可是天下哪裡有解不開的毒藥呢？尤其是他那種慢性之毒！」

沈玉門道：「對啊！怎麼會連蜀中的唐大先生都束手無策？」

石寶山突然道：「依屬下之見，這也只是湯老爺子和唐大先生之間的問題。」

沈玉門愕然停步，道：「這話怎麼說？」

石寶山道：「屬下認為唐大先生縱有把握，也不會在這個時候救他，至少也得等到這件事情過去之後才動手。」

沈玉門道：「你是說，唐大先生是想弄清湯老爺子究竟是站在哪一邊的？」

石寶山道：「對，以唐大先生的個性而論，他寧願見死不救，也絕不可能去幫一個敵人解毒。」

沈玉門道：「嗯！有道理。」

水仙卻仍是一副不以為然的樣子，道：「這種推斷是很有道理，但你有沒有想到湯老爺子是個耳目靈通的人，有關少爺和唐三姑娘的關係，他多少也應該有所耳聞。果真如你所說的那樣，至少他方才也該在少爺面前表示一下才對呀！」

石寶山笑笑道：「怎麼表示？他能說沈二公子和唐三姑娘的關係非比尋常，就跟當年令兄和小女的交情一樣，能不能請二公子在你未來的老岳丈面前美言幾句，叫他趕快把我的毒給解掉……」

沈玉門聽得一陣急咳，掉頭就往前走。

石寶山和水仙相互做了個無奈的表情，也急急追趕上去。

誰知走出不遠，沈玉門突然縮住腳，輕輕用鼻子嗅動了幾下。

石寶山急忙湊上去，道：「二公子在找什麼？」

沈玉門道：「廚房。」
石寶山回身指著廳外，道：「屬下記得湯府的大廚好像在外邊。」
沈玉門道：「你在開什麼玩笑，湯老爺子怎麼可能把那孩子藏在外院？」
石寶山神情突然一震。水仙卻一點也不意外，立刻皺著鼻子，左右嗅了起來。
沈玉門詫異的望著她，道：「妳這是在幹什麼？」
水仙道：「在找內院的小廚房。」
沈玉門搖頭，一副哭笑不得的樣子，道：「笨哪！風是打對面吹來的，妳盡朝兩邊胡嗅亂找有什麼用？」

×　×　×

煙囪裡的炊煙已淡，爐灶上熱氣騰騰。寬敞而潔淨的廚房裡燈火通明，幾十個人正在忙著起鍋出菜，看上去與一般的廚房並沒有什麼兩樣，不同的是，所有的師父徒弟一色都是婦女，連一個男人都沒有。
沈玉門怔住了。
石寶山也大失所望道：「看來咱們可能找錯了地方。」

沈玉門沉吟道：「奇怪，莫非內院裡還有別的廚房？」
石寶山道：「也許，咱們再到其他地方去找找看吧！」說完，回身就要往外走。
水仙忽然悄聲喊道：「等一等！」
她邊喊著，邊踮起足尖，將身子整個貼在沈玉門的背脊上，吐氣如蘭道：「少爺，你注意到右角上那個正在分菜的小丫頭沒有？」
沈玉門隔著窗子仔細朝裡瞧了瞧，道：「嗯！怎麼樣？」
水仙道：「你看她長得是不是有點像你？」
沈玉門皺眉道：「隔得這麼遠，我怎麼可能看得清楚？」
水仙道：「我也看不清楚，不過，我總覺得站在她對面的那個女人有點眼熟……」
沈玉門截口道：「妳在胡扯什麼？妳連那個女人的臉孔都沒看見，怎麼談得上眼熟？」
水仙忙道：「我指的是她身上穿的那件衣裳……那件花襖很像我去年送給解姑娘的那一件。」
沈玉門身形猛地一顫，道：「妳不會搞錯吧？」
水仙道：「那件花襖是我親手縫製的，應該不會搞錯才對。」
沈玉門沉默。

石寶山咳了咳，道：「如果那個女人果真是解姑娘，那麼她對面的那個小丫頭，就極可能是咱們要找的那個孩子了。」

水仙道：「而且，湯老爺子為了那個孩子的安全，把他打扮成一個女人，也很合情入理。你們說是不是？」

石寶山沒有吭聲，只凝視著沈玉門的背影。

沈玉門沉默了好一會，突然叫道：「石寶山……」

石寶山急忙湊上去，道：「屬下在。」

沈玉門道：「你去把顏寶鳳叫進來！」

石寶山怔了怔，道：「二公子不是說不叫她進來嗎？」

沈玉門道：「找人可以不叫她進來，救人沒她在旁邊怎麼行？」

水仙緊接道：「是啊！萬一有個閃失，誰擔得起這個責任……」

石寶山一聲沒吭，沒等她說完，便已衝出了跨院。

沈玉門回首望著水仙俏臉，道：「那條路，妳記住了沒有？」

水仙怔了怔，道：「哪條路？」

沈玉門道：「當然是到湯老爺子臥房的那條路。」

水仙道：「記住了。」

沈玉門道：「好，等我們救了那個孩子之後，妳帶著他和顏寶鳳先走。」

水仙頓時倒退一步，猛一搖頭道：「我不要！」

沈玉門訝然道：「為什麼？」

水仙理直氣壯道：「我的責任是保護少爺，帶他們逃走應該是石總管的事。」

沈玉門道：「石寶山不能走，後邊的事還麻煩得很，這裡絕對少不了他。」

水仙道：「那咱們就索性等把這邊的事情處理完畢之後再一起走。」

沈玉門臉色一寒：「妳這丫頭是怎麼搞的？妳是不是存心要把金陵沈府給毀掉？」

水仙驚慌道：「我……我……」

沈玉門神色馬上緩和下來，道：「你們要跟我一起闖江湖，將來日子長得很，何必像塊膏藥似的粘在身上，離開一會兒會死人嗎？」

水仙道：「少爺的意思是說……你不會趁著這個機會跑掉？」

沈玉門道：「我為什麼要跑？哪裡的日子可以讓我過得比沈府舒服？」

水仙疑信參半的看了他半晌，才道：「既然如此，小婢一切遵照少爺的吩咐就是了。」

沈玉門笑笑道：「這還差不多。」

說話間，石寶山和顏寶鳳已疾奔而至，後面還跟著一個提燈少女。

沈玉門一瞧那少女的打扮，眉頭就是一皺，道：「那個女人是誰？」
水仙「噗哧」一笑，道：「她就是秦姑娘。」
沈玉門立刻嘴巴一歪，道：「等一等把她一起帶走！」
水仙還沒來得及答話，顏寶鳳已然撲到，倒持鋼刀，氣喘喘道：「二弟，那個孩子呢？」
沈玉門道：「在裡邊。」
顏寶鳳鋼刀一挽，抖了個刀花，道：「走，你跟我進去救人！」
沈玉門突然猶豫了一下，道：「救人是我們的事，妳在外面等著接應就行了。」
顏寶鳳愕然道：「你這是什麼意思？」
沈玉門忙道：「妳是當家主事的人，怎麼可以進去冒險？萬一出了什麼差錯，將來那孩子由誰來扶養？」
顏寶鳳怔住了。
這時殺喊之聲愈來愈近，顯然已有人追進了內院。石寶山急忙道：「二公子顧忌的也有道理，夫人就聽他的吧！」
顏寶鳳只好勉強的點頭。
沈玉門立刻道：「水仙，妳帶夫人繞到後面去等，我們會把那個孩子從後窗遞出去。那孩子可能不會武功，妳們可要接好。」

水仙連忙答應。秦姑娘一直默默地瞄著沈玉門，這時突然開口道：「二哥，我呢？」

沈玉門忙道：「妳當然得跟她們去，保護那孩子是何等重要的事，少了妳這把刀怎麼行？」

秦姑娘吞吞吐吐的好像有什麼話要說，卻被水仙給硬行拖走。

沈玉門如釋重負，取出那條沾滿油垢的汗巾，隨手在頭上一紮，道：「寶山，我先進去攪和一下，你等我的手勢再衝進去救人，千萬不能進去太早，以免增加無謂的阻力。」

石寶山沉吟了一下，道：「還是讓屬下先進去吧！」

沈玉門搖頭道：「不行，廚房裡的事，你應付不了……」

他邊說著邊已昂然走了進去，一進門便大聲嚷嚷道：「老爺吩咐的桂花魚條和薑絲蛤蜊湯弄好了沒有？」

其中一名掌灶的中年女人道：「已經好了，我馬上就派人送過去。」

旁邊一個正在啟鍋的年輕女人訝聲道：「咦？這位老兄是誰？怎麼面生得很？」

沈玉門道：「妳居然連我都不認識了，是不是油煙太大，把妳那雙漂亮的眼睛給薰模糊了?」說著，朝站在那孩子對面的女人一指，道：「喂!妳去把後面的窗戶打開，讓油煙走一走!」

那女人正是解紅梅，這時正在又驚又喜的望著他，神情十分激動，似乎根本就沒有留意到他說什麼。

沈玉門急形於色道：「妳聽到了沒有?還不趕快把那扇後窗打開!」

解紅梅這才擰腰躍上大灶，抬腳將灶旁的一名僕婦踢開，飛快的將那扇窗戶揭開來。石寶山及時撲入，直衝向那個孩子，只在他腰身上輕輕一托，剛好從窗口將他拋了出去。

窗口重又闔起，解紅梅也回到了原來的地方，前後不過是一眨眼的時間，所有的事情就像根本未曾發生過一般。

廚房裡的幾十名僕婦好像全都被這突如其來的變化給嚇呆了。

過了很久，才有個人尖著嗓子喊道：「有奸細……」

細字剛剛出口，一根筷子已插進她的咽喉，出手的當然是解紅梅。

那正在啟鍋的年輕女人大吃一驚，道：「妳們看，我說這個人靠不住，妳們偏偏不信，現在知道了吧……」

話還沒有說完，解紅梅又是一根筷子抖手打出，齊根沒入她的左眼眶中。

那女人慘叫一聲，仰身栽倒，剩下的一隻右眼充滿了驚慌之色的翻在那裡，再也沒有一絲漂亮的味道。

石寶山不禁倒抽了一口大氣，道：「姑娘好高明的甩手箭法！」

解紅梅淡淡道：「閣下想必就是沈府的石總管了？」

石寶山忙道：「在下正是石寶山，今後還請解姑娘多多關照。」

解紅梅瞄了沈玉門一眼，道：「不敢，不敢。」

這時，那掌灶的中年女人忽然指著沈玉門，大聲叫道：「我想起來了，你是金陵的沈二公子，我曾經見過你！」

沈玉門道：「不錯，我們是奉了湯老爺子之命前來救人的，如果妳是他的心腹，最好趕快帶著妳的人站到一邊去，以免遭到誤殺。」

那中年女人剛想抬手招呼同伴，忽然刀光一閃，站在她旁邊的一個體形高大的女人猛然撈起菜刀，一刀砍進她的頸子，她連吭都沒來得及吭一聲，便已當場死在臺上。

幾乎在同一時間，石寶山又已出刀。鋼刀過處，鮮血四濺，那高大女人的身子幾乎被他劈成兩半。

廚房中頓時混亂起來，一時刀光劍影，相互廝殺，石寶山和解紅梅手下也毫不容情，剎那之間，除了躲到牆邊的十幾個之外，幾乎全都躺在地上。

沈玉門疾聲大喊道：「夠了，夠了，當心這裡邊還有湯老爺子的人！」石寶山和解紅梅這才收手，但蕭錦堂在此時自門外衝入，槍身舞動，躲在門邊的兩個人相繼被他挑起，接連摔落在沈玉門腳下。

沈玉門大吃一驚，身不由主的朝後退了幾步，慌裡慌張的打襟下抽出了那柄短刀。石寶山也疾撲而至，橫刀護在他身旁，一副如臨大敵的模樣。

解紅梅一見此人的神情，又看到了那桿槍，登時眼睛都紅了，牙齒一咬，抖腕便將手中僅餘的兩根筷子打了出去。

蕭錦堂身形一個急轉，竟將兩根來勢驚人的筷子抄在手裡，臉上立刻現出驚駭之色：「妳……莫非就是那個姓解的丫頭？」

解紅梅恨恨地哼了一聲，算是給了他答覆，同時目光四下搜索，似乎正在找尋可以取代暗器的東西。

蕭錦堂瞟了沈玉門一眼，又瞄了瞄他手中的短刀，仰首哈哈大笑道：「好，好，一石三鳥，看來蕭某今天的運氣還真不錯！」

說話間，又有三人衝了進來，竟是孫尚香和峨嵋派的丁靜和莫心如兩位高手。

沈玉門心神大定，冷笑一聲，道：「姓蕭的，你搞錯了。你是走了背運，這叫做一鳥三石，你今天是死定了！」

蕭錦堂匆匆朝後掃了一眼，語聲不屑道：「你們是三個一起上，還是六個一起上？」

孫尚香一聽就想往上撲，卻被身後的莫心如一把給拽住。解紅梅趁著蕭錦堂說話的機會，已衝到另外一張桌子前面，順手撈起疊在桌上的碗盤，一只接一只的朝他打去。

但見碗盤齊飛，上下迴旋，一直圍繞著他全身要害打轉。

蕭錦堂東閃西躲，險象叢生，而就在最不能分神的時刻，青衣樓的人卻已趕到。

當先一人尚未進門，便被守在門內的丁靜一劍刺倒。

慘叫聲中，一只飛盤擦面而過，蕭錦堂猛覺臉上一陣刺痛，不禁惱羞成怒，暴喝一聲，拚命將幾只盤旋著的碗盤擊落，欺身解紅梅近前，挺劍就刺，大有一舉將她刺死的氣勢。

解紅梅手無兵刃，又無暗器，頓時手腳大亂，連閃帶退，轉眼已被逼到牆角。沈玉門心中大急，早就忘了對方是何許人，揉身疾撲而上，對準蕭錦堂的後腦就是一刀。

石寶山本想阻止，但已來不及了，大驚之下，也只好揮刀飛撲上去。

蕭錦堂頭也沒回，陡將刺向解紅梅的長槍一轉，帶開沈玉門的刀鋒，橫身便朝他撞去，同時槍尖也如靈蛇吐信般的刺向石寶山胸前。

石寶山撥刀縮腹，雖然逃過一槍，刀上的攻勢卻整個被擋了回去。

但蕭錦堂此刻也不輕鬆，居然連連倒退，半晌無法出槍。

原來方才他那一撞，非但未能把沈玉門撞開，自身反而空門大露，險些被那把寒光閃閃的短刀把一條手臂砍掉，所幸他對敵經驗老到，猛地一個側翻，才僥倖逃過刀鋒，沒有當場出醜。

而沈玉門一刀雖未得手，第二刀又已劈出，只見他腳踩「紫府迷蹤步」，手揮著那把「六月飛霜」，攻勢有如波濤拍岸般的連綿不絕，硬使那桿名冠黑白兩道的「斷魂槍」沒有出槍的機會。

石寶山瞧得神情大振，解紅梅一時也忘了搶攻，似乎整個都看傻了。

這時青衣樓的高手又已趕到，陸續湧了進來，頓時與丁靜、莫心如和孫尚香三人交上了手。丁靜一面揮劍拒敵，一面道：「孫大少爺，那位就是你的好友沈二公子嗎？」

孫尚香正在以一敵二，無暇回答，只抽空點了點頭。

丁靜突然反手出劍，一劍刺入圍攻孫尚香其中一名大漢的後心，那大漢慘叫一聲，當場栽倒。

孫尚香立刻輕鬆下來，道：「他現在使的就是威震武林的『虎門十三式』，前輩認為如何？」

丁靜道：「好刀法！」

遠處的蕭錦堂忽然冷笑一聲，道：「刀法是不錯，只可惜這傢伙的功力太差，今天遇到蕭某，也是他命中注定，該當喪命於此……」

說著，槍勢陡地一變，專攻沈玉門的雙足。

沈玉門腳步馬上慌亂起來，腳下一亂，刀法就整個走了調，完全變成一副挨打的局面。

蕭錦堂趁他慌亂之際，槍身一提，閃亮的槍尖已疾如星火般的刺到他的胸前。

沈玉門駭然揮刀，但見蕭錦堂的槍尖微微一頓，刀鋒過後，槍尖又已當胸刺到，遠處的孫尚香看得忍不住驚叫起來。

幸虧石寶山相距不遠，這時已奮不顧身的撲到，一把將沈玉門推開，對準蕭錦堂的面門就砍，連看也不看那桿槍一眼，完全是存心要與他同歸於盡的招式。蕭錦堂迫於無奈，只有閃身撤步，硬把那桿斷魂槍給收了回去。

而這時，解紅梅也不知從哪裡撈到一把菜刀，抖手便已打出，直奔蕭錦堂後腦，刀風凜凜，來勢驚人！

蕭錦堂急忙矮身縮首，菜刀拂頂而過，只聽「噹」的一聲巨響，刀刃整個鑲進了灶臺的青磚塊中。

距離灶臺最近的孫尚香不禁駭然叫道：「我的媽呀！好嚇人的暗器手法！」

身後的丁靜輕笑一聲道：「孫大少爺，你搞錯了。她使的不是暗器手法，是刀法。」

孫尚香訝異道：「這算什麼刀法？」

莫心如搶答道：「峨嵋派的刀法！」

她一面揮動著雙掌與青衣樓三名大漢纏鬥，一面冷笑著道：「可惜那位解姑娘手裡沒有刀，如果那把『六月飛霜』在她手上，方才那姓蕭的早就歸天了……」

孫尚香沒等她說完，便已大聲喊道：「玉門兄，快把那柄短刀扔給她！」

沈玉門這才想起解紅梅也會使刀，急忙將繫在手腕上的紅絲線解開，胡亂在刀柄上一纏，抬手就朝著她拋了過去。

但蕭錦堂是何等人物，哪裡會容得他把刀拋過去。

短刀剛剛飛到一半，蕭錦堂已縱身疾撲而上，長槍一抖，已將那柄刀給挑了回來，同時人槍也乘勢重又找上了徒手發呆的解紅梅。

沈玉門和石寶山大驚之下，雙雙衝了過去，但遠水救不了近火，蕭錦堂卻早一步趕到解紅梅面前，挺槍就刺。

就在這刻不容緩的情況下，丁靜陡然脫出戰圈，騰身躍起，伸手就將剛剛被蕭錦堂挑回來的那柄「六月飛霜」接在手中，凌空嬌喝一聲：「天外一刀！」借著下降之勢，抖手便已甩出。

但見刀如匹練，疾如流星，威力比方才那柄菜刀還足，直向蕭錦堂的雙腿飛去。

蕭錦堂藝高人膽大，竟理也不理，直待短刀已然飛到，他才猛地擰腰縮足，平空躥起五尺，不僅避過一刀之危，而且槍尖也毫不耽擱的到了解紅梅胸前。

解紅梅不禁花容失色，慌不迭的往後一仰，雖然沒被刺中，卻已直挺挺地摔倒在地上。但她身形剛一著地，即刻就彈了起來，驚慌之態也完全消失，而且手上已多了一柄刀，一柄無堅不摧的鋒利短刀。

只見她雙手握刀，全力往上一撩，刀鋒「鏘」的一響，已自蕭錦堂腹部閃過。

蕭錦堂尚未來得及再度出招，猛覺得手中一輕，那桿槍已應聲斷成了兩截，同時腹間也有一股火辣辣的感覺，彷彿被尖硬的東西劃了一下。

他急忙垂首一瞧，赫然發現腹上已現出了一條紅線，那紅線正在由細而寬，很快的擴散開來。

他這才發現解紅梅手上的那把「六月飛霜」，他這才發覺自己犯下了嚴重的錯誤，由於一時輕敵，竟造成無可挽救的後果。

悔恨之餘，忍不住發出了一聲慘叫，同時雙腿一軟，頓時跪倒在地，身體也緩緩地朝前栽去，看上去就像正向解紅梅謝罪一般。

那桿不知曾經奪過多少人性命的斷魂槍已整個浸泡在鮮血中，但這次它喝的不是敵人的血，而是自己主人的血。

這時沈玉門已然趕到，慌忙把仍在原地發呆的解紅梅拖開。石寶山也衝了上來，狠狠地又在蕭錦堂身上補了一刀。

那幾名青衣樓大漢一見蕭錦堂已死，再也無心戀戰，紛紛逃出門外。

孫尚香如釋重負，匆匆收劍走上去，道：「原來解姑娘也是峨嵋派的高手，難怪連『斷魂槍』蕭錦堂都栽在妳手裡。」

解紅梅急忙否認道：「我不是峨嵋門下。」

莫心如這時也大步趕過來，道：「妳是不是汪蓉的女兒？」

解紅梅點頭。

莫心如道：「那就對了，但不知令堂生前可曾跟妳提起過師門之事？」

解紅梅道：「沒有。」

莫心如神色一黯，道：「這麼說，我們姐妹的事，她也一定沒有告訴過妳了？」

解紅梅道：「家母從來不談過去的事，連她的名字都是在她過世之後，我在墓碑上才發現的。」

莫心如嘆了口氣，道：「這也難怪，我想她一定很恨峨嵋。」

丁靜突然悠悠接道：「那當然，當年她並沒有什麼過錯，只不過是做了上一代鬥爭的犧牲品罷了。」

莫心如恨恨接道：「上一代犧牲了她，也等於犧牲了峨嵋，如果當年不把她逼走，峨嵋也許不至於淪落到如今這種地步。」

丁靜緩緩點著頭，一步一步走到解紅梅面前，道：「我叫丁靜，她叫莫心如，我們都是令堂的同門師妹。當年我們姐妹三個的私交最好，刀、劍、掌的搭配也最成功，可以說是峨嵋年輕一代最傑出的人物，在武林中也很有點小名氣。」

解紅梅只淡淡地「哦」了一聲，似乎對峨嵋派的事沒有一點興趣。

丁靜輕輕咳了咳，道：「這些事，以後我再慢慢地告訴妳……我現在能不能先跟沈二公子談一談？」

解紅梅沒做任何表示，只悄悄地瞟著身邊的沈玉門。

沈玉門卻搖頭道：「現在已經沒有時間了，我看等改天再談吧！」他一邊說著，一邊還朝門外指了指。

眾人這才發覺殺喊之聲已不復聞，所有的燈籠都擠在門外的跨院裡，將院中照射得比廚房裡還亮。

孫尚香驚叫道：「糟了，我們恐怕已被青衣樓的人馬圍住了！」

沈玉門道：「你不要急，沒有那麼嚴重。」
孫尚香一怔，道：「你怎麼知道？」
沈玉門道：「你沒發現外邊還有紫色的燈光嗎？」
孫尚香瞇著眼睛對外瞧了瞧，道：「嗯！看樣子好像到了一決勝負的時候了！」
說話間，烏鴉嘴突然一頭闖進門來，啞著嗓子叫道：「大少不好，你的剋星來了！」
孫尚香呆了呆，道：「我的剋星多得很，你指的是哪一個？」
烏鴉嘴什麼話都沒說，只伸出大拇指朝上挑了挑。
孫尚香霍然變色道：「他跑來幹什麼？」
烏鴉嘴道：「好像是來看他的孫子。」
孫尚香一聽，回頭就朝門外跑。
烏鴉嘴一把將他拉住，道：「他就在外邊，而且陳士元也在。這條路出不去。」
孫尚香轉回頭，驚惶失措的在找第二條路。
石寶山立刻縱上灶臺，將那扇窗戶推開。
孫尚香謝也沒謝一聲，足尖輕輕在灶臺上一點，人已躥出窗外，烏鴉嘴也緊跟著爬了出去。

莫心如一邊搖著頭，一邊道：「如果沈二公子不想爬窗子，不妨跟在我們後面，咱們一起殺出去！」

沈玉門忙道：「二位前輩且慢，現在正菜已經上桌，該是動嘴的時候了。」

莫心如怔了怔，道：「這話是什麼意思？」

沈玉門道：「晚輩的意思是說現在已經不必再動刀劍，只要動動嘴巴把青衣樓那批人趕回去就行了。」

莫心如皺眉道：「二公子想得未免太簡單了，陳士元是何等人物，怎麼可能輕易就被人趕走？」

沈玉門道：「二位前輩何不先讓我們試試？如果不成，再請二位出手如何？」

莫心如道：「行，你就試試看吧！」

沈玉門沉吟了一下，又道：「這位解姑娘還有勞二位多加照應，千萬不能讓她落在對方手上。」

莫心如點頭道：「交給我了，只要我姐妹尚有一口氣在，絕不讓人動她一根汗毛！」

沈玉門回頭看了解紅梅一眼，然後朝石寶山一招手，轉身就往外走。

剛一走出廚房，門口已有一個手持金刀的中年人在等著他。

那人身型魁梧，氣宇軒昂，一雙炯炯有神的目光上下打量他一陣，道：「你的傷勢怎麼樣？」

沈玉門尚未來得及回答，身後的石寶山已搶著道：「回程總的話，二公子的傷勢早就復元了，現在的身體比以前還硬朗。」

那中年人點點頭，道：「那我就放心了。」

其實不必石寶山提醒，沈玉門已猜出這人準是「金刀會」的總瓢把子程景泰，當下摸了摸鼻子，道：「大哥，你這次一共帶來多少人馬？」

程景泰道：「二百四，不少吧！」

沈玉門道：「問題是現在還剩多少？」

程景泰道：「你放心！損失有限得很，這批人都是我『金刀會』的精英，不會那麼容易就被人宰掉的。」

沈玉門這才匆匆朝四下瞄了一眼，只見陳士元、陸少卿、杜雲娘，以及青衣樓眾多舵主級的人物和劉奎、郭成等湯府的弟子，通通都站在右邊，而少林的大智大師，提著紫色燈籠的「紫鳳旗」弟兄和金光閃閃的「金刀會」人馬都站在左首，其中當然還有許多他認不出的人。

總之，雙方壁壘分明，毫不攙雜，只有無心道長一個人例外。

只見他正坐在兩派中間的院牆上，手持著一截全長不滿兩尺的斷劍在那裡打盹。

沈玉門急忙將目光收回，道：「大哥，我看人也死得差不多了，你就乾脆叫他們把刀都收起來算了！」

程景泰痛痛快快的把頭一點，道：「好，你怎麼說，我怎麼做。」說著，「嗆啷」一聲，金刀已還入鞘中。

他的刀一入鞘，左首所有的人全把兵刃收了起來，連牆上無鞘可還的無心道長，都閉著眼睛將那截斷劍甩了出去。

右邊的青衣樓人馬當然沒有動。

陳士元這時再也忍耐不住，胭脂寶刀朝沈玉門一指，喝道：「姓沈的，你的後事交代完了沒有？」

沈玉門好像剛剛發現他似的，訝聲道：「陳總舵主，你老人家還沒有回去？」

陳士元冷冷道：「你還沒有死，我怎麼能回去！」

沈玉門一臉驚異之色，道：「聽你老人家的口氣，好像專程衝著我來的？」

陳士元道：「差不多。」

沈玉門道：「我看差遠了，如果你老人家只是為了殺我，隨便派個人把我料理掉不就結了，又何必如此勞師動眾呢？」

石寶山立刻接道：「而且還冒著極大的風險，我看陳總舵主這次的算盤，打得實在太離譜了！」

陳士元冷笑一聲，道：「笑話！普天之下，我哪裡去不得，誰又能把我怎麼樣？怎麼能說冒險？說不定哪天我高起興來，到金陵沈府去攪和一下。你們等著瞧吧！」

石寶山道：「這麼說，陳總舵主今天莫非還不想離開？」

陳士元道：「我當然會離開，我就不相信有哪個留得住我。」

石寶山笑笑道：「我還以為你壯著膽子進來，是打算跟大家來個同歸於盡呢！」

陳士元道：「如果湯府內院當真埋著炸藥，弄個同歸於盡也不妨，反正合計起來我也不算吃虧！」

石寶山搖頭道：「陳總舵主，你又打錯了算盤，依我看，你的虧可吃大了！」

陳士元愕然道：「這話怎麼說？」

石寶山道：「陳總舵主不妨想一想，萬一你有個三長兩短，青衣樓以後怎麼辦……」

杜雲娘沒等他說完，便已尖叱一聲，道：「放肆！」

石寶山急忙道：「妳先稍安勿躁。等我說完，妳認為不成，再找我算帳也不遲。」

陳士元揮手道：「讓他說下去！」

石寶山繼續道：「像我們沈府，大公子不幸亡故，自有二公子接替，二公子萬一遭到不測，也還有人可以撐下去，其他各大門派想必也一定會有合適的儲備人選。可是你們青衣樓呢？一旦總舵主有個閃失，你的寶座該由哪個繼承呢？如果你想傳給你那幾個公子的其中一位，那問題可就大了，只怕你還沒有入土，他們已經殺得你死我活了。你信不信？」

陳士元下巴一伸，道：「繼續說，我在聽著！」

石寶山瞟了站在他身旁的陸少卿一眼，又道：「就算他們手足情深，和睦相處，勉強推出一個接掌大權，但憑他們的文才武略，又有哪個能帶得動你座下的那十幾個樓的樓主呢？尤其像陸樓主這種百年難得一見的大才，除了你陳總舵主之外，又有哪個能降得住他呢……」

陸少卿截口喝道：「姓石的，我看你是在找死！」

說著，長劍一抖，就想衝過來。

石寶山猛地跺足長嘆道：「陸樓主，你好糊塗！這裡不是你的地盤，又有陳總舵主在座，你在動手之前，至少也該請示你們總舵主一聲，怎麼可以如此目中無人！莫非你真的現在就想叛幫？」

陸少卿氣得臉都青了，但還是忍下來沒有出手，顯然是對陳士元有所顧忌。

石寶山笑了笑，繼續道：「所以我奉勸陳總舵主一聲，最好是在炸藥引爆之前，趕快把你的人帶走，要想拚命，至少也該把後事安排妥當之後再來。」

陳士元冷冷一笑，道：「你少在這兒危言聳聽，我就不相信姓湯的敢引爆炸藥！」

石寶山即刻道：「你別忘了，湯老爺子縱然不忍引爆炸藥，但他可以下令封江。一旦把江面封閉，你們想回去就難了！」

陳士元嗤之以鼻道：「那更是笑話！如今『細雨封江』在我這邊，姓湯的還有什麼能力封江？」

隱藏在左首人群中的五湖龍王突然探出頭，笑嘻嘻道：「沒有細雨，我也照樣封江，你們相不相信？」

石寶山大喜道：「孫大叔的話，我絕對相信！」

沈玉門緊接道：「我也相信，而且我想凡是腦筋清醒的人，都應該相信。」

牆頭上的無心道長居然也閉著眼睛接腔道：「就算睡得糊裡糊塗，我也不敢不信！」

右邊那些人一瞧那說話的人，臉色全都變了。其中最難看的，便是「細雨封江」劉奎。只見他抬手朝後面一招，低聲道：「老五，你知道炸藥引爆的方法嗎？」

「鴛鴦拐」郭成嘴巴動了動，不知在講什麼。

劉奎好像也沒聽清楚，身子往後靠了靠，道：「你說什麼？」

郭成一拐一拐的湊上來，嘴巴緊貼著他耳根，道：「你去死吧！」

還沒等劉奎會過意來，一支短劍已從他背後刺了進去，劉奎慘叫一聲，當場栽倒。

郭成腿雖傷殘，輕功卻還不錯，一招得手，身形一晃，便已到了石寶山身旁，腳一站穩，立刻回身大喊道：「凡是湯家的子弟，統統過來！咱們雖非名門大派，總還有塊地盤，也還可以靠自己的勞力討生活，何必要寄人籬下，看別人的臉色過日子！」

他話一喊完，湯家子弟頓時擁過來十之八九。杜雲娘等人本想出手阻止，但一看陳士元沒有任何表示，硬是沒敢亂動。

石寶山躊躇滿志的瞧了那批人一眼，又道：「陳總舵主，你還等什麼？如今『細雨封江』已死，『鴛鴦拐』郭成也過來了，對你就更不利了，一旦龍王把江封起來，連替你尋找空隙的人都沒有了。你再遲疑下去，想走也走不成了！」

陳士元神色不變道：「我正在等你告訴我原因。」

石寶山道：「什麼原因？」

陳士元道：「你為什麼要千方百計的讓我們走？按說你們的實力也不見得差，你難道就不想趁機跟我們拚一拚嗎？」

石寶山道：「我是想趁這個機會把各位留下的，可惜我們二公子不肯，他說什麼也非要放你們一馬不可。至於究竟是什麼原故，不瞞陳總舵主說，連我也還沒搞清楚。」

坐在牆上的無心道長這時突然睜開眼，道：「沈老二，你究竟在搞什麼鬼？你現在放他回去，不啻縱虎歸山，以後再想宰他就難了！」

大智大師似乎聽得極不入耳，急忙宣了聲：「阿彌陀佛！」

五湖龍王忽又探首出來，道：「我知道了！你小子一定是看上了杜雲娘的閨女，捨不得向丈母娘下手，不過，你既是小兒的朋友，我可不能不先警告你。那女孩子長得雖然不錯，來路卻有問題，極可能是陳士元的野種，你若跟她搞上，將來的麻煩可就大了！」

他一面說著，擠在他身邊的幾個人一面點頭，似乎每個人都很認同他的看法。

無心道長也在牆頭上猛地一拍大腿，道：「我想起來了，難怪那天他不肯向這條狐狸精下手，原來還有這層關係！」

杜雲娘聽得神情大變，揚劍狠狠地指著無心道長，氣急敗壞吼道：「你……你胡說！」

無心道長好像受了冤枉似的，朝下面的人攤手嚷嚷道：「我絕對沒有胡說，你們不信，不妨問問沈老二本人，究竟有沒有這回事！」

所有人的目光不約而同的轉到沈玉門臉上，似乎都在等著他的答覆。

沈玉門的臉孔漲得通紅，正想開口分辯，突然「轟」的一聲巨響，整個跨院都跟著猛烈的震動起來。

一時但覺燈影四射，呼喊連天，剎那間跨院中的人燈全都不見了。

「轟轟」之聲仍在繼續的響，而且聲音愈來愈近，威力也愈來愈足，顯然跟湯老爺子所說的話大有出入。

沈玉門忍不住恨恨罵道：「這該死的老鬼倒也真會坑人，一句實話都沒有……」

身後突然有個人截口道：「你在罵誰？」

沈玉門一聽就認出是解紅梅的聲音，不禁訝然道：「咦？妳還沒走？」

解紅梅道：「你不走，我就不走！」

沈玉門什麼都沒說，只摸黑緊緊握住了她的手。

解紅梅輕嘆一聲，道：「如今我大仇已報，世間再也沒有值得依戀的事，你活一天，我就陪你活一天；你死，我也死，所以只要你不離開，再厲害的炸藥也嚇不走我的。」

沈玉門感動之餘，正想把她擁進懷中，誰知解紅梅卻在這時陡然驚叫一聲，一把將他拖進了廚房，並且很快的躲入一張桌子下面，「嘩啦」一聲，門外屋簷上的瓦片一起被震落下來，剛好砸在兩人方才站立的地方。

這時房柱上的十幾盞油燈早已被震翻在地上，房中一片黑暗，只有桌下靠著灶中一些餘燼的照射，尚有一些光亮。

沈玉門緊擁著解紅梅，不聲不響地凝視著她被火光映照得一抹嫣紅的臉。解紅梅也默默地回望著他，目光中充滿了情意。

爆炸之聲終於靜止下來，震動的感覺也不見了，但沈玉門仍然緊擁著她，一點鬆手的意思也沒有。

灶中的火光愈來愈弱，桌下的光線也愈來愈昏暗。

解紅梅忽然埋首沈玉門懷中，幽幽道：「我還從來沒有在白天見過你，不知你在太陽下是什麼樣子？」

沈玉門道：「再過三個時辰，妳就可以看見了。」

解紅梅又道：「而且我們每次見面，都是趕在這種要命時刻，你不覺得奇怪嗎？」

沈玉門道：「以後就不會了，據我估計，咱們至少可以過兩年太平日子。」

解紅梅抬首詫異的望著他，道：「你怎麼能斷定這兩年陳士元不會再來找你？」

沈玉門道：「因為他沒空，這兩年青衣樓叛幫的人一定很多，他忙著清理門戶還惟恐不及，哪裡還有空閒來找咱們的麻煩！」

解紅梅咬著嘴唇尋思了一陣，道：「你又怎麼知道青衣樓會有人叛幫？是不是那條小狐狸告訴你的？」
沈玉門一怔，道：「哪條小狐狸？」
解紅梅道：「當然是『九尾狐狸』杜雲娘的女兒。」
沈玉門急道：「妳胡扯什麼？方才那些話是無心道長胡編的，妳怎麼可以相信？」
解紅梅道：「你少騙我。無心道長雖然瘋瘋癲癲，卻絕對不是一個無中生有的人，如果你沒有那碼事，他怎麼可能胡亂編一套來冤枉你一個後生晚輩？」
沈玉門迫不得已，只有實話實說道：「不錯，去年我是有個機會可以殺死杜雲娘，但我沒有動手。」
解紅梅道：「你為什麼沒有動手？」
沈玉門道：「因為我不敢殺人，這種話別人自然不會相信，但妳應該信得過我才對。」
解紅梅道：「那麼今天呢？你放走那批人，莫非也是為了不敢殺人？」
沈玉門道：「今天不同。」
解紅梅道：「有什麼不同？」
沈玉門道：「妳有沒有想到，我們硬把那批人留下來，雙方要死多少人？」
解紅梅道：「無論死多少人，也應該把他們留下，尤其是陳士元！」

沈玉門連連搖頭道：「妳錯了，現在殺死陳士元，對整個武林說來，反而害多益少，得不償失。」

解紅梅怔怔道：「這話怎麼說？」

沈玉門道：「如果陳士元突然一死，青衣樓必定四分五裂，極可能一夜之間由一個幫派分裂成十三個幫派，這十三個幫派為了壯大本身實力，必定會設法吸收更多的人，為了養更多的人，必定會做出更多傷天害理的事。現在我們拚命的把他留下，結果反而會有更多人受更多的害，妳說這是不是得不償失？」

解紅梅道：「照你這麼說，陳士元豈不是永遠都不能動了？」

沈玉門道：「可以動，但不是現在，至少也得等到青衣樓本身已腐蝕得差不多的時候，再設法殺他也不遲。」

解紅梅道：「那要等多久？」

沈玉門道：「不會太久，最多兩三年。」

解紅梅一副難以置信的樣子，道：「那怎麼可能？青衣樓不是個小幫派，怎麼可能在兩三年之內就被咱們瓦解？」

沈玉門道：「妳聽說過當年青衣樓是怎麼把丐幫搞垮的嗎？」

解紅梅楞了楞，道：「你想以其人之道還治其人之身？」

沈玉門道：「正是。」

解紅梅道：「你打算什麼時候開始？」

沈玉門道：「已經開始了，妳沒發覺石寶山方才已給陸少卿和杜雲娘撒了不少爛藥嗎？」

解紅梅失笑道：「只那一點點怎麼夠？」

沈玉門道：「積少成多，這種事只能慢慢來，千萬急不得。」

解紅梅沉默片刻，道：「原來你放他們走，全是為了整個武林著想，我方才還差點誤會了你。」

沈玉門道：「身為武林人，當思武林事，我既已被那姓湯的老鬼強拉進來，我能不為自己的生存環境著想嗎？」

解紅梅聽得眉頭微微一蹙，道：「你剛剛所罵的老鬼，指的莫非也是湯老爺子？」

沈玉門道：「除了他還有誰？那鬼東西可把我害慘了！」

解紅梅忽然嘆了口氣，道：「不要再恨他，他也怪可憐的，為了替他的兒子報仇，他不得不出此下策。」

沈玉門吃驚道：「什麼？難道他兒子也是死在青衣樓手裡？」

解紅梅道：「不錯，他本身幫小勢薄，想要對抗聲勢浩大的青衣樓，非借重在武林中極具人望的沈家不可，所以他才不得不就地取材，把你給拉了進來，更何況他最近還救了我，你就原諒他吧！」

沈玉門一怔，道：「他怎麼救了妳？」

解紅梅又是一嘆，道：「我大半年前原來是要到金陵去找你的，誰知竟然病倒在路上，當時幸虧被湯老爺子發現，將我接到府裡，延醫救治，總算撿回了一條命，否則你就再也看不到我了。」

沈玉門忙道：「好吧！他既然救過妳的命，以後我不再恨他就是了。」

解紅梅往他懷裡擠了擠，道：「而且你還得幫幫他的忙。」

沈玉門道：「怎麼幫，妳說？」

解紅梅雙手搭在他肩上，輕聲細語道：「你最近有沒有見過唐三姑娘？」

沈玉門嚇了一跳，道：「妳千萬不要提那個女人，簡直可怕極了！」

解紅梅愕然道：「怎麼可怕？」

沈玉門道：「那女人居然三更半夜的跑到我床上去咬我，妳說可不可怕？」

解紅梅神情一緊，道：「你有沒有咬她？」

沈玉門道：「那女人全身都是毒，我怎麼可以咬！」

解紅梅鬆了口氣，又道：「那麼你有沒有咬其他那幾個女人？」

沈玉門道：「哪幾個女人？」
解紅梅道：「什麼秦姑娘呀、駱大小姐呀……」
沈玉門截口道：「那都是沈玉門的女人，我怎麼敢亂咬！」
解紅梅道：「可是你現在就是沈玉門啊！」
沈玉門急忙搖頭道：「別的事情倒還可以湊合，只有他那些女人，我實在不敢接收。」
解紅梅突然「吃吃」笑道：「如果他有老婆的話，你怎麼辦？」
沈玉門道：「老實說，我這次最大的幸運，就是他沒有老婆，否則我還真不知道該不該跟她上床。」
解紅梅啐了一口，道：「看來你也不是什麼好東西，動不動就想跟女人上床。我警告你，如果你敢跟他學著胡亂在外面拈花惹草，我一定不輕饒你！」
沈玉門忙道：「這一點妳大可放心，我跟他絕對不一樣。我唯一想沾的女人就是妳！」
解紅梅不再出聲，整個身子都已貼在沈玉門懷裡。沈玉門緊緊地將她摟住，兩片發乾的嘴唇，也開始在她熱烘烘的臉頰上移動起來。
一陣輕輕的「嘖嘖」聲響之後，解紅梅忽然掙出他的懷抱，道：「我想起來了，那位唐三姑娘，你還得跟她打打交道。」

沈玉門道：「不必了，唐大先生不會讓湯老爺子死的，妳放心吧！」

解紅梅驚喜道：「真的？」

沈玉門道：「當然是真的，如果唐大先生不想救他，何必還一直都給他藥吃？」

解紅梅驚訝的瞄著他，道：「咦？你怎麼知道我想讓你救湯老爺子？」

沈玉門指著腦門道：「我猜的。」

解紅梅又悄悄地往前湊了湊，輕輕道：「你猜我現在在想什麼？」

沈玉門笑嘻嘻道：「妳一定想叫我咬妳，對不對？」說著，一把將她抱住，張開嘴巴就想咬。

誰知就在他牙齒剛剛觸到解紅梅滑膩膩的粉頸之際，門外陡然傳來石寶山的聲音，道：「咦？程總怎麼又回來了？」

只聽程景泰哈哈一笑道：「我當然得回來，如果我連沈二弟的生死都不顧，只想自己逃命，我還有什麼資格做他大哥？」

解紅梅沒等他說完，便已慌忙滾到桌外去。

沈玉門也滿臉無奈的爬出來，在地上找了一盞尚可備用的油燈，就著灶中一些剩火點了起來，擺在一根柱子的燈托上。

廚房裡頓時又回復了一點光亮，雖然昏昏暗暗，但解紅梅那張含羞帶怯的臉孔仍然依稀可見。

這時石寶山和程景泰已緩緩走了進來。

解紅梅剛剛抹過臉去，突然驚叫一聲，一頭撲進沈玉門懷裡，還不停地回手指著黑暗的牆角。

石寶山和程景泰大吃一驚，同時拔出了刀，分別護在兩人左右。

沈玉門急忙瞇眼看去，這才發現丁靜和莫心如尚在房中，這時正在閉目凝神的坐在牆角的一張長桌上，急忙輕咳兩聲，道：「原來兩位前輩還沒有走？」

莫心如立刻睜開眼睛，道：「我們跟二公子的事還沒有辦完，還不能走。」

說著，兩人已躍下長桌，併肩走到沈玉門面前。

沈玉門楞楞地望著兩人，道：「兩位前輩跟我會有什麼事？」

莫心如道：「實不相瞞，我們千辛萬苦的找來，就是想向二公子借樣東西。」

沈玉門匆匆瞟了解紅梅腰間那把短刀一眼，小心翼翼道：「兩位想借什麼，只管開口，只要是屬於我的東西，絕對沒有問題。」

莫心如沉吟了一下，道：「我們想跟二公子打個商量，請將解姑娘借給我們三年，三年之後，我們負責把她送回金陵沈府。」

沈玉門頓時叫起來，道：「那怎麼行！她是人，又不是東西，怎麼可以隨便亂借？而且……而……」

丁靜嘆了口氣，道：「我們也知道這個請求太過分，但是為了峨嵋派的再興，我們不得不這麼做。」

莫心如也嘆息一聲，道：「不瞞各位說，自從我汪師姐走後，峨嵋派的武功等於丟了一半。從那時起，峨嵋再也培養不出使刀的高手，刀、劍、掌聯手的招式也已失傳，所以峨嵋才會衰退到這般地步……」

解紅梅截口道：「可是我的刀法也不見得高明，即使隨妳們回去，對貴派也未必有多大幫助。」

莫心如道：「那妳就客氣了，像方才那招『天外一刀』，峨嵋上下兩代，絕對沒有人可以使得如此巧妙，包括我們兩姐妹在內。」

丁靜緊接道：「更何況我們所需要的並不是妳的招式，而是汪師姐傳給妳的心法。當然我們也不會讓妳白白浪費青春，我們也一定會將本派的武功傾囊相授，三年之內，妳的武功起碼也可以比現在增加一倍。」

解紅梅怦然心動道：「三年真的可以增加一倍？」

丁靜點頭道：「也許還不止。」

解紅梅仰起粉臉，默默地注視著沈玉門。

沈玉門一句話也不說，而且臉上連一點表情都沒有。

莫心如突然咳了咳，道：「二公子不是說二三年之後，還要與陳士元一決勝負嗎？」

沈玉門無精打采道：「是有這個打算。」

莫心如忙道：「試想你再與陳士元碰面的時候，身邊若是多了個絕頂高手，對你是不是要有利得多？」

沈玉門勉強點頭道：「那當然。」

莫心如繼續道：「還有，據我所見，沈府的『虎門十三式』雖然銳利無比，但是二公子的功力卻還不夠。你何不趁這三年再下苦功，等將來你跟解姑娘聯手把陳士元除掉之後，再長相廝守，豈不比現在提心弔膽的匆匆結合要理想得多？」

沈玉門垂著頭，吭也沒吭一聲。

莫心如停了停，又道：「還有一件事，我想『金刀會』的程總瓢把子和貴府的石總管一定有個耳聞，那就是我峨嵋派一向恩怨分明，有恩必償，有仇必報。解姑娘能夠跟我們回去，就等於對我峨嵋派有再造之恩。在任何情況下，我們都不容許有人傷害她，包括陳士元在內。你懂了吧？」

沈玉門搖頭。

丁靜馬上接道：「我師姐的意思是說，三年後，你身邊多了個解姑娘，就等於多了個峨嵋派，而且那個時候的峨嵋派早已脫胎換骨，陳士元想碰碰你的衣角只怕都不容易。」

沈玉門聽得也不禁霍然動容，忍不住低下頭看了解紅梅一眼。解紅梅也正眼睛一眨一眨的望著他，彷彿正在等待著他的決定。

一旁的程景泰忽然開口道：「二弟，這件事我看你可以考慮考慮。」

石寶山也沉吟著道：「這件事不僅關係著峨嵋派的盛衰，對整個武林也有極大的影響，二公子不妨跟解姑娘好好商量一下。」

沈玉門沉嘆一聲，道：「三年可不是個短日子啊！」

解紅梅突然道：「好，我去，不過不是三年，是兩年，行不行？」

丁靜和莫心如大喜過望，兩人相互看了一眼，同時點頭。

沈玉門不禁又嘆了口氣。兩年雖比三年短得多，算起來還是有七百多天，但解紅梅話已說出口，他除了嘆氣之外，還有什麼辦法可想呢？

×　×　×

清晨。

溫暖的朝陽淡淡地照在一條筆直的官道上。

官道上正有一輛馬車緩緩北行，跟隨車後的是十幾匹健馬，馬上的人個個神情剽悍，而且每個人的鞍上都掛著一把刀，一把金光閃閃的刀。

坐在車上的正是金陵的沈二公子沈玉門，而跟在車後的，自然是程景泰和他選了再選的金刀會的十幾名弟兄。

這時沈玉門正閉著眼睛，橫靠在寬敞的車廂中，雙腳搭在洞開的窗口，讓陽光輕拂著赤裸的腳面，他身心都感到一陣無比的舒暢。

他已經很久沒有過這種安逸的日子了。

在「得得」的蹄聲中，他開始有了些睡意。

就在似睡非睡之際，馬車忽然停了下來，程景泰那張方方正正的臉孔也已出現在窗前。

沈玉門急忙睜眼收足，道：「出了什麼事？」

程景泰笑迷迷道：「沒事，只想告訴你一個好消息。」

沈玉門愕然道：「什麼好消息？」

程景泰回手一指道：「你那三個善解人意的小丫頭追來了，這算不算是好消息？」

沈玉門聽得眉間一皺，道：「這算哪門子好消息，我原本還想過幾天安靜日子，這麼一來，豈不又泡湯了！」

程景泰哈哈一笑，道：「真是人在福中不知福，我還想找幾個聰明伶俐的小丫頭陪一陪呢！可惜至今都找不到合適的。」

沈玉門忙道：「我把她們三個送給你如何？」

程景泰連連擺手道：「君子不奪人所好，你還是留著自己慢慢享用吧！」

說話間，三匹快馬飛也似的衝了上來，一起勒韁在車旁。

水仙不等坐騎停穩，便已翻身下馬，一頭躥進車廂，氣喘喘道：「啟稟少爺，『飛天鷂子』洪濤帶著他六名兄弟追上來了！」

沈玉門淡淡地「哦」了一聲，道：「他們跑來幹什麼？」

水仙緊緊張張道：「這還要問，當然是殺你的！」

沈玉門搖著頭道：「不會吧！洪濤是我的朋友，怎麼會來殺我？」

水仙氣急道：「少爺，你有沒有弄錯？洪濤是青衣樓的舵主，一向都是你的死敵，上次還行刺過你，難道你忘了？」

沈玉門道：「沒有忘，不過那是去年，今年已經不一樣了！」

水仙忙道：「有什麼不一樣？」

沈玉門道：「我問妳，妳們方才是不是打他身邊超過來的？」

水仙道：「不錯。」

沈玉門道：「他們有沒有向妳們動手？」

水仙道：「沒有。」

沈玉門笑笑道：「如果他是來殺我的，還會放妳們過來嗎？把妳們三個扣在手裡當人質也是好的，妳說是不是？」

水仙沉吟了一下，道：「他們不是來殺你的，又是來幹什麼事的呢？」

沈玉門道：「當然是來跟我交朋友的……也許還順便帶給我一點消息。」

水仙道：「什麼消息？」

沈玉門眼睛翻了翻，道：「據我猜想，這次青衣樓派出來的殺手絕對不止一批，等一下他一定會提醒我，妳相不相信？」

水仙猛一搖頭，道：「不信。」

沈玉門輕輕道：「要不要跟我打個賭？」

水仙興趣盎然道：「賭什麼？」

沈玉門想了想，道：「如果妳贏了，以後妳說什麼，我聽什麼。」

水仙道：「如果我輸了呢？」

沈玉門朝車外一指，道：「妳馬上帶著她們兩個回金陵，怎麼樣？」

水仙哼了一聲，把頭一甩，再也不肯理他。

沈玉門做了個無可奈何的表情，探首窗外望著程景泰，道：「大哥，麻煩你叫大家全都讓開，等一會千萬不要跟他們發生衝突。」

程景泰皺眉道：「你真想跟青衣樓的人交朋友？」

沈玉門道：「多一個朋友，就少一個敵人，還有比這個更划算的事嗎？」

程景泰笑笑，同時揮了揮手，那十幾名金刀會的弟兄立刻讓了開來。

沈玉門立刻掀開後車簾，目光所及之處，果然站著七匹馬、七個人，為首的正是「飛天鷂子」洪濤。

洪濤一見沈玉門現身，頓時把手一招，七騎並排走了上來，直走到距離馬車不滿兩丈才一起停住。

兩丈左右正是施展長刀最理想的距離，金刀會的弟兄不禁神色大變，個個嚴陣以待。秋海棠和紫丁香也戰戰兢兢的守在車旁，準備隨時出手。

但沈玉門卻一點都不在乎，還將大半個身子伸出車外。

洪濤居然遠遠的朝他一抱拳，才道：「沈二公子，承你兩次不殺之恩，我不得不先跟你打個招呼。我們弟兄是奉命來殺你的，只要你一天不死，我們就跟你一天，絕不中途罷手。」

沈玉門淡淡道：「我知道了。」

洪濤繼續道：「你最好多加小心，千萬不要落單。你一給我機會，我手下絕不留情。」

沈玉門緩緩地點著頭，道：「那是應該的。」

洪濤停了停，又道：「還有，這次奉命來殺你的，並不止我們弟兄七人，據我所知，至少還有五批，每一批都是青衣樓裡的一流殺手。我希望你不要糊裡糊塗的死在那些人手上。」

沈玉門點頭不迭道：「你放心，如果我非死不可，也一定要死在你的手上，像這種便宜，何必白白送給外人！」

洪濤道：「好，你這份心意，我領了。」

沈玉門連忙道：「不過你們可要追得緊一點，萬一你們追丟了，而我又一不小心把便宜被別人撿走，到時候你可不能怪我不講信用。」

洪濤笑笑，什麼話都沒說。

沈玉門摸著腦門想了想，又道：「我看這樣吧！為了安全起見，我先把我的行程告訴你，以免你追錯了路。我預定在金刀會總舵停留兩個月……」

程景泰截口道：「什麼！才兩個月？」

沈玉門忙道：「好吧！三個月，然後我會直奔北京。你如果找不到我，可以到四海通鏢局去問問，我會在那裡留話，你只要說你是我的朋友洪濤，他們一定會把我落腳的地方告訴你。」

洪濤冷笑一聲，道：「沈二公子，你最好不要弄錯，我是你的敵人，不是你的朋友！」

沈玉門也冷冷一笑，道：「洪舵主，有一件事你最好也不要搞錯，天下沒有永遠的敵人，只有永遠的朋友。」說完，把車簾一放，喊了聲：「走！」

馬車又開始緩緩北行，金刀會的弟兄如釋重負，立刻將車尾層層圍住。

車裡的水仙頓時鬆了口氣，道：「少爺，你是怎麼了?你為什麼要把你的行程告訴他?」

沈玉門道：「因為我以後還得靠他保護，不把行程告訴他怎麼行?」

水仙只氣得直捶大腿道：「少爺，你腦筋是不是出了毛病?他殺你還惟恐不及，怎麼可能來保護你?你這不是在說夢話嗎?」

沈玉門道：「妳要不要再聽一句夢話?」

水仙沒好氣道：「你說！」
沈玉門道：「據我估計，他不久就會替我們把那五批人殺光，妳信不信？」
水仙道：「當然不信。」
沈玉門好像生怕嚇著她，輕聲軟語的問道：「妳要不要再跟我打個賭？」
水仙一聽，立刻把臉抹過去，再也懶得搭理他。
沈玉門做了個無奈的表情，又把身子橫靠在車廂中，雙腳也重又搭在窗口上。
窗外朝陽如舊，陽光依然輕拂著他赤裸的腳面。
他感到舒暢極了，臉上也開始有了笑意，笑得無牽無掛，似乎這世上再也沒有令他擔心的事了。

（全書完）

于東樓武俠經典珍藏版

短刀行（下）孤刃

作者：于東樓
發行人：陳曉林
出版所：風雲時代出版股份有限公司
地址：10576台北市民生東路五段178號7樓之3
電話：(02) 2756-0949
傳真：(02) 2765-3799
執行主編：朱墨菲
美術設計：許惠芳
業務總監：張瑋鳳
出版日期：2024年12月珍藏版一刷
版權授權：于東樓
ISBN：978-626-7510-16-2
風雲書網：http://www.eastbooks.com.tw
官方部落格：http://eastbooks.pixnet.net/blog
Facebook：http://www.facebook.com/h7560949
E-mail：h7560949@ms15.hinet.net
劃撥帳號：12043291
戶名：風雲時代出版股份有限公司

風雲發行所：33373桃園市龜山區公西村2鄰復興街304巷96號
電話：(03) 318-1378　　傳真：(03) 318-1378
法律顧問：永然法律事務所 李永然律師
　　　　　北辰著作權事務所 蕭雄淋律師

行政院新聞局局版台業字第3595號 營利事業統一編號22759935

定價：340元

國家圖書館出版品預行編目資料

短刀行／于東樓 著. -- 初版 -- 臺北市：風雲時代出版股份有限公司，2024.12- 冊；公分（于東樓武俠經典珍藏版）
ISBN：978-626-7510-15-5（上冊：平裝）
ISBN：978-626-7510-16-2（下冊：平裝）

863.57　　113013973